文春文庫

割れた誇り

ラストライン2

堂場瞬一

文藝春秋

目次

割れた誇り

ラストライン2

第一章　帰って来た男

1

これはなあ……岩倉剛《いわくらごう》は思わず腕組みした。難事件を目の前にすると出る癖だった。とはいってもはるか昔の事件で、今はノート上で再現されているだけだ。

板橋区内の公園で、三十年前——岩倉が警察官になる数年前だ——に発生したバラバラ殺人事件。それがどうしてずっと頭に引っかかっているかというと、当時たまたま現場近くに住んでいたからである。最寄駅の埼京線浮間舟渡駅に行く時にいつも前を通るので、「地元の公園」という意識も強かった。交際を始めたばかりの妻——現在は離婚前提で別居中だ——と散歩に行ったことさえある。

そんな公園の出入り口前に、ある朝、パトカーがずらりと並んでいたのだ。夕刊で事件の詳細を知った時に、腰が抜けるかと思ったのを覚えている。自分が住んでいる街で、まさかこんな凶悪な事件が起きるとは……以来この事件は、ずっと頭に住みついている。

警察官になる前だったが、原点とも言える事件だ。

「ガンさん、その事件は……」

頭の上から降ってきた声に振り向くと、上司である南大田署刑事課長の安原康介《やすはらこうすけ》が立っていた。

「ああ、課長」何となく気まずくなって、岩倉はノートを閉じた。新聞や雑誌の記事を貼りつけ、自分であれこれ書きこみした「事件ノート」。

「ずいぶん昔の事件じゃないですか」安原は一瞥《いちべつ》しただけで、内容を把握したようだった。

「俺が警察官になる前ですよ」

「ある意味、伝説の事件ですよね」

「確かに」岩倉はうなずいた。「こんな事件が未解決のままっていうのは、今だったらあり得ないだろうな」

浮間公園女性バラバラ殺人事件は、平成元年に発生し、未解決のまま公訴時効が成立した。わずかなタイミングのずれが惜しい……もしも平成二年、つまり一九九〇年の発生だったら、こんなことにはなっていなかったのだ。殺人事件の公訴時効は、二〇〇四年の刑事訴訟法改正で二十五年に延ばされ、さらに二〇一〇年には時効そのものが廃止されたので、法的には永遠に捜査できることになった。実際には、二〇〇五年に改正刑訴法が施行される一年ほど前に、この事件の時効——当時は十五年だった——は成立している。

「しかし、謎の事件だったな。被害者の身元さえ分からなかったんだから」

「確か、首から上が見つからなかったんですよね」安原が顔をしかめる。

「ああ」岩倉はノートに手を置いたまま、独り言のように続けた。「第一発見者は、早朝に公園に散歩に来た、近所の七十五歳の男性。浮間ヶ池に黒いビニール袋が浮いているのを見つけて、木の枝を使って引き寄せてみたら、中から人の左腕が出てきた。警察に通報して、大規模な池の捜索が行われた結果、それぞれビニール袋に入った両手両足、胴体は発見されたものの、頭部だけはとうとう見つからなかった――で、被害者は三十歳から五十歳ぐらいの女性と分かっただけで、現在に到るまで身元すら不明」

「ガンさん……相変わらずよく覚えてますね」安原が呆れたように言った。

「警視庁の歴史の中でも、エポックメーキングな事件だからな。それに、事件発生当時に現場近くに住んでいたから、余計印象深いんだ。近所でこんな事件が起きたら、嫌でも気になるだろう」

「なるほど――しかし、すごい偶然ですね」安原がうなずく。

「俺が警察官になろうと思ったきっかけかもしれない。それにしても、おかしな犯人だな。頭部だけを別の場所に捨てる理由が分からない」

　人を殺した後、遺体をバラバラにする動機は主に二つある。殺しただけでは飽き足らないほど相手を憎んでいる場合、そして証拠隠滅を狙う場合だ。この事件の場合、犯人の狙いは後者だろう。身元に繋がりやすい頭部だけを別の場所に捨てるのは、なかなか巧妙かつ大胆なやり方だ。大きな公園の池に遺体の大部分を捨てるだけでも、かなりの度胸と体力が必要で、普通ならそれだけで精一杯になる。さらに、頭部だけを別の場所に捨てるとなると……絶対に捕まりたくないという、犯人の異常に強い意思が透けて見える。

見つかっていない頭部はどこにあるのだろう。どこかの山中で完全に白骨化して埋まっているのか、あるいは海の底か。

「今なら絶対に犯人に辿りつくんじゃないですかね。どこにでも防犯カメラがありますから……特に都立公園の中には、カメラがたくさん設置されている。犯人が映りこむ可能性は高いですね」安原が指摘した。

「仰《おっしゃ》る通り」岩倉はうなずいた。この署に赴任してきてから一年半が経つが、安原との関係には未だに慣れない。もともと安原は後輩なのだが、この署では逆転して部下と上司の関係になっている。向こうは警視、こちらは警部補……階級で二つ分の違いは、絶対に超えられない壁だ。一方で本来の先輩・後輩の関係も残っているわけで、仕事の場では互いに敬語を使い合う奇妙な関係になっている。二人きりの時は、岩倉が先輩然として話すのが暗黙の了解だ。

「ま、あまり思い出したくない人も多いでしょうね」安原が指摘する。

「当時の捜査員で、まだ現役の人もいるだろうしな」岩倉は応じた。あの頃駆け出しだったら、五十代後半というところだろうか。

課長席の電話が鳴った。安原が岩倉に軽く黙礼し、素早く自席に近づいて、立ったまま受話器を取り上げる。話し相手がいなくなったので、岩倉はまたノートを開いた。この事件の資料を集めるのは大変だったな……いくら警察官とはいえ、他人が捜査していた資料は手に入らない。必然的に、当時の新聞や雑誌の記事に頼ることになったのだが、そういう資料を探し出すだけでも大変だった。古本屋に通ったり、雑誌専門図書館の大宅文庫の世話になったりと、埃《ほこり》まみれになって閉口した。最近の事件ならネットでも簡単に情報が拾えるのだが、三十年も前の事件になると、そう上手くはいかない。岩倉の感覚では、インターネットが普及する以前、一九九〇年代中盤より前の事件に関しては、ネットで詳細を拾える可能性は極めて低かった。

岩倉の趣味は、こうやって古い事件――特に未解決事件を研究することだ。いつか、おそらくは退職してから、未解決事件に関する考察を集めた本を出版するのが夢である。いや、もしかしたら現職の警察官としてやってみるべきかもしれない。公務員の副業禁止に引っかかる恐れもあるが、名前を出さずにやる方法もあるのではないか？「現職警察官が」と帯に謳えば、それだけで話題を呼ぶに違いない。別に金儲けをしたいわけではないのだが。

それにしても妙だ。

岩倉はふと、違和感を覚えた――隣の席が空いている。去年、南大田署に赴任してきてからずっとコンビを組んでいた女性刑事の伊東彩香《いとうあやか》が所轄を卒業し、今日づけで機動捜査隊に異動になったのだが、その後釜として来るはずの人間の姿が見えない。既に昼の休憩も終わる時間、一日の半分が過ぎつつあるのに……初日から病欠なのか、あるいはサボリ魔なのか。

「ガンさん」

声をかけられ、顔を上げる。安原が心配そうな表情を浮かべてこちらを見ていた。厄介なことがあったな……もしかしたら彩香の後任に、何かトラブルでも起きたのかもしれない。岩倉はノートをデスクに置いて立ち上がり、彼の席の前に立った。

「事件ではないんですが、ちょっと厄介な話がありましてね」

「と言いますと？」岩倉は仕事用の口調に切り替えた。

「田岡勇太《たおかゆうた》。ご存じですね」

「もちろん」

失礼な、と岩倉はむっとした。去年発生した事件の容疑者である。忘れるわけもない。しかも担当は、隣の北大田署だった。

「田岡勇太、三十……まだ三十歳だな。逮捕された当時の住所は、うちの管内の都営南六郷第2団地」

安原がうなずく。顔色が悪い。この年下の課長は本来心配性なのだが、何が問題なのだろう？

「田岡がどうかしたんですか？」

「今朝、実家に帰って来たようです」

岩倉は右の眉だけをすっと上げた。そうか、あの男が帰って来たのか……予想されたことではあった。しかし安原が——我々が心配することはないのでは？

田岡は一年ほど前、殺人容疑で北大田署に逮捕された。同じ大田区内で起きた事件、そして隣接署が逮捕した容疑者ということで、岩倉たちも無関係というわけにはいかなかった——北大田署の捜査に少しは協力した——のだが、基本的にはあくまで「隣の署の事件」である。捜査に口出しできるものではない。

北大田署は今、警視庁内百二の警察署中、最も肩身の狭い立場にある。捜査を主導した本部の捜査一課もそうなのだが……何しろ田岡は昨日、東京地裁で無罪判決を受けたばかりなのだ。

この衝撃は、直ちに警視庁全体に伝わった。殺人事件の裁判で無罪判決——しかも完全無罪判決だ——が出ることは稀である。殺人事件に関しては、警察も検察も、他の事件に比して入念に捜査する。それ故、無罪判決となればショックも大きくなるのだ。

検察が控訴して、東京高裁で戦う可能性はまだある。しかし昨日の判決を見た限り、その可能性は低いだろうと岩倉は読んでいた。「犯行の事実なし」の認定——つまり、一かゼロかで言えばゼロだ。ここまではっきりした判決だと、検察はこれ以上の無駄な戦いを放棄するかもしれない。

「ガンさん、ちょっと田岡の家を覗いてきてくれませんか？」

「それはちょっと……どうなんですか」岩倉は渋い表情を浮かべた。「無罪判決を受けて家に帰って来た人間ですよ？　警察が周りをうろうろしていたら、弁護士が問題にするかもしれません」

「ですから、気づかれないように、極秘で」

「監視だったら、北大田署に任せるべきじゃないんですか」

課長の指示とはいえ、岩倉は素直に受け入れられなかった。負けなら負けで潔く認めて反省し、元容疑者に対して礼儀を尽くすべきではないか。

「実は、北大田署から非公式に依頼があったんですよ」安原が打ち明けた。「自分たちで確認に行くと、それこそ色々問題が起きるかもしれないでしょう。それでうちに頼みたいと」

「そうですか……」岩倉は溜息をついた。そんなことなら、若い刑事に命じればいいのに。ところが課内を見回すと、他の刑事たちは全員出払っている。昼飯後の休憩時間に、古い事件のデータを見直していたのが敗因か——仕方がない。

「本人と接触しますか？」

「そこまでは必要ないと思います。余計な刺激は与えない方がいいでしょう。ご近所のトラブルも予想されますから、うちとしても所在を確認しておく必要があります」

「だったら、取り敢えず家にいることを確認すればいいですね？」

「ということで、よろしくお願いします」安原が頭を下げた。

気が重い仕事だ。岩倉はこの事件について、外形的事実は知っている。しかし逮捕された田岡という男の人間性については、まったく把握していなかった。せっかく無罪判決を受けて家に帰ったのに、どうしてまた警察につきまとわれなければならないんだ――そんな風に激怒するタイプである可能性もある。できれば無用なトラブルは避けたかった。今後、田岡との接触は弁護士を通じて、に限定すべきではないか。こういう事件なら、たとえ「後始末」であっても弁護士は張り切るだろう。

その時ふと、嫌な予感が脳裏を走った。

「北大田署の連中、まだ田岡さんを疑ってるんじゃないでしょうね？」

「まあ……納得はしていないようですよ」

「それはよくないな。完全無罪判決なんですから、素直に負けを認めるべきですよ」

「連中にすれば、そうもいかないんでしょう。面倒な仕事ですが、よろしくお願いしますよ」

安原に頭を下げられると、これ以上抵抗はできない。年上の部下という面倒臭い人間を抱えて、彼もやりにくいだろうから、こちらも気を遣ってやらないと。しかし安原本人がやたらと心配性で気遣いばかりしている人間なので、こちらの態度には関係なく、いつも疲れている。

「どうも、遅れまして」

呑気な声が出入り口の方から聞こえてきた瞬間、岩倉は悪寒を覚えた。悪寒というか、生理的に我慢できない耳障りな声だった。

「ああ、どうも」安原は平気なようで、軽い口調で挨拶を返した。

「すみませんねえ、異動初日に病院というのも困ったもんです」

「いやいや……大丈夫なんですか？」

「まあ、無事でした。折れてはいないそうです」

何の話だ？　岩倉は困惑して、無言で安原の顔を見詰めた。課長、状況を説明してくれよ。

「課員への紹介は夕方にしよう。ああ、こちらは岩倉警部補」

「どうも」

岩倉は振り返り、声の主の姿を確認した。何とも冴えない……だらしないというのが第一印象だった。身長百七十センチぐらい。それはいいのだが、腹が丸く突き出ている割に脚が細く、歩くだけでもよたよたしているのだった。丸い顔、細い目、薄い唇。髪には脂っ気がなく、櫛《くし》を入れた形跡もない。背広は明らかにサイズが合っておらず、肩のあたりが苦しそうだった。見ると、右手首に包帯が巻いてある。目の脇、頰骨のところには真新しい絆創膏が貼ってあった。

「みっともない顔ですみませんねえ」男がニヤリと笑い、岩倉に向かって頭を下げた。

「今日からお世話になります、川嶋市蔵《かわしまいちぞう》です」

「ああ……どうも」

　こいつが彩香の代わりか。しかし市蔵とはまた、古臭い名前だ……仕事はできないだろうな、と岩倉は一目で判断した。前任地は、目黒中央署の刑事課。事前に聞いていた情報では、年齢は三十七歳のはずだが、「実は四十七歳だ」と打ち明けられても驚かない。顔色もよくなく、健康診断ではあらゆる項目で再検査になりそうなタイプだ。もっとも初対面では、病気ではなく怪我をアピールしてきたわけだが。

「その怪我は？」

「朝、家を出た瞬間に転びましてね。その後、病院でえらく待たされたんですよ。しかし何ですね、整形外科っていうのは、朝っぱらから爺さん婆さんで賑やかなもんですねえ」

「ああ」何とも反応しにくい話題だ。

「ま、ちゃんと受け身を取ったんで、骨折はしてませんけど、ひどい目に遭いましたよ」

　うなずくしかできなかった。この男と話しているだけで、知能が低下しそうな感じがする。

「課長、じゃあ、ちょっと家を見てきますから」

　岩倉はそそくさと上着を着こんだ。せっかくだから一緒に行ってくれ、とでも命じられたらたまらない。

幸い、安原は何も言わなかった。ただ、「これから元被告の家に行ってくれ」と命じられても、川嶋は断るのではないだろうか。何だかんだ理屈をつけて仕事から逃げる——そういうことだけに長《た》けた人間はいるものだ。仕方ないと思う。どんな組織でも、結果を出せる人間は二割しかいないというし……足を引っ張る人間も二割、残り六割が可もなく不可もなく、だ。

一言二言しか交わしていないが、川嶋が足を引っ張る二割の人間であるのは間違いないだろう。岩倉は、初対面の人間の本性を見抜く能力に長けている。仕事をしていく上で、それほど役に立つ能力ではないのだが。

2

岩倉は出かける前に、一階の地域課に立ち寄って必要な情報を仕入れた。田岡一家の家族構成、それに団地の自治会の会長名と連絡先ぐらいは把握しておく必要がある。地域課では最寄りの交番に連絡して、連絡票を確認してくれた。

田岡の住む団地は、署から行くのに微妙に不便な場所にあった。

最寄駅は、京急の雑色《ぞうしき》。南大田署の最寄駅である京急蒲田駅からは一駅しか離れていないが遠回りになる。署から京急蒲田駅まで歩くのは時間の無駄だが、団地まで直接歩くと三十分ほどもかかる。覆面パトカーを使うことも考えたが、それもどうか……田岡は敏感になっているだろう。自室の窓から覆面パトカーを見ただけで、弁護士に連絡するかもしれない。もちろん、弁護士に難詰《なんきつ》されても「通常のパトロールだ」と言い抜けることはできるだろうが、後味は絶対に悪くなる。

結局岩倉は、自分の自転車を使うことにした。自宅マンションは、署から歩いて二十分ほど。毎日往復で歩くのはちょうどいい運動だろうと思っていたのだが、遅くなった時に歩いて帰るのが面倒で、半年ほど前から自転車通勤に切り替えていた。

しかし、背広を着たまま自転車に乗るのは、抵抗感があった。ママチャリというわけにもいかないし、本格的なスポーツタイプだともっと変だ。結局地元の自転車屋に入念に相談して、「クロスバイク」と呼ばれるタイプの自転車を選んだ。五十一歳の腰には、きつい前傾姿勢は厳しいのだが、慣れると悪くない……自転車に乗るなど、高校時代以来だったが、風を切る感覚はなかなか楽しいものだった。冬になっても同じことを言っていられるかどうかは分からなかったが。

ズボンの裾を守るために、レッグバンドを装着しなければならないのが少し面倒だ。さらに、両手を空けておくために、普段使いのバッグもデイパックに変更しなければならなかった。黒いナイロン製で、しっかりフレームが入ったきっちりしたデザインだが、「リュックを背負っている」事実に変わりはない。朝の青山通り辺りで、若者がこういう格好で自転車を飛ばしていたら、「健康に気を遣っている」あるいは「エコに対する意識が高い」と好意的な目で見られるかもしれないが、五十一歳での自転車通勤はなかなか厳しいものがある。恋人の赤沢実里《あかざわみのり》――二十歳年下だ――は特にコメントしなかった。自転車は誰が乗っても自転車、ぐらいにしか考えていないのだろう。

十月一日。今年の夏は長く、今日も最高気温は二十八度になる予報だ。日は高く、現場に着くまでには汗をかくだろう。上着はいらなかったなと思ったが、脱いでもこの自転車では置く場所がない。前にカゴがついたママチャリの方が、何かと便利だったかもしれない。もっとも、自分がそういう自転車に乗っている場面を想像すると、苦笑してしまう。

岩倉は、蒲田郵便局前の交差点から細い道に入った。昨年四月、南大田署に赴任して来た頃には気づかなかったのだが、この辺から雑色駅に向けては、ささやかな商店街が続いている。規模が小さいが署に近いので、昼飯を食べに行くには便利な場所だ。すっかり馴染みになった中華料理屋、定食屋などを横目に見ながら自転車を飛ばす。本当は第一京浜に出た方が近いのだが、交通量が多いあの道路を自転車で走る気にはなれなかった。

それにしても蒲田というのは、懐が深い街だ。大きな駅が二つ――JRと東急線が入る蒲田駅と、京急の蒲田駅があり、その二つの駅をつなぐように「あすと」という気安い商店街がある。それ以外にも、こういう小さな商店街が点在している。

雑色駅の付近も、なかなか住みやすそうだ。細い道路をずっと南に走り、左折して雑色駅に続くアーケードの商店街に入る。ごくごく短いアーケードだが、総菜店、トンカツ屋、曜日ごとに違うパンのセールをやっているパン屋と、地元に根ざした店が目立つ。アーケード街は途中で、京急の高架に断ち切られる。右側がちょっとした広場になっており、その奥が雑色駅だ。このスペースはいかにも無駄……そのうち、何かの開発が行われるかもしれない。アーケード街はそこから再開して数十メートル続いて終わり、第一京浜に出る。さすがに東京と神奈川を結ぶ大動脈だけあって、交通量は多い。

第一京浜を渡ると、今度は典型的な住宅街になる。この辺りにはまだ高層マンションなどはなく、一戸建てが中心だ。第一京浜から入ったところが「水門通り商店街」。アーケード街に比べると少し地味だが、それでも夕方になると地元の人たちで賑わう。大田区にありながら、いかにも東京の下町っぽい雰囲気がある一角で、岩倉の好みの街だった。

赴任して来て初めて知ったのだが、大田区は団地が多い街だった。大規模な団地こそ少ないものの、古い集合住宅が点在している。都心へも近いので、まだ給料の安い若いサラリーマンが住むには便利な街かもしれない——というのは、昭和の人間の発想かもしれないが。結婚したら家賃が安い団地に住み、子どもができたらマンションに引っ越し、さらに頭金が貯まったら郊外に一戸建てを建てるという生活設計が、今も通用しているとは思えなかった。

南六郷第2団地はすぐに見つかった。建物の前で自転車を停め、見上げる。五階建て、まるで型抜きしたように特徴のない団地だった。団地の住人のものだろうか、歩道には自転車が数台停まっている。こういうのは、自転車泥棒の餌食になりやすいんだけどな、と岩倉は心配になった。

第2団地は、同じような建物二棟から成っていた。部屋の番号も分かっているが、いきなりドアをノックするのは避けたい。相手に刺激を与えずに様子を観察するためには……やはり自治会長に聞いてみよう、と決めた。

日本に団地が誕生してから、もう五十年……六十年ぐらいになるだろうか。その間、住民の構成もだいぶ変わったはずだ。団地というものが誕生したばかりの頃の入居者は、それこそ安い家賃に惹かれた若い夫婦が多かったはずだが、最近は空き家も目立つようになっている。外国人が入居している部屋も多く、様々なトラブルに頭を悩ませている所轄も少なくない。この団地はどういう感じなのだろう。外から見ただけでは中の様子はまったく分からないのが、こういう集合住宅だ。道路に面した方がベランダになっているが、洗濯物を干すのが禁止になっているのか、外から見た限りは何ら特徴がない。洗濯物などを見れば、何となく生活の様子が想像できるのだが。

二棟で百戸。手帳を取り出し、自治会長の名前を確かめる。秋山孝夫《あきやまたかお》、七十二歳、無職。仕事は引退して、悠々自適の毎日というところだろうか。

さて、と軽く気合いを入れたところでスマートフォンが鳴った。登録はしていないが記憶にある番号……岩倉は瞬時判断に迷った。無視してしまってもいいが、そうすると何度でもかかってくるのは経験で分かっている。怒鳴りつけて、恐怖を染みこませてやろう。

「いい加減にしろ！」岩倉は低い声で怒鳴った。「今、仕事中だ」

「でも、出たじゃないですか」電話の向こうで、サイバー犯罪対策課の福沢一太《ふくざわいちた》が呑気な声を上げた。

「出ないと、何度でもかけてくるだろう」

「仕事ですからねえ」

何が仕事だ……福沢たちは、岩倉の特異な記憶力に目をつけて、それを科学的に「分析」しようとしている。しばらく仕事を離れて、自分たちの研究に協力して欲しい――冗談じゃない。岩倉は拒絶し、鬱陶しい誘いから逃れるために警視庁本部から南大田署に希望して異動してきたのだが、福沢は今もしつこく声をかけてくる。署に顔を出すことすらあった。

「最近、いかがですか」下手に出て福沢が訊ねる。

「君が電話してくるまでは絶好調だった」

「結構ですねえ。ま、取り敢えずご挨拶まで」

「時間の無駄だ」

「いやいや、そんなことはないですよ。こっちは着々と手を打ってますから」

「はあ？」

「いざとなると、人間、いろいろな手を思いつくものですねえ」

「何言ってるんだ？」

「ではまた。今度はそちらにお伺いしますよ」

「おい――」

福沢はさっさと電話を切ってしまった。クソ、ふざけやがって……岩倉は目をつぶり、深呼吸して気持ちを入れ替えた。こんな奴に心を乱されるようじゃ、俺もまだまだだな。

一階の三号室の前に立ち、古めかしいデザインの呼び鈴を鳴らす。錆びたような呼び出し音が聞こえて十秒ほどしてから、ドアが細く開く。チェーンはかけたままだった。

「秋山さんですか？」

「そうですが」ドアの隙間から見える秋山は、少なくなった髪を丁寧に後ろに撫でつけていた。白いシャツを腕まくりし、下はジャージ。変な格好だが、家で寛いでいる時にはこんなものだろう。岩倉も自宅に一人でいる時はジャージの上下だ。

「南大田署の岩倉と言います」

バッジを示すと、秋山の顔に影がさした。

「もしかしたら、勇太君のことですか？」

「はい。ちょっと内密に話を伺いたいんですが……よろしいですか？」

「あまりいい話ではないですね？」

「いいか悪いか、現段階では何とも言えません。単なる情報収集です」

「そうですか……」秋山が一つ息を吐き、チェーンを外してドアを大きく押し開けた。

「どうぞ」

玄関に入ると、その先はすぐにダイニングルームになっている。奥にドアが二つ。たぶん、そこから二つの部屋に出入りできる振り分け式の間取りだろう。

ダイニングルームは八畳ほどの部屋だった。きちんと整理されて清潔な感じで、主役は大きなテーブル——八畳の部屋が狭く感じられるほどだった。テーブルの上には、小さな花瓶。子どもはとうに独立し、夫婦二人だけの生活、奥さんは掃除好き、と岩倉は家庭環境を想像した。

「申し訳ないが、女房は今、同窓会で田舎に帰っていてね」

「田舎、どちらですか？」

「長崎」

「遠いですね」

「年に一回同窓会があるんだ。皆勤賞だから、飛行機代も馬鹿にならない——まあ、それぐらいは気を遣ってやらないとね。あなたも、奥さんは大事にしないといけないよ」

「はあ」

初対面の人間に、どうしてそんなことを言われなければならないのだ？　岩倉は少しむっとした。秋山がニヤリと笑う。

「警察官っていうのは、だいたい奥さんに迷惑をかけてるものだから。あなた、刑事課？」

「ええ」

「じゃあ、一番大変だね。夜中に呼び出される、特捜ができると家に帰って来ない……今は携帯があるからいいけど、昔は連絡が取れなくなって、奥さんが着替えを持って所轄を訪ねて来るようなこともあったよね」

「あの、失礼ですが……先輩ですか？」

「あれ？」秋山が「意外だ」とでも言いたげな表情を浮かべた。「知らなかった？　連絡票に何も書いてないのかね」

「書いてませんでした」岩倉は正直に認めた。

「しょうがねえなあ」秋山が苦笑する。「地域課の若い奴には話したんだよ？　そういうことは、アスタリスクつきで記録しておかないといけないのに」

「経験の少ない警官は、気が利かないものです。失礼しました」

「まあまあ、座んなさいよ。女房がいないとお茶も出ないんだけどね」

「どうぞ、お構いなく」

しかし秋山は、冷蔵庫を開けてミネラルウォーターのペットボトルを出してくれた。普段、事情聴取の時には、トイレが近くならないように飲み物は遠慮しているのだが、今日は自転車を飛ばしてきたので喉が渇いていた。それに先輩を前にして、少しだけ気も緩んでいる。遠慮なく受け取り、キャップをねじ開けた。秋山が自分の分のボトルを持って向かいに座る。

「最後はどちらだったんですか？」

「品川中央署」

「じゃあ、ここは通勤には便利だったんですね」

「そうだね。警察官人生の後半は、ほぼ大田区と品川区にいて……何故か南大田署には縁がなかったが」

「蒲田もいい街ですよ」

「知ってるよ」秋山が苦笑した。「もう三十年近く住んでるんだから」

「ずっとこちらの団地なんですか？」

「そう。北大田署に転勤になった時に、仮住まいのつもりで借りたんだけど、妙に居心地がよくてね。女房が近所の人たちと仲良くなったし、何だか離れがたくなっちまったんだ。本当は、ここにはちょっといるだけで、一戸建てを建てようっていう話だったんだけど、それはいつの間にか流れたな」

「確かにこの辺、住みやすいですよね」

「物価は安いし、気楽な街だよ。雑色っていうのは、もっと評価されていいと思うよ。ここの商店街は、徳が高いんだ」

「それは何となく分かります」岩倉は苦笑してしまった。

「勇太が出て来たから、様子見だね？」軽いやりとりが終わって、秋山の方でいきなり本題を持ち出した。

「何かあったわけじゃないですよ。本当に情報収集です」岩倉は慎重な姿勢を保った。「無罪判決を受けて出て来た人を、わざわざ追い回すようなことはしません。そもそもうちは、あの事件の捜査を担当もしていませんし」

「北大田署の担当だったね」秋山がうなずく。「しかしちょっとずれていたら、あなたたちが大騒ぎしていたかもしれない」

「そうですね。今もまた、大騒ぎになるんじゃないかと心配なんです」

「逮捕の時は、ひどかったからねえ。どこかで情報が漏れたんだろうけど、マスコミの連中がずっとここに張りついていた。それが下手な張り込みでさ……あれで犯人が気づいたら、逃げられていたかもしれないよ。いや、結果的に勇太は犯人じゃなかったけど」

「また騒ぎになるかもしれませんね」

「あ？　ああ」秋山が、嫌そうに表情を歪めた。「本人は会見も何もしてなかったよな？」

「弁護士が、立ち話で取材に応じただけのようです。本人も、今さらマスコミの前で晒《さら》し者になりたくないんじゃないですか？」

「うむ……」

唸《うな》るように言って、秋山が水を一口飲む。それを見届けてから、岩倉もボトルに口をつけた。汗をかいた後の水はひときわ美味い……。

「しかし、勇太に喋らせようとするマスコミはいるだろうな。特に週刊誌が危険だ。新聞やテレビの連中は物分かりがいい……というか最近は大人しくなったから、弁護士が『直接接触しないでくれ』と頼めば、無理はしないだろう。しかし週刊誌の連中はそんなことを気にしない。何としても、本人の肉声を取りたがるだろうな」

「警察としては、そこはどうしようもないですが……近所の人が迷惑を被るようなら、何か手を考えますけどね」

「いざとなったら、こっちも団地の自治会名義で抗議文なりお願いなりを出すから。それでかなり落ち着くだろう」

「そうだといいんですが」

「あなた、心配性だねえ」

「性格ですから、どうしようもありません」

「実は勇太、うちに挨拶に来たんだよ」

「本当ですか？」岩倉は思わず身を乗り出した。

「この団地では俺のところにだけだと思うけど、ご迷惑をおかけしましたって」

「いつですか？」

「今日の昼前。弁護士と、母親と一緒だった」

「あの家は――」岩倉は記憶をひっくり返した。「母親と二人暮らしでしたね」

「兄貴がいるけど、今は独立して、横浜の外れの方に住んでる。確か、会社の独身寮だったな」

「つまりこの一年間、母親はずっと一人で耐えてきたわけですか」岩倉は腕を組んだ。母親は六十歳。まだまだ老けこむ年齢ではないはずだが、息子がいきなり逮捕された衝撃で、大きなダメージを受けてもおかしくない。

「そういうこと。ああいう人をケアするのは難しいね。あまりお節介し過ぎるのはよくないし、かといって無視もできない。女房が上手くやってくれていたようだが、こういう時、男は役に立たないね」

「自治会では、そういう話は出なかったんですか？」

「自治会でそんな話、するわけないじゃないか」秋山が大袈裟《おおげさ》に顔の前で手を振った。

「なるべく触らないようにするのが、気遣いってもんだよ。勇太は、何も悪いことをしてないんだから」

「母親としては難しい立場ですよね。勇太さんは以前、窃盗未遂で有罪判決を受けてますし」

「古い話だよ。それに執行猶予がついた」

「秋山さん、もしかしたら勇太さんのことは昔から知ってるんですか？」

「うむ……」一声唸って、秋山が黙りこんだ。話していいかどうか、迷っている様子だった。

「秋山さん、これはあくまで情報収集です」岩倉は先を促した。

「それは分かるがね」

「私は純粋に心配しているんですよ。管内で変な騒ぎが起きるのは願い下げです」

「まあ……そうだな」秋山が膝に両手を置き、背筋をすっと伸ばした。「俺が引っ越して来た時、ちょうど勇太は生まれたばかりだったんだ。こういう団地だから、皆顔見知りで仲も良くてね。そういうところだと、赤ん坊はアイドルになる」

「分かります。東京ではあまりない話ですけどね」

「ここはちょっと、田舎臭い感じなんだよ。俺はこの距離感が好きなんだけどね」

「悪くないですよね……父親はどうしたんですか？」

「勇太が十五歳の時に亡くなった。大森の方の結構大きな工場――精密機器メーカーの下請けで働いてたんだけど、日曜日の朝に心筋梗塞で倒れて、その日のうちにね……家族全員に看取られたのが、よかったのか悪かったのか」

「十五歳で父親を亡くすのはきついですね。勇太さんは、まだ中学生の時ですか？」

「高校生になったばかりだった」秋山が首を横に振る。「それで、いきなり高校を辞めちまってね。大学へ通っていた兄貴を支えるためだ」

「そこまで……保険金だって出たんじゃないんですか？」

「そうだと思うけど、それだけじゃ頼りなかったんだろうね。結局、親父さんが勤めていた会社に雇ってもらったんだ。母親はずいぶん悩んだみたいだけど……自分で働こうともしたようだけど、いい働き口がなかったんだね。体も弱い人だったし」

「できた息子さんじゃないですか」

必ずしもそうとは言えない——近所の民家に盗み目的で忍びこんで、窃盗未遂で逮捕されたのは二十歳の時だった。家人に気づかれて騒がれ、何も盗まずに逃げ出したものの、結局逮捕、起訴された。悪い仲間の行動に巻きこまれただけということで判決は執行猶予つきだったが、これで前科は残ってしまったことになる——そう指摘すると、秋山が渋い表情を浮かべてうなずいた。

「結局それで、会社も辞めざるを得なくなった。その頃は兄貴がもう大学を出て働き始めていたから、何とか生活できていたようだけど」

「何でそんなことをしたんですかね」

「魔が差したとしかいいようがない。中学の時からの友だちに、悪い奴らが結構いたんだ。その一人に誘われて、逆らえなかったらしいんだが……災難に巻きこまれたようなもんだよ」

「その後は、仕事も上手くいってなかったんですか」

「ああ。ただ、ここ何年かは落ち着いて仕事をしてたよ。結局、最初に勤めていた会社の社長が、ほとぼりが冷めたということでまた受け入れたんだ。つまり、仕事の戦力としては計算できる男だった、ということだよ」

その社長は何を考えているのだろう……会ってみたい、と岩倉は思ったが、それは少し図々しいかもしれない。いや、そもそも職分をはみ出す行為か。岩倉は、この事件の捜査を担当していたわけでもないのだから。

「今回の事件の時は……」

「正直、まさかという感じだったね」秋山が打ち明ける。「あの窃盗未遂は、単に巻きこまれただけとしか言いようがない事件だった。彼は人を殺すような人間じゃないよ……いや、元警察官としては、こういう決めつけをしたらいけないかもしれないが」

岩倉はうなずいた。事件――特に殺人事件は、平板で滑らかな日常に突然発生する「割れ目」のようなものである。だいたいの動機は感情の爆発で、突発的に悲劇に至る。だからこそ犯人が捕まると、知り合いは「まさかあの人が」と驚くことが多い。

「警察は、今後はどこまで介入するんだ？」

「何も起きなければ介入はしませんよ」

「俺はちょっと不安なんだ」秋山が素早くうなずく。「どうしても、一年前の大騒ぎを思い出してしまう。それに、無罪判決が出たからといって、近所の人の勇太を見る目が変わるわけじゃない。実際、昨日から噂で持ちきりだしな。それも当然、悪意の噂だ」

「悪意、ですか」軽い悪寒が走る。

「裁判で完全無罪になったからと言って、一度殺人犯の烙印を押された人は、簡単には社会復帰できない。ましてこの団地のように人間関係が密なコミュニティでは、受け入れる方が抵抗するとややこしいことになるんだ。団地だけじゃないな。この辺に住む人は皆、嫌な思いをしていると思うよ。不安と言うべきかもしれないが」

「どうしてここへ帰って来たんですかね。ほとぼりが冷めるまで、どこか別の場所に身を隠している方がよかったんじゃないんですか」

「それができたらやってるだろうさ」秋山が鼻を鳴らす。「隠れるためにも金が必要だろう。正直、今のあの家に金があるとは思えん。この一年、収入といえば兄貴の給料だけが頼りだったんだから」

「お兄さんは、何をやってるんですか？」

「研究職だ。仕事の内容は聞いたことがあるんだが、正直言って俺には難し過ぎて分からなかった」秋山が頭を掻いた。「しかし、そんなに給料がいいわけでもないと思うよ」

「結婚してるんですか？」

「いや、独り身だね」

「それでも、二世帯分の家計を支えるのは大変――というより難しいでしょうね」

「そういう状況だから、勇太がどこかへ隠れているような余裕はないだろう。ここへ戻って来るしかなかったんだ。母親を安心させたかっただろうしな。だけどそのせいで、近所の人たちは不安になっている。警察は余計な手を出すべきじゃないだろうが、ケアしておく必要はあるんじゃないかな……いや、これはOBの勝手な言い分かもしれないが」

ふと思いついて、「この辺に、勇太さんと親しい友人はいませんか？」と訊ねた。

「いるよ」秋山があっさり答える。「会ってみるかい？」

「できれば」岩倉はうなずいた。「今後のフォローのためにも必要かもしれません」

秋山はすぐに、近所に住んでいる幼馴染みの名前と自宅――クリーニング店を営んでいるという――を教えてくれた。岩倉がメモも取らなかったので、秋山が驚く。

「覚えたのかい？」

「ええ」

「大したもんだね。俺の若い頃は、とにかく何でもメモするように教育されたものだが」

「紙を無駄にしたくないんですよ」

岩倉がさらりと言うと、秋山は困ったような笑みを浮かべた。

3

秋山がいてくれて助かった。彼は貴重なネタ元になりそうだし、今後何かあった時にも助けてもらえるだろう。

間接的にだが田岡の所在は確認できたから、このまま署に戻ってもよかったのだが、自分の仕事が中途半端な気がした。今は直接会うタイミングではない――しかし、せめて顔だけでも見ることはできないだろうか？　安原に命じられた時には「厄介だ」という気持ちが湧いていたのに、今は好奇心に近いような感情を抱いている。近いうちに、直接面会する機会を作ろう。今日は、田岡の友だちに会っていくことにした。何か情報が得られるかもしれない。

秋山が教えてくれたクリーニング店はすぐに見つかった。チェーンではなく、個人営業の小さな店……商店街にこういう店を見つけると、岩倉は嬉しくなる。

店に入ると、二人の男がいた。一人はカウンターの中にいる、百八十五センチぐらいの大男。色の抜けたジーンズに濃い青色のシャツ、エプロン姿という軽装だった。この男がクリーニング店の店主、浅野《あさの》だろう。もう一人は浅野の肩ぐらいまでしか身長がなかった。

「ちょっといいですか」岩倉は二人に話しかけた。すぐにバッジを示し、「警察です。少し話をさせてもらえませんか」と切り出す。

「何ですか、いったい」小さい方が声を上げた。体は小さいものの、彼の方が気が強そうだった。目が細く、顎はがっしりしている。右手には黒いブリーフケース。髪を短く刈り上げ、きちんとスーツを着ており、普通のサラリーマンに見えた。

「田岡さんのことについて、ちょっと話を聞かせて下さい」

「冗談じゃない」小さい方の男が、瞬時に顔を赤く染めた。「まだ疑ってるんですか？」

「そうじゃない。これは念のためなんです」

「何が念のためですか」

「念のためは念のためです」

「何なんすか、それ」

小さい男が、顔を真っ赤にしたまま前に出た。しかし、大きい方の男がカウンターの中から長い腕を伸ばして肩を摑む。体重差があるので、それで小さい方の動きは止まってしまった。

「変なことが起きないように、目を配っているだけです。単なる情報収集ですよ」

「話ぐらい聞こうよ」大きい方の男が、呑気な口調で言った。

「警察に話すことなんかないだろう」

「騒いでると、田岡のためにならないよ」

その一言で、小さい方の男が黙りこんだ。

岩倉は改めてバッジを示し、「南大田署の岩倉です」と名乗った。大きい方がやはり浅野、小さい方が辻本《つじもと》だと分かった。話す相手は冷静な浅野だと決め、岩倉は切り出した。

「二人とも、友だち？」

「昔からですね……小学校からずっと」

「じゃあ、二人とも近所に住んでるんだ」

「俺は。こいつは今、川崎です」

「余計なこと、言うなよ」辻本が反発する。警察に住所を知られると一大事だ、とでも思っているようだった。

「仕事は大丈夫なんですか？」

「俺は自営だし、辻本も外回り——営業なんで」

「お前、何でもぺらぺら喋るんじゃないよ」辻本が警告した。

「別にいいじゃないか、悪いことしてる訳じゃないし」浅野は平然としていた。体が大きいからというわけではないだろうが、かなり鷹揚《おうよう》な性格らしい。

「田岡さんに会いましたね？」

「今朝、あいつから連絡が来て」浅野が認めた。「外へ出られないから会いに来てくれないかって」

「仲がいいんですね。わざわざ仕事の時間を使ってまで会いに行くなんて」

「昔からの連れですから」浅野がうなずく。

「どんな様子でした？」

「土下座されました」

「土下座？」予想もしていないことだった。「あなたたちに土下座するような理由があるんですか？」

「そりゃあ、迷惑をかけたってことなんでしょう」辻本が割りこんだ。「あいつはそういう人間だから。礼儀正しいというか、義理堅いというか」

「しかし、家に戻って来たその日に、わざわざ連絡してくるというのも……」

そこまで仲がいいのだろうか。自分の立場だったら、とつい考えてしまう。もしも友人――友人と言える人間は数少ないが――が逮捕され、やがて「無実だった」と分かって帰宅した時に、すぐに会いに行くだろうか。たぶん、行かない。ある程度冷静になるまで、時間を置くだろう。

「俺たちが言うことじゃないかもしれないけど、この一年、お袋さんのところに顔を出したりしてたから……それで、俺たちに借りがあるとでも思ってたんじゃないですか」

「面倒を見ていた、ということですか」

「まさか」浅野が首を横に振った。「心配で、様子を見に行っていただけですよ。俺らが面倒を見られるわけがないし。でもあいつは、そのことで礼を言いたかったんだと思います」

「どんな様子でした?」

「さすがに疲れて、ちょっと痩せたみたいだけど、それ以外はそんなに変わってなかったな。ほっとしましたよ。そもそも、電話してきて『お礼が言いたい』って言ってきた時点で、大丈夫だろうとは思ったけど」

「警察はどうするつもりなんすか?」辻本が挑みかかるように言った。「無罪になった人間を、まだ追いかけ回すんですか?」

「正式に言うと、まだ無罪が確定したわけじゃないんだ」

「だって、判決が出たじゃない」辻本は納得しなかった。

「判決が出てから二週間は、検察には上級裁判所に控訴する権利がある。その二週間が過ぎて控訴されなかったら、無罪判決が確定するんだ」

「あと二週間も待つわけ？」辻本が口を尖らせる。「冗談じゃない」

「もしかしたら検察は、二週間の期限が過ぎる前に、控訴しないと宣言するかもしれないけどね」

殺人事件での無罪判決は極めて異例だ。世間も注目する。あれだけはっきりと「完全無罪」の判決が出たのだから、検察が早々と白旗を上げる可能性もある。そういう場合は大抵、マスコミに、「控訴しない」と報じさせるのだ。もしかしたら今日にも、そういうニュースが流れるかもしれない。

「じゃあ、まだ安心できないんですね」浅野は冷静だった。

「裁判は検察の担当だし、俺はそもそもこの事件の捜査を担当していたわけじゃないから、何か言う権利はないんだけどね」岩倉は肩をすくめた。そう宣言すると多少気が楽になるが、晴れ晴れとした気持ちにはなれない。この件は明らかに警察のミスであり、真犯人はまだ野放しになっているのだから。

「それだったら、何で勇太のことを調べるんですか」辻本が強い口調で反発するように訊ねた。

「念のため、ですよ」

「念のためって……」辻本が呆れたように口を閉ざした。

「逆に田岡さんが、トラブルに巻きこまれる可能性もあるでしょう」

「犯人だって決めつけてる人もいるだろうしな」辻本が鼻を鳴らした。

「実際、朝から無言電話が何本もかかってきてるそうです」浅野が打ち明けた。

「嫌がらせ、かな」

「でしょうね」浅野の表情が暗くなる。「それで、警察は何かしてくれるんですか？　勇太を守ってくれるんですか？」

「何かトラブルがあれば介入します。でも、二十四時間監視をつける――そういうのは現実味がないし、今のところは理由もない」

「結局、嫌がらせをしたいんじゃないんですか」辻本が嫌そうに言った。

「まさか」

「今回の事件で、警察は恥をかかされたんでしょう？　嫌がらせぐらいするんじゃないですか」

「こんなことを言うのは変かもしれないけど、警察も忙しいんだ。裁判の負けは負け、それは認めて反省して……すぐに次の事件が待っている」

「真犯人をさっさと捕まえて欲しいね」辻本が鼻を鳴らした。「そうすれば、皆納得するでしょう」

「ネットでも、まだ勇太を犯人扱いする声が多いんですよ。昨日の判決の直後なんか、ひどかった」浅野が暗い声で言った。

「ああ……」岩倉はチェックしていなかったが、いかにもありそうな話だ。「単に面白がって、人を犯人扱いする人間もいるからね」

「冗談じゃねえよ。そういうの、警察では止められないんですか」辻本が唾を飛ばしそうな勢いで詰め寄って来た。

「一線を超えたら、警察も乗り出しますよ」

「一線を超えた時には、もう手遅れになってるんじゃないの？」

ネット絡みの犯罪を捜査する難しさがこれだ。ある人間がネットで中傷された時、相手を特定することはできないでもない。実際に、名誉毀損や脅迫容疑、業務妨害などで逮捕された人間もいる。しかし一人、二人の人間が逮捕されても、ネットで一度流れた噂は簡単に消えるものではない。情報だけが永遠に流れ続けて、それを消す方法はないのだ。

とはいえ、現段階では警察が積極的に乗り出すのはやはりやり過ぎである。無言電話ぐらいでは、捜査はできない。もしも物理的な被害が出たら本格的に捜査しなければならないが、その時には田岡、あるいは母親は既に傷ついている可能性がある——この辺り、捜査の塩梅《あんばい》は難しい。

「何かあったら、すぐに連絡してもらっていいから」

岩倉は二人に名刺を差し出した。浅野はすぐに受け取ったが、辻本は躊躇《ためら》って手を伸ばそうとしない。それでも岩倉は辻本に何とか名刺を握らせ、さらに二人の連絡先を聞き出すことに成功した。

最初は、この捜査に乗り気ではなかったのだが、気が変わった。しばらくはケアが必要だ。捜査ではなく監視と言うべきかもしれないが、これも警察の仕事である。通常の捜査よりははるかに難しい——そして、難しい仕事の方が面白い。

署に戻ると、刑事課の前の廊下で安原と出くわした。

「ああ、ガンさん、どうでした？」

「無事に帰って来ていた」周りに人がいないので、岩倉は先輩として話した。「今朝早く戻って来て、友人二人に連絡を取って……田岡さんに会った友人二人、それに自治会長と話ができた。間接的にだけど、一応確認は取れたと言っていいだろう」

「どんな様子でした？」

「本人は、迷惑をかけて申し訳なかったと謝ったそうだけど、ちょっと厄介かもしれない」

「と言いますと？」安原の表情が暗くなる。この男は、とにかく心配性なのだ。

「近所の人が反発しているそうだ。それに、朝から自宅に何本か無言電話がかかってきているらしい」

「そういうのはいかにもありそうですね」安原がうなずく。「無罪判決が出ても、警察に逮捕された人間は、絶対に色眼鏡で見られる」

「一応、要警戒だな。嫌がらせ以上のことは起きないだろうけど、心配だ」

「あまり首を突っこみ過ぎてもどうかと思いますが……」

「首を突っこむわけじゃなくて、ケアしておくだけだ。そのための情報収集はする」

「ガンさん……」安原が力なく首を横に振る。「引っ掻き回さないで下さいよ」

「そんなつもりはないよ。目立たないようにやるから。それに今、特に事件は抱えてないじゃないか」

「そういうことじゃないんですけど……」安原がブツブツ言った。

「それより、今日来た新人、大丈夫なのか？」

「川嶋ですか？」

「初日にいきなり転んで病院行きっていうのはどうなんだ？　サボってただけじゃないのか」

「怪我は本当みたいですよ」

「しかし、転んで怪我する時点で問題だ。ベストの体調を維持しておくのも、警察官の義務じゃないか」

「ガンさん、厳し過ぎますよ。それじゃ、風邪も引けないことになる」

「俺はここ数年、風邪も引いてないぜ」

体調が万全になったのは、妻と別居してからだ。もしかしたら、一緒に住むことがストレスになっていたのかもしれない。一人になった今は、体調も精神状態も完璧だ。

「ガンさんは自由人だから」安原が溜息をついた。

「まあまあ……それより、川嶋は使える奴なのか？」

「特に評判は聞いてませんけど」

「所轄から所轄へ回されるとなると、あまり優秀とは思えないな」

「来たばかりなんですから、あまりクサさないで下さいよ」

「別にクサしてるわけじゃないさ……まあ、こっちの足を引っ張らなければそれでいい」

「田岡の周辺を調べるなら、川嶋を使ってみたらどうです？　肩慣らしにちょうどいいでしょう」

「遠慮しておく」岩倉は瞬時に断った。第一印象で得た嫌な感じは、簡単には消えない。「一人でやるよ。特に人数が必要な話じゃないだろう」

「課長としては、一人で動くのはお勧めできないんですがね」

「そんなに大変なことじゃないよ」

「ただ……何か起きてからでいいんじゃないかと思うんですよ」安原の口調は真剣だった。「無罪判決を受けた人間に、警察がいつまでもつきまとっているのが分かると、問題になりかねない」

「つきまとう？　まさか」岩倉は耳を掻いた。「あくまで情報収集だ。そもそも、所在を確認するように言ったのはそっちじゃないか」

「まあ、それは万が一の時のためというか……北大田署の要請ですし」

「こっちも同じだよ。あくまで万が一の時のための準備だ。何かあった時に、何も知らなかった、じゃ済まされないからな」

「一つ、警告があります」安原が右手の人差し指を立てて見せた。

「警告？　そんなにヤバい話なのか？」そんなことはないだろう。安原は「ビビり」だから、必要以上に心配しているだけだ。

「北大田署の連中がね……さっき少し話したんですが、やっぱりいろいろ言う奴らもいるんですよ」

「裁判にいちゃもんをつけてるとか？　それは時間の無駄だ」

「せっかく捕まえた犯人に無罪判決が出たんですよ？　冷静でいられる刑事はいないでしょう」

「まだ田岡さんを犯人だと思っているのか？　そういうのはみっともないぜ」

「理屈ではそうなんですけど、人間の気持ちにストップはかけられませんから。北大田署の連中が変なちょっかいを出してくる可能性もありますから、十分注意して下さい」

「向こうの刑事課長、今誰だっけ？」

「藤本《ふじもと》さんです。知ってます？」

「ああ」岩倉は顔が歪むのを感じた。自分より二歳年上、なかなか難しい――頑固な人間という評判だ。一緒に仕事をしたことはないが、そういう噂は自然に耳に入ってくる。

「お前から警告しておいたらどうだ？　うちの管内を勝手に荒し回るなって」

「冗談じゃない」安原の顔が白くなる。「そんなことをしたら、それこそトラブルの元ですよ」

「うちの方が格上だぜ？　署員の数だって一・五倍以上だ」

「いや、もともとうちは、北大田署から分離してできたんですよ。向こうが親みたいなものでしょう」

「何言ってるんだ」岩倉は笑い飛ばした。「そんなの、大正時代の話じゃないか。それを言ったら、向こうだって品川の警察署から分離してできたんだから——とにかく、気にするな。本当にただの情報収集だから。そういうことで俺がヘマするわけがないだろう」

「そうですかねえ」

疑わしげな安原を残し、岩倉は刑事課に入った。自席で、まず今回の事件についての情報を整理しよう。

川嶋はいなかった。トイレにでも行っているのかもしれないが、もしかしたら外回りと称してどこかでサボっている可能性もある。どうにも冴えない風貌を見た限り、この男は時間潰しで毎日を過ごしているようにしか思えなかった。

まあ、いい。

使えない人間は使わなければいいだけの話だ。戦力として当てにせず、こちらの邪魔をしないだけでよしとしなければ。

五十歳を過ぎると、人間関係で悩むのが面倒になってくる。使える人間は使う。使えない人間は無視する。単純な原則を貫いていれば、そういう悩みからは解放されるのだが……岩倉はまだ、そこまで達観できていなかった。たぶん川嶋には悩まされるだろう。

こういう予感はよく当たる。

4

「本当はやったんでしょう？」

目の前の相手が顔をしかめ、声を潜めて訊ねた。

「それはないでしょうね」岩倉は即座に否定した。

「いや、でも、裁判で無罪になったからっていって、やってないことにはならないでしょう」

「アメリカなら、そういうこともよくあります。向こうの裁判では、筋が通っているかどうかが大事ですから——つまり、必ずしも事実関係最優先ではないんです。逮捕の手続きに不備があったり、証拠の提示にミスがあっただけで無罪になることもありますからね。しかし日本では、裁判でも事実関係を徹底的に調べます。そこで犯罪の事実がないと認定されたら、実際に何もなかったと考えるべきでしょう」

「裁判員が騙《だま》されたんじゃないの？」

「私は、それについては何も言えません。とにかく、田岡さんは無罪なんです」

「やだわ」目の前の婦人が右の頰に掌を当てた。「じゃあ、犯人はまだ野放しで歩き回ってるの？」

「そういうことになりますが……そこまで怖がる必要はないと思いますよ。この近くの話じゃないんですから」

「でも、同じ区内の話でしょう。怖いわあ」

溜息をつきたくなったが、岩倉は必死に堪《こら》えた。相手はまったく普通の女性――田岡が住む団地の近所で定食屋を営む女将《おかみ》である。夜に忙しくなる前に話を聞けるのではないかと思ってドアを開けたのだが、事件の話題を持ち出した瞬間、いきなり田岡を犯人と決めつけてきた。

「帰って来たんでしょう？　また何かしでかすんじゃないの？」

「何もしてませんよ」この会話は平行線を辿りそうだ。

「あの子がねえ……昔は素直でいい子だったのに」

「ここに来ることもあったんですか？」

「近所だから」女将がうなずいた。「高校を中退して、家のために働き始めて……その頃は偉い子だな、と思ってたのよ。だから仕事の帰りにうちで夕飯を食べていく時は、ご飯をただで大盛りにしてあげたりしてね。そういう時も、ちゃんと『ありがとうございます』って礼が言える子だったのに。それが、あんな事件を起こして」

「窃盗未遂ですか？　それもずいぶん昔の話ですよ」

「悪い子とつき合う方にも責任があるのよ」

窃盗未遂は、「もらい事故」のようなものだし、その後は元の職場に復帰してきちんと働いていたのだから、完全に更生したと言っていいだろう。ただ、一度でも逮捕されてしまうと、永遠に色眼鏡で見られるのも間違いない。近所の視線も厳しいはずだ。それから逃れるためには、知った人のいない街に引っ越すしかないのだが、そこまでの余裕はなかったのだろう。

「今回の件だって、みんな怖がっていたんですよ。近所に人殺しが住んでるなんて」

「ですから、結果的に誤認逮捕だったんです」

「あの、刑事さん、何が言いたいんですか？　あの人の評判を回復しようとでもしてるんですか？」

「そういうわけじゃないですが……」

まったくやりにくい相手だ。岩倉は早々に店を辞することにした。話が上手く転がれば、ここで早い夕飯を食べていこうかと思っていたのに……残念ながら、この店で食事をする機会は永遠にないだろう。

何人かに話を聴いてみたが、やはり同じように否定的――田岡を犯人だと決めつける声が返ってくるばかりだった。これでは何のための裁判か分からない。しかし日本では有罪率が極めて高いから、「逮捕された」イコール有罪と決めつけてしまう人が多い。

原則は判決が確定するまで「推定無罪」なのだが、心情的にそれに納得するのは難しい。

歩いているうちに、浅野が経営するクリーニング店に辿り着いた。彼がカウンターで接客しているのが見える。立ち止まった拍子に目が合うと、浅野がひょこりと頭を下げた。悪意が感じられない人間に会うのが嬉しい……。

客が大きなビニール袋を提げて出て来たのを見届けてから、岩倉は店に入った。クリーニング店特有の熱気――この店はただ洗濯物を受けつけているだけでなく、自分のところでクリーニング作業もしているのだと分かる。カウンターの裏には綺麗になった衣類がビニール袋に包まれてぶら下がり、棚はワイシャツなどで埋まっている。その裏には大きなアイロン台があった。

「どうも」浅野がもう一度、軽く頭を下げた。

「忙しいですか？」

「ああ、まあ」浅野が店内を軽く見回した。「大丈夫ですよ」

「ちょっとこの辺りを一回りしてきたんだけど、田岡さんが出て来たことを喜んでいる人は、あまりいないようだね」

「やっぱり……」浅野ががっくりうなだれる。「うちに来るお客さんも、心配してるんですよ。だけど、冗談じゃないですよね」

「一つ、正直に聞かせてくれないかな」岩倉は人差し指を立てた。「彼は二十歳の時にも一度逮捕されて、執行猶予つきの判決を受けている。その事件からは立ち直ったんだろうか」

「それは……大丈夫だと思いますよ」大丈夫と言いながら、浅野の言葉は自信たっぷりというわけではなかった。「あの時は、中学校の同級生だった悪い奴らの一人に無理矢理誘われただけですから」

「その主犯格の男も、やっぱり執行猶予つきの判決を受けている」地元ではよく知られたワルだったようだが、あくまで初犯である。それで容疑が「窃盗未遂」だったら、実刑判決を下す裁判官はいない。「今はどうしてるのかな」

「引っ越しましたよ」浅野がさっと顔を背けてさらりと言った。

「どうしてまた？　この辺に居辛くなったのかな？」

「まあ、その……ぼこぼこにされまして」

「どういうことだ？」物騒な話に、岩倉は目を剝いた。

「俺たちの連れで、大学までずっと柔道をやってた奴と、小学生から空手道場に通ってた有段者がいましてね。昔から、勇太と仲がよかったんです。二人がそいつを呼び出して、『勇太を巻きこむな』って忠告して……」

「鉄拳制裁を加えた、と」

「それでそいつ、慌てて引っ越していったんです。実家はまだこっちにありますけど、家族は別に悪くないですからね。実家の方でも見放していたんです」

「下手すると警察沙汰だぜ」岩倉は呆れて、両手を大きく広げた。

「分かってますけど、仲間内のことは自分たちで落とし前をつけないと……と考える人間がいるのも分かるでしょう？」

「田岡さんは、仲間からずいぶん大事にされてたんだな」

「あいつ、家の事情で高校を中退したでしょう？　周りは皆止めたんですよ。金なんか何とかなるから、辞める必要はないって。実はあいつ、中学から陸上をやってて、短距離で結構有望だったんです。高校の陸上部の監督も続けるように説得したんですけど、勇太にとっては家の方が大事だったんでしょうね。そういう優しい奴だったから、中退してからも俺たちはつき合ってたんだし……あんな変な奴にかかわらなければ、事件には巻きこまれずに済んだんですよ。予めそれに気づいて止められなかったのは、俺たちの責任でもあるし」

「普通、そこまで気を遣わないぜ？　だいたい東京の人は、隣に住む人間が何をしていても気にしないものだし」実際岩倉も、蒲田に引っ越してきて一年半経つのに、未だにマンションの隣人と言葉を交わしたことがない。左隣は三十代の独身サラリーマン、右隣は学生のようだが……。

「この辺は違うんですよ」真剣な表情で浅野が言った。「特に小学校から一緒だった仲間同士は。ちょっと鬱陶しい時もあるけど、人間関係が濃いんです」

　この辺りの感覚の違いは、東京で生まれ育った人間と、田舎から上京してきた岩倉のような人間の違いかもしれない。岩倉も結婚していた頃は、子どもを通じて地域のコミユニティにも関係していたのだが、今ではそういうのも切れている。田舎出身で東京で一人で暮らす人間は、だいたい自分と同じ感覚を持っているだろう。

「勇太はちょっと流されやすいところがあるけど、根はいい奴ですから。前の事件の時は、勇太に同情する声もあったんです。つるんでいたのがどうしようもないワルだっただけで……今回の事件でも、逮捕された時には『何かの間違いじゃないか』って言う人も多かったんですよ。あいつがお袋さんの面倒を見て一生懸命やってるのは、この辺の人は皆知ってましたから。お袋さん、二年ぐらい前から体調が悪くて、大変なんですよ。でも、釈放されることもなくて、時間が経つと、やっぱり勇太がやったんじゃないかっていう声も出てきて」

「なるほど」

「今も、いろいろ言う人がいるから困るんです。こういうの、何とかやめさせられないんですかね」

「自然に収まるのを待つしかないだろうな。警察としても、事件でもない限りは簡単に手出しはできない――それで、ちょっと頼みがあるんだ。さっきも言ったけど、もしも何か問題が起きたら、すぐに俺に連絡してくれないかな。嫌がらせされても、彼自身は簡単に警察に通報できないと思うんだ。警察に助けてくれと泣きつくのは、心情的に難しいだろう」

「でしょうね」浅野がうなずく。

「この件は、今のところ俺一人で担当しているけど、何か問題があったら人を揃えて手を貸すから」

「大袈裟になりませんか？」

「彼は刑事被告人でも何でもない。嫌がらせを我慢する必要なんかないんだよ。警察でできることがあれば、必ず何とかする。だから君も、友だちとして協力して欲しい」

「分かりました」

「辻本さんの方は……彼は警察に反感を持ってるみたいだね」

「あいつは気が短いから……そもそも今は川崎に住んでますから、普段はこっちに来ないんですよ。田岡のことは俺が何とかします」

「助かるよ」岩倉はさっと頭を下げた。「いつでもいいから連絡してくれ。大袈裟だと思わないように……本当に、遠慮はいらないから」


岩倉はその後も、近所で聞き込み――むしろ雑談と言うべきかもしれない――をして回ったが、田岡に対する同情の声は皆無だった。もちろん、住人全員が田岡の帰還を嫌がっているわけではあるまいが、岩倉の感触では限りなく黒に近い灰色、という感じである。「本当に犯人じゃないのか？」「今回の事件では別かもしれないけど、何かやってるんじゃないか？」と次々に疑問をぶつけられ、岩倉はその都度、田岡の弁護をする羽目になった。何だか本末転倒な感じもするのだが、乗りかかった船、という意識も芽生えつつある。

夕食は、第一京浜沿い、駅の近くにあるトンカツ屋に入った。引っ越してきて初めて、蒲田はトンカツの名店が多い街だと気づいて、食べる機会が増えている。五十を過ぎて積極的にトンカツを食べるのもどうかと思うが、この歳になって初めて、この料理の奥深さに気づけたのも嬉しい話だ。

今日の店はお初だったが、まずコストパフォーマンスの高さに驚いた。一番安いロースカツ定食が七百円。都内で、千円を切る値段のロースカツ定食には、なかなかお目にかかれない。

値段なりの料理だろうと期待してもいなかったが、出て来たロースカツを見て岩倉は素直に感心した。大きさはそれなり。衣がゴツゴツしたタイプで、キャベツはお代わりの必要がないぐらいたっぷりついている。傍には黒ごまの入ったすり鉢……このタイプか、と岩倉は一人うなずいた。ごまを擦ってソースと混ぜ、トンカツにかけるタイプはあまり好きではないのだが、たまにはいい。そしてありがたいのが、真っ黄色のたくわん二切れの存在だ。たくわんは食卓の風景を落ち着かせてくれる。

ロースカツの味も、七百円にしては上出来だった。いい店を見つけたな、と満足して、さらに聞き込みを続ける。そこまで熱心にする意味は……この件に関して妙な引っかかりがあること、そして遅くまで時間を潰さなくてはならないからだ。

恋人の実里が勤めるガールズバー「フィリー」に顔を出し、彼女のシフトが終わったら家まで送っていくつもりだった。今夜の仕事終わりは十二時……あまり早く行っても時間を持て余す。いい店なのだが、自分の恋人の勤務先で長々と時間を潰すのは気が進まなかった。

それにしても、この辺で聞き込みをするには時間の限界もある。それほど緊急の要件ではないから、遅くまでドアをノックし続けるわけにはいかないのだ。

九時半……この辺が限界だろう。またも田岡の悪口を聞かされ、それを宥《なだ》めるという繰り返し。いい加減うんざりしてきたが、同時に深い不安を感じてもいた。田岡に対する不安と恐怖を抱いている人がこれだけいるということは、彼が無罪判決を受け、犯人ではなかったという事実を受け入れてもらうのに一苦労するだろう。

人は、自分が信じたいことしか信じない。

「そういうもんだろうけどな……」岩倉は一人つぶやいた。

人は誰でも、小さな悪意を抱いて生きている。田岡にとって幸運なのは、全面的に信用してくれる友人がいることだが、これは浅野たちにとっては危険でもある。田岡本人だけではなく、彼らに攻撃の矛先が向く恐れもあるのだから。

田岡が住む南六郷第2団地まで戻って来た。今日はここで終わりにしようか……しかし岩倉は、いかにも怪しい二人連れに気づいた。高校生？　いや、二十歳ぐらいだろうか。二人とも長袖のシャツにジーンズという軽装で、周囲を気にしながら歩いている。まるで何かを探しているように……岩倉は自転車に乗ったまま、電柱の陰に隠れた。完全に姿を消すのは無理だが、二人組は何か別のことに集中しているようで、岩倉には気づかない。

一人が団地の反対側まで下がり、いきなり大きく腕を引いて、建物に向かって何かを投げつけた。その先は——二階の田岡の部屋だ。岩倉は窓ガラスが割れる音を予想したが、実際にはそういう大きな音はしなかった。しかし何かがベランダの窓にぶつかった……男が二発目を狙う。しかしそこで、「こら！」と怒声が響き渡った。自転車を降りて男の下《もと》へ急行しようとした岩倉は、思わず立ち止まってしまった。誰かが素早く男に近づき、あっという間に組み伏せる。その間、もう一人の男は相棒を置いて、さっさと駆け出してしまった。

岩倉は慌てて、縛《いまし》めから逃れようと暴れる男の下に駆け寄った。組み伏せているのは……川嶋？　川嶋だ。

川嶋は、男のシャツの襟首を摑んで強引に立たせた。こいつは素人じゃない——警察官だから柔道、剣道、逮捕術の基本を身につけているのは当然だが、それだけではないような感じがする。先ほどの組み伏せ方、それに今も簡単に相手を制圧しているテクニックを見た限り、路上での喧嘩に慣れているタイプのようだ。しかも怪我しているのに。

「ああ、岩倉さん」川嶋が平然と言った。「何ですか、こいつは？」

岩倉は、道路に落ちた球体を拾い上げた。カラーボール。銀行の窓口などに備えつけられており、強盗などの被害にあった場合、犯人に投げつけると破裂する。服についた塗料は簡単には落ちず、犯人追跡の役に立つのだ。

「いたずらにしてはひどいな」岩倉は男に近づいた。高校生ではなさそうだ。「ちょっと署まで来てもらおうか」

「俺は……」男がもがいたが、川嶋がどこかの関節を極《き》めているのか、顔を歪めるだけだった。

「どこの家を狙ったんだ？」

「それは……」川嶋がさらに力を入れたのか、男が一礼するように上体を折り曲げた。

「離してやれよ」

「いいんですか？」

「痛めつけても何にもならないだろう」

すぐに、男の上体が直立した。岩倉は男に詰め寄り、顎を右手で摑んだ。掌を刺激する髭《ひげ》の感覚が鬱陶しい。

「どこの家を狙ったんだ？」

「まあまあ、その辺の話は署で聞きましょうよ」川嶋が言った。「パトを呼んでもらえますか？　岩倉さん、車じゃないんでしょう」

「……ああ」いきなり仕切られて、少しムッとする。しかし、ここでいつまでもこうやっているわけにもいかない。

岩倉は署に電話をかけ、パトカーを一台回してもらうように頼んだ。ついでに、制服警官の応援も一人。

「一人で大丈夫か？」

「手首が痛いんですけどねえ」川嶋が右手を振った。

「俺はちょっと、被害者に話を聴いてくるけど……」

「手錠かけてもいいですか？」

「そこまでは必要ない。応援を待とう」

応援の制服警官が自転車で到着するまでの五分間が、異常に長く感じられた。岩倉はその間、男の名前と住所を聞き出した。それでようやく、男は自分がやったことの悪質さを意識したようで、街灯の下、顔が青褪《あおざ》めていく。

三人をその場に残し、岩倉は団地の階段を駆け上った。今度は躊躇《ちゅうちょ》せず、田岡の家の呼び鈴を押す。しばらく反応がなかったが、やがてゆっくりとドアが開いた。顔を出したのは田岡ではなく、田岡の母親――だろう。岩倉はすぐにバッジを示した。

「南大田署の岩倉です。今、こちらのベランダにカラーボールを投げつけた人間がいたんですが、気づきましたか？」

「……はい」

母親の声には力がなかった。実際、六十歳にしてはずいぶん弱々しく老いた感じがする。病気のせいだろうか、と岩倉は心配になった。

「あの、どうして警察の人が……」

「通常のパトロールです」

また息子を逮捕しに来たのではないかと怯《おび》えているのだろう。

「息子さんのことは関係ありません」岩倉は一歩踏みこんで言った。「取り敢えず、犯人の身柄は確保しました。ベランダを見せていただけますか？」

「いえ、でも……」

「被害がひどければ、被害届を出してもらいます。それが、嫌がらせを止めるきっかけになるかもしれません」

「被害届は出しません」母親がきっぱりと言った。

「いや、しかし……」

「大したことはありませんから」

母親がドアを閉めようとしたので、岩倉は急いで手をかけた。こちらが力を入れ過ぎたのか、母親がバランスを崩して倒れかける。

「失礼しました」慌てて謝罪する。

「いえ、あの……息子のことでしたら、放っておいていただいて結構ですから」

「嫌がらせの電話もあると聞いていますが」

「大丈夫ですから。被害届も出しません」母親が繰り返した。

「せめて、現場を見せてもらえませんか」

「大丈夫ですから」

母親が繰り返し言って、思い切りドアを引いた。今度は、岩倉は抵抗できなかった。閉まったドアを見て、首を横に振るだけだった。

下へ降りると、ちょうどパトカーが到着したところだった。中に男を押しこめた川嶋に声をかけ、手招きする。

「被害届を出す気はないそうだ」

「あら」川嶋が呆れたように両手を広げる。「それでいいんですか？」

「被害届を出してもらえないと、どうしようもないな……厳しく説諭して帰すしかない」

「被害者はどういうつもりなんですか？　放っておいて欲しいとか？」

「そういうことだ」

「……じゃあ、取り敢えず署に連れて行きますよ。岩倉さんも同乗します？」

「俺は自転車だよ」

「自転車ねえ……」川嶋が首を横に振る。刑事が自転車で動き回るのは非常識だとでも思っているようだった。

走り去るパトカーを追って、全力で自転車を漕ぐ。ロースカツがまだ残る胃が重かったが、これも食後のいい運動だ。しかし、何となく間抜けな感じではあるな……川嶋が呆れるのも分からないではない。

しかしあいつ、どうしてこんなところにいたんだ？　まさか俺を監視していた？　安原に聞けば、俺がどこにいるかは分かるはずだが……俺を監視する意味が分からない。

こいつは要注意人物かもしれないぞ、と岩倉は自分に言い聞かせた。


取調室で相対すると、男はいかにも頼りなげだった。背中を丸め、上目遣いに落ち着きなく室内を見回す。石岡友治《いしおかともはる》、二十歳。職業、アルバイト。自宅は田岡の家の近くではなく、大田区中央……ほんのわずかな差で、隣の所轄の管内である。南大田署の管内は東海道本線の東側だ。

「で、自分が何をやったかは分かってるな」岩倉は威圧的に行くことにした。取調室には川嶋も入っているが、ドアを背にして立ったまま、腕を組んでいる。本当は記録用のデスクにつかなければならないのだが、今はこれでいい。あくまで取り調べではなく説諭なので、石岡が恐怖を感じて反省してくれればそれでいいのだ。そのためには、いつもより少し圧を強めた方がいい。川嶋が意識してこういうポジションを取っているかどうかは分からなかったが。

「お前がやったことは、立派に器物損壊になる。三年以下の懲役または三十万円以下の罰金もしくは科料。意味、分かるか？」岩倉はきつい口調で言葉を叩きつけた。

石岡は何も言わなかった。唇を嚙み締め、この場の雰囲気に何とか慣れようと努力している様子だった。

「前科前歴はあるか？」

石岡が顔を上げる。しかしそこに浮かんでいるのは、ただの戸惑いの表情だった。

「分からないか？　警察のお世話になったことはあるか、と聞いてるんだ」

「……ない」

「何でこんなことをやった？　あそこが誰の家か、分かってるのか？」

「人殺しの家だ」

「違う」岩倉は即座に否定した。「彼は犯行に関わっていない。裁判で無罪になった」

「じゃあ、何で逮捕されたんだよ」

「警察のミスだ」他の所轄の事件ではあるが、それを認めるのは苦しかった。しかしこの前提をしっかり提示しないと、この後の話ができない。「ミスで、無実の人が逮捕されただけだ。お前は何で、田岡さんを犯人だと思ったんだ？」

「……ネットで」

「ネットで見たのか？　その話に根拠はあるのか？」

「だけど、犯人は分かってないんだから」

「それとこれとは関係ない。いいか、田岡さんは裁判で無罪判決を受けて帰って来たんだ。誰かに非難される理由はない。お前がやったことこそ、立派な犯罪だ。しかも警察官である俺の目の前でやったんだから、現行犯逮捕されてもおかしくないんだぞ」

「逮捕……俺は逮捕されてない？」

「してない」そんなことも分からないのかと呆れたが、普通の人は、警察署に連れて来られたら、逮捕されたと思うのだろう。「逮捕してもいいけど、田岡さんは被害届を出さないそうだ。命拾いしたな。被害届が出されたら、二十三日間たっぷり勾留して、絞り上げるところだ。当然、裁判では有罪判決が出る……そうならなかったんだから、田岡さんに感謝するんだな。ただし、二度とこういうことをしないように、始末書を書いてもらう」

「始末書って……」

「これこれこういうことをしました、申し訳ありません、反省してます、二度としません――そういう文書だ」

結局、つきっきりで反省文を書かせるはめになった。短い文面に三十分。こいつは今まで、これだけの量の文章をまとめて書いたことがないのでは、と岩倉は苛立《いらだ》ちを覚えた。さっさと終えないと、実里が店を出てしまうのに。

反省文に親指で押印させ、さらに説教を重ね、十一時半になったところで解放した。本当は一晩、留置場で反省させてやりたいぐらいだったが、これが限界だった。

「課長には明日、報告しておくよ」石岡を送り出し、刑事課に戻って岩倉は宣言した。川嶋には余計なことを言って欲しくない。正直、何を言い出すか分からないので不安でもあった。

「岩倉さん、ずっとあそこで聞き込みですか？」

「まあな」

「無駄な努力じゃないですか？　意味ないでしょう」

「お前こそ、あんなところで何やってたんだ？」

「管内視察」

「マジか？」

答えず、川嶋が肩をすくめた。明らかに嘘だが、これ以上突っこむ材料もない。何より、さっさと署を出ないと間に合わない。しかしどうしても気になる。この男は要警戒――何を考えているか、少しでも探っておきたかった。

「お前、何でこの署に来たんだ？」

「さあ」川嶋が首を傾げる。「異動の希望を出しておいたんで、適当に差配されたんじゃないですか」

「希望先は本部じゃないのか？」

「本部は面倒臭いんですよ」川嶋がニヤリと笑う。「所轄の方が楽でしょう？　たまに当直があるぐらいで、大抵ちゃんと休みも取れるし」

「家族のためか？」

最近は、こういう警察官も少なくない。仕事よりも家族優先――実際警視庁そのものが「働き方改革」の最中にあり、残業禁止、できるだけ定時で仕事は終わらせろ、という号令もかかっている。とはいえ、刑事課などは一度大きな事件に巻きこまれてしまうと、そうもいかない。しかし警視庁で一番残業が多いのは、知能犯担当の本部の捜査二課の刑事だという。連中の仕事は、九割が「仕こみ」なのだ。事前の情報収集——闇社会やグレーゾーンにいる人間とつながり、詐欺や汚職などのネタを仕入れる。そういう連中と会うのは大抵夜だから、どうしても残業が積み重なるのだ。

「いや、家族は関係ないです。独身ですから、気楽な一人暮らしですよ。岩倉さんは？」

「……単身赴任中だ」俺の事情に首を突っこむな、とむっとしたが、つい答えてしまう——嘘を。離婚・再婚する警察官は少なくないが、未だに「あまり好ましくない」と見られているのも事実である。実際、離婚すると出世が遅れる、とも言われているのだ。それ故、将来の幹部候補に対しては、家庭内にどれだけ深刻なトラブルがあっても、上司が介入して「我慢しろ」と説き伏せてしまうこともある。五十一歳で警部補、これ以上昇進するつもりもない岩倉には関係ない話だが、それでも周りからあれこれ言われるのが面倒で、別居中という話は伏せていた。署内で事情を知っているのは安原だけである。その安原でさえ、岩倉が二十歳も年下の実里とつき合っていることは知らない。舞台中心の活動で、一般にはそれほど知られていないとはいえ、「二十歳年下」で「女優」というキーワードは物議を醸すだろう。

「仕事より私生活重視なんだな」自分の事情に突っこまれるのが嫌で、岩倉は話題を川嶋の方に引き戻した。

「ま、そうですね」

「家族がいないのに？」

「バンド活動が忙しくて、ですね」

「バンド？」

「アマチュアバンドですよ」

マジか……冴えない中年に足を突っこみかけた川嶋が、ステージ上で激しくシャウトしている様子は想像もできない。だいたい、警察官がバンドというのは——別に問題はないか。金を取ってライブをやるわけでもないだろうし。単に自分たちの満足のために、金を払ってライブハウスを借り、月に一度演奏するぐらいではないだろうか。それならもちろん「副業」にはならず、上に知られても文句を言われることはない。

「パートは？」

「ドラム」

これまた想像できない姿だ……まあ、ドラムなら、ステージでは背後に控えて他のメンバーの演奏を支える屋台骨だから、この冴えない顔を積極的に観客に晒すわけでもあるまい。

できるだけかかわらないようにするのが、この男との正しいつき合い方だ、と判断する。

「私生活重視の男が、あんな時間にどうしてあんな場所にいたんだ？」最初に感じた疑問が蘇ってくる。

「いや、最初だけですよ、最初だけ」川嶋がニヤリと笑った。「せめて管内の様子だけでも知っておかないとね。そのためには最初が肝心でしょう？　管内の地図を完全に覚えたら、後はまあ……適当にやらせてもらいますよ。それより岩倉さん、あの田岡とかいう男の身辺を警戒しているんですか？」

「警戒ってわけじゃない。あんな風に、直接物理的な嫌がらせに出てくる人間がいるとは思えなかったし」

「どんな事件でしたっけ？」

おいおい――大丈夫か？　たった一年前にあれだけ世間を騒がせた事件なのに、記憶にないのか？　それとも本当に、仕事のことなどどうでもいいと思っている？　情けないが、そういう警察官がいるのは間違いない。自分が担当している仕事にだけ集中して、どんな重要な事件でも、関係なければ頭に入らないようにする――根本的に、記憶容量が足りないのだ。

「事件発生はほぼ一年前、去年の九月二十五日の午前二時頃だ。現場は大田区大森北、東海道線と京急の中間地点辺りの、環七に近い学生向けのマンション。被害者の石川春香《いしかわはるか》は、長野県出身の十九歳、京浜大学総合経済学部の二年生で、マンションで一人暮らしだった。就寝中にベランダから侵入した男に襲われ、財布や通帳を奪われた上に、首を絞められて殺された」

「どうやって押し入ったんですか？　何階の部屋ですか？」

「二階。ベランダの窓の鍵がこじ開けられていた」

「しかし岩倉さん、詳しいですね。他の所轄で起きた事件なのに、どうしてそんなに詳しいんですか？　隣の所轄だから手伝いにでも行ったんですか？」

「多少。でも、あくまで手伝いだ」

「だったらどうして――」

「あのな、この事件は世間の話題になる要素が満載だったんだぜ？　大学生とはいえ被害者は未成年の女性だし、防犯的にも問題があった。新聞でも雑誌でもでかく取り上げられたし、嫌でも目に入るだろう」

「そりゃあ、新聞ぐらいは読みますけど、流すでしょう。読んだ瞬間に忘れるのが普通じゃないですか」

「俺は、事件のことは忘れないんだ。他のことでは忘れっぽい方だけど」

「そいつは特異体質ですねえ」川嶋が呆れたように言った。「事件のことを全部覚えていたら、俺なんか頭がパンクしちまうな」

「自然に頭に入ってくるんだ。別に、覚えようと思って覚えてるわけじゃない」

「で、田岡はどうして逮捕されたんですか？」

「手口だ」

「侵入の？」

「ああ。田岡は十年前、窃盗未遂容疑で逮捕されている。当時、何件かの容疑があったんだが、全て未遂——金を盗むまではいかなかった。手際が悪いか、あるいは気が弱いかだったんだろうな。いずれにせよその時は、マンションの一階で、ベランダの鍵をこじ開けて侵入する、という手口が共通していた。そのこじ開け方にも癖がある」

「なるほどねえ。手口は指紋みたいなものですからね」

「今回それにたまたま気づいたのが、本部の捜査三課の連中だった。あいつら、侵入盗の手口に関するデータベースを作ってるだろう？ 家に侵入して事件が起きた時には、犯行の種類に関係なく、そのデータベースを参照して似た手口を探す。そこで、田岡が引っかかってきたんだ。前に窃盗未遂で逮捕された時にも、窓から侵入していた」

「それだけじゃあ、弱いんじゃないですか？」

「ところがさらに重要なポイント——田岡の指紋が、被害者宅のベランダの手すりから発見された」

「あらら、そいつは致命的ですねえ」川嶋がおどけたように言った。

「十分逮捕、起訴できると思ったんだろうな。田岡は事件発生から五日後に逮捕された」

「しかし無罪になった、と。指紋は何だったんですか？」

川嶋の合いの手が鬱陶しい。声、喋り方、態度——全てがこちらのやる気を削ぎ、むしろ喋りにくくなるばかりだった。岩倉は少し口調を早めることにした。いつまでも話していると、落ち着かない。

「本人の弁では、酔っ払ってあの辺をふらついていて、たまたまベランダの手すりに触ったかもしれない、と……それは立証できなかった。そして裁判では、田岡が室内に侵入した形跡はない、と判断されたんだ。実際、ベランダの手すりにだけ指紋がついていて、室内ではまったく見つかっていないのは不自然だろう？　犯人はベランダの鍵をこじ開けて侵入したと判断されたし、しかも田岡は左利きだった」

「それが何か？」

「解剖で、被害者は首を絞められて意識を失わされた上で、ナイフで刺されたのが分かった。背後から裸絞めされたようだが、首に残った圧迫痕の分析から、犯人は右利きだと類推された。裸絞めをする時、柔道の選手でもない限り、まず間違いなく利き腕を使う――その他諸々。捜査の詰めが甘くて、裁判では無罪になった。あり得ない話だけど、一課も所轄も解決を焦ったんだろう。ああいう事件は世間に不安を与えるから、できるだけ早く解決したくなる気持ちは分からないでもないけど」

「ヘマしましたねえ」川嶋が馬鹿にしたように言った。「しかし、田岡の指紋がベランダの手すりに残っていたのは間違いないんでしょう？」

「ああ」

「だったら――」

「本当は、盗みに入ろうとしていたのかもしれない」岩倉は川嶋の言葉を遮った。「しかし本人は完全否認していたし、結局盗みに入った証拠も見つからなかったから、どうしようもないだろう。特捜の失敗だよ。一つの容疑で無罪になっても、別件で身柄を確保しておけるような材料をキープしていなかったんだから。もちろん一事不再理の原則があるから、同じ容疑でまた調べることはできないんだけど」

「失敗は失敗ですね。しょうがないでしょう。まあ、俺たちには関係ないし」

「変なトラブルが起きないように気をつけるだけだ」

「そこまで世話してやる必要があるんですかねえ」

「何か起きてからじゃ遅い。いずれは落ち着くんだろうけど、それまでは気を遣っておかないと」

「面倒ですねえ」

「別につき合ってくれって言ってるわけじゃない。俺一人でやれる」

「もちろん、そんな面倒なことはしませんよ……じゃ、俺は帰りますんで。こんな遅くなると、明日は遅刻しそうだなあ」

冗談じゃない。これぐらいで——と思ったが、岩倉は口をつぐんだ。言い合いをしていると、こちらも遅れてしまう。

何というか、非常に厄介な男だ。とにかくできるだけ関わらないように気をつけよう、と岩倉は肝に銘じた。

5

実里がアルバイトをしているガールズバー「フィリー」は、JR蒲田駅に近い繁華街の外れにある。ビルの一階。岩倉は自転車を飛ばし、十一時五十五分にビルの裏口に到着した。全力で漕いできたので汗だく、息も整わない。五十一歳が無理するものじゃないな……いや、高校生だって、これだけのスピードで漕ぎ続けたら、息切れするだろう。十二時を五分過ぎたところで、実里が店から出てきた。長い髪は頭の高いところで一本に縛り、化粧はほどほど……「フィリー」にいる女の子たちは、概して化粧薄めである。オーナーの方針なのかどうかは分からない。わざわざ確認することでもないのだが。

「お待たせ」

「いや、待ってないよ」

「どうしたの？　汗、すごいけど」実里が眉をひそめる。

「飛ばして来たんだ。ついさっきまで署にいた」

「仕事で？」

「まあ、仕事……かな。態度の悪い若者に説教してたんだ」

「そう」

さらりと言っただけで深追いはせず、実里は歩き出した。彼女は岩倉の仕事にあまり興味がない——本当に興味がないかどうかは分からないが、詳しく聞こうとはしないのだ。岩倉にしても、その方がありがたいのだが。彼女と一緒にいる時ぐらいは、仕事の話をしたくない。

自転車を押して歩き出す。彼女はぴたりとくっつくように横に並んだ。

「CMの評判はどう?」

「ああ……いいみたいよ。第二弾を作る話が出てるみたい」実里はあまり嬉しそうではなかった。

「シリーズ化?」

「CMをシリーズって言っていいかどうか分からないけど」

実里が出演した柔軟剤のCMは、この夏からオンエアされている。全部で三パターンあるのだが、彼女の役柄は「母親」である。三歳ぐらいの女の子がパートナーで、彼女との絡みで「子どもの肌にも優しい柔軟剤」をアピールしている。旦那役が出てこない意味は分からないが、とにかく昔ながらの柔軟剤のCMという感じだ。

爽やかで柔らかいCMなので、評判がいいのも分かるのだが……演じているだけだと分かっていても、彼女が自分の「娘」に笑顔を向け、抱きしめている姿を観ると、何だか落ち着かない。

「事務所の力って、すごいわね」

「君の魅力だろう」

「やめてよ」ちらりと横を見ると、実里は苦笑していた。「CMなんて、ちょっとしたお小遣い稼ぎなんだから」

出演料がどれぐらいか、岩倉は聞いていない。しかし、一気に懐が潤うほどの額ではないだろう。その証拠に、彼女は今もガールズバーでのバイトを続けている。

彼女がこの店で働いているのは、融通が利くからだ。本業は舞台女優。劇団に所属して、定期的に舞台に立っているのだが、必ずしも売れっ子というわけではない。舞台だけで生活していける俳優は多くはないそうで、空き時間にはバイト、というパターンがほとんどだそうだ。彼女も同様……こういう生活を続けて精神的、肉体的にダメージを受けるのではないかと心配しているのだが、いつも飄々《ひょうひょう》としていて気にする気配もない。このままずっと、舞台とバイトのかけ持ちで年齢を重ねても気にしないのではないか、と岩倉は訝《いぶか》っていた。

こういうことを真面目に話し合うのはきついものだ。

岩倉は離婚待ちで別居中。あと一年半ほど——娘が高校を卒業したら完全に自由の身になる予定だが、だからと言って実里との結婚にはリアリティがない。二十歳も年下の舞台女優……恋人としてつき合っている分にはいいが、結婚となると話はまた別だろう。いろいろ厄介なことが起きるのは、簡単に予想できる。

岩倉にとって幸運なのは、彼女の方で将来の話を持ち出さないことだ。今日がよければ——刹那的なつき合いは、分別のある五十一歳の男には相応《ふさわ》しくないが、逆にこの状況のせいで、若い感覚が残っているのかもしれない。

「今度の事務所、仕事をバンバン入れそうな感じなのか？」実里は今年の春、十年所属していた事務所を離れ、より小さい、小回りの利く事務所に移ったのだが、その途端に今回のＣＭ出演が決まったのだった。マネージャーが優秀なのかもしれない。

「ＣＭの話は、他にも来てるみたいよ」

「マジか」

「でもね、それが全部お母さん役なの。私、そんなに母親っぽく見えるかな」

「今回のＣＭの評判がよかったからじゃないか？」

「それでイメージが固まるのも嫌なのよね」

「舞台ではいろいろ演じるじゃないか」

「そうだけど、ＣＭでイメージが固まるのは筋違いというか……その後の展開で苦しんだ女優さんもたくさんいるから」

母親役に興味がないわけでもないが、縛られたくない――昔の岩倉だったら、まったく分からない世界だったが、今は何となく理解できる。実里曰く、役者には二種類ある。一つが、どんな役を演じてもその人の「素」が見えてしまうタイプ。もう一つが自分を完全に殺して、あらゆる役柄に変身できるタイプだ。彼女曰く、変身タイプの方が圧倒的に面白い。そもそも、いろいろな人を演じてみたくてこの世界に入ったんだし、私は素で勝負できるほどアクが強くないから。

確かに。普段の彼女はふわふわしていて、強い芯がないように見える。

「今日はどうするの？」実里が訊ねた。

「どうしようかな」何となく、事態は進行中。しかし急を要することでもない。捜査で忙しい時には、できるだけ自宅で一人で過ごすようにしているのだが、今日は構わないか……。「君の家でいいかな」

「だったら、ちょっと買い物していかないと。今、ビールもないのよ」

「今日は、酒はいいよ」岩倉は左腕を持ち上げて腕時計を見た。そもそもビールはあまり好きではなく、呑む時はもっと強い酒を選ぶ。「もう日付が変わってるし、明日も早い……君こそ、いいのか？　明日はゆっくりでいいんだろう？」

「私は、ガンさんが出た後で二度寝できるから」

「そうか……」

この関係が、岩倉には好ましい。同棲するわけではなく、互いの仕事の都合によって家に泊まったり、一人でいたり。彼女と長続きしそうな予感がするのは、こういう微妙な距離感が自分に適しているからだと思う。

「ところで、娘さん、元気？」

「よせよ」反射的に岩倉は身を引いた。

「何で？」

実里はまったく邪気のない顔で岩倉を見ていた——どうして避けなければいけない話

なの、とでも言いたげに。岩倉は思わず溜息をついた。

「元気だよ。夏休み以来会ってないけど、相変わらずバイト三昧みたいだ」

「高校二年生……若いわよね。羨ましいわ」

「何言ってるんだよ。君だって十分若い」

「私が役者になろうと思ったのは、高校二年の時なのよね。高校二年生――十七歳の時って、何かが起きるのよ。将来の夢につながることが見つかったり、初めての恋人ができたり。ガンさんもそうじゃなかった？」

「大昔の話だな。忘れたよ」

「また」実里が、背広の袖の上から腕をつねった。「そういう風に自分を年寄り扱いするのって、よくないわよ」

「実際、三十四年も前のことなんだから、忘れてるに決まってるじゃないか」そもそも、まだ昭和だった。そう考えると、気が遠くなる気がする。自分は三つの年号を生きてきたことになるわけで――。「とにかく……娘はまだ、何も見つけてないみたいだけどね」

「お嬢様だから、のんびりしてるのかしら」

「学校がお嬢様学校っていうだけで、あいつはお嬢様とは言えない」

父親は刑事。母親は大学教授。金がないわけではないが、無尽蔵に小遣いをもらえるわけでもない。そのためかどうかは分からないが、一年生の時から、学校では禁じられているバイトに精を出している。これが岩倉には心配のタネだった。

娘の千夏《ちなつ》が通っているのは中高一貫の名門校で、中学受験の時にはかなり苦労した。両親の仕事や生活ぶりも判断の対象になるということで岩倉も緊張したのだが——警察官と大学教授、堅い仕事ということで、そこは問題にならなかったようだ。ただし岩倉はその後、嫌な噂を聞いた。在学中に両親が離婚すると、内申書の点数が下がって、エスカレーター式で行けるはずの大学の推薦枠から外される、と。本当かどうかは分からないが、結果的にそんなことになったらまずいと思い、岩倉と妻は離婚せず、あくまで別居という生活形態を取ることを決めた。千夏が高校を卒業したら即離婚、という取り決めもできており、そこで揉める要素はない。財産分与についても、問題なく決まっていた。といっても、まだ少しローンの残っている家の権利を妻に渡す、というだけだが。娘の将来に悪影響が出ないように、静かに、極秘裏に進めてきた計画だ。

ところが千夏は、学校で禁止されているバイトも平気でやっているし、「エスカレーター式で大学へは行かない」と宣言もしている。親の心子知らず、とはこのことだ。

「千夏ちゃんも、女優でもやればいいのに」

「勘弁してくれよ。あの学校、芸能活動禁止なんだぜ」実際、過去には在学中に芸能活動を始めて、その結果転校を余儀なくされた生徒もいたらしい。

「千夏ちゃん、いけると思うわよ。アイドル顔じゃなくて、女優顔だし」

「そうかな」娘を褒められると悪い気はしないが……これはさすがに、実里も悪ノリし過ぎではないだろうか。

「ガンさんに似たのね」

「まさか」岩倉はつい、顔を擦った。妻の顔は、凜々《りり》しいを通り越して「きつい」感じで、千夏は母親似だと思っている。

「何だったら、私の事務所を紹介するわよ。今、十代の女優さんがいないから、ちょうどいいんじゃないかしら」

「勘弁してくれ」

時々、実里の思考回路が理解できなくなる。恋人——実際には岩倉は離婚していないから不倫であり、「愛人」と呼ぶべきなのだが——と娘が同じ事務所にいたら、と考えるとぞっとする。バレた先に待っているのは修羅場、いや、地獄だ。あるいは実里は、こういう状況さえ楽しんでいるのだろうか。

「将来のこと、千夏ちゃんと話してるの？」

「最近は、研究の道に行きたいって言ってる」

「奥さんの影響かしら」

「だろうね。一緒に住んでいるのは母親なんだから」

「あなたと住んでたら、警察官になるとでも言い出すのかしら」

「それはどうかな」岩倉は首を傾げた。「言い出したら、俺は必死に止めるよ。何も進んで、こんなきつい仕事をする必要はない」

「やっぱりきつい？」

「体力的には大丈夫だけど、精神的なダメージを受けることは多いな。娘には、こういう苦労はして欲しくないんだ。女優なんて……苦労が多いだけじゃないのか？」

「私は別に、苦労してるとは思わないけど」

金のことでは結構苦労していると思うのだが、それをまったく表に出さないのが実里の不思議なところだ。

やはり役者という人種は、自分には理解不能かもしれない。五十一歳の刑事に、彼女は荷が重過ぎるのではないか？　しかし離れる気はない。彼女の方でも、自分と一緒にいることを楽しんでくれているようだし。

男と女のことは、五十歳を過ぎてもまったく分からない。自分のこととなると、なおさらだった。

第二章　転落

1

田岡の家にカラーボールが投げつけられた翌朝、岩倉は秋山の家を訪ねた。

「そいつはまずいな」岩倉が事情を説明するなり、秋山の表情が険しくなる。

「昨夜、気づきませんでしたか？」

「パトが来たのは分かったけど、すぐにいなくなっただろう？　それにうちからは、あそこのベランダはちょうど死角になるんだ」

「ああ、そうですね」

岩倉は、買って来たペットボトルのお茶を二本取り出してテーブルに置いた。秋山の妻はまだ帰っていないだろうと考え、飲み物を用意させる手間を省いたのだ。

「お、悪いね」秋山が顔を綻《ほころ》ばせる。

「ペットボトルというのも味気ないんですが」

「いやあ、これで十分だよ。本当に、女房がいないとお茶も淹《い》れられないんだから……俺の方が先に死なないと、後が厄介になりそうだ」

「やめて下さいよ」岩倉は顔の前で思い切り手を振った。「縁起でもない。全然お元気じゃないですか」

「で？　カラーボールを投げた人間は逮捕したのか？」

「田岡さんが、被害届を出さないと言い張ったので……厳重注意して、始末書を取って帰しました」

「甘くないか？」

「この手の事案だと、被害届がないと逮捕は無理ですよ」

「そうか……」秋山が腕組みした。「心配していたことが、もう現実になったか」

「そうですね。やっぱり、逮捕しておけばよかったかもしれません。そうすれば、ちょっかいを出そうとする他の馬鹿どもに対する抑止力にもなったはずです」

「まあねえ。しかし、放しちまったものはしょうがないだろう」

「拙速だったかもしれません」

「まあまあ……それより今日、勇太の兄貴が実家に来てるよ。朝一番で顔を出した」

「ここへですか？」岩倉は人差し指をテーブルに向けた。

「ああ。直樹《なおき》も、律儀というか思いやりのある男でさ。昨日、一昨日と仕事でどうしても抜けられなかったそうだけど、今日は休みを取って横浜から駆けつけて来たそうだ」

「そうですか……秋山さん、彼に連絡は取れますか？」

「連絡って、電話をかければいいだけの話じゃないか」

「電話して大丈夫ですかね？」

秋山が立ち上がり、キッチンとの境にあるカウンターに置いたコードレスフォンを取り上げた。その隣にある回転式のアドレス帳をぱらぱらと動かして――こういうのもすっかり「懐かしの道具」になった――目当ての電話番号を見つけ出した。

「電話して、あなたに会うように言えばいいんだね？」

「お願いします」

「どうする？　どうやって会う？」

「向こうの都合に合わせます。出直してもいいですし、これから会えるなら、それでも構いません」

「あなた、直接話すかい？」

岩倉は一瞬考えこんだ。その方が早いかもしれないが、自治会長で兄弟とは昔からの知り合いである秋山にクッション役になってもらうのがいいだろう。それなら、向こうも無下《むげ》に拒否はできないはずだ。

「説得だけお願いできますか？」

「いいよ。あなたのマネージャーということで」

ニヤリと笑って、秋山が番号をプッシュする。田岡の家の電話には、兄の直樹が直接出たようだ。

「ああ、直樹君かい？　秋山です。先ほどはどうも……ちょっと、そのまま何も言わないで聞いてくれるかい？　実は今、うちに南大田署の刑事さんが来ててね。いや、あの事件とは関係ない。昨夜、カラーボールが投げつけられたのは知ってるだろう？　その犯人を取り押さえた刑事さんが、心配して話を聴きに来たんだ。そっちに行くと大袈裟になるから、ちょっと外で会えないかって言うんだけど、どうかね。ああ、そう……いや、もちろんうちでいいよ。すぐ来られるかい？　そうか。それは助かる」秋山が岩倉に向かって、「OK」のサインを作って見せた。「じゃあ、待ってるから。いや、大した話じゃないんで、お母さんや勇太には何も言う必要はないよ」

電話を終えると、秋山は「すぐ来るから」と少し弾んだ声で言った。岩倉は礼を言いながら、外勤警察官OBの交渉力と説得力に感心していた。「街のお巡りさん」はこうでないと。

「何て言うか……さすがですね」

「何が」秋山が疑わしげな視線を岩倉に向けた。

「あっという間に説得したじゃないですか」

「知ってる人間だからさ。話したこともない人間が相手だったら、こう上手くはいかない」

遠慮がちな態度も、嫌らしさを感じさせない。こういう人が交番に立っているだけで、街の人は安心するだろう。

「お兄さんはどんな人なんですか」

「優秀だよ。城東大の理学部に現役で入って、卒業後は半導体メーカーで研究をやってる。どういう研究かは、俺にはさっぱり分からないが」

秋山が笑ったので、岩倉もつき合って笑ったが、頰が引き攣《つ》るのを感じた。城東大といえば、別居中の妻が生産工学部の教授を務めている大学ではないか。

「性格的には？」

「穏やかな子だけど、ちょっとね……真面目過ぎるというか。思いこむタイプなんだ。そうなったのは、十年前に勇太が逮捕されたのがきっかけだったと思うけど」

「そうなんですか？」

「実はその時、会社を辞めようとしたんだ。弟が逮捕されたら自分にも責任があるとでも思ったんだろうけど、ちょっと極端だよね。そこまで思いこむ必要もないのに」

うなずいたが、兄の行動は理解できないでもない。身内に犯罪者が出ると、世間から白い目で見られる。その結果、会社に居辛くなって身を引くのは珍しいことではあるまい。

「何歳違いですか？」

「四歳。だから勇太が高校を辞めた時には、大学二年だったかな？」

「その時に、背負いこんでしまったのかもしれませんね」

「そうだな」秋山の顔に影が射した。「直樹は飛び抜けて優秀だったけど、勇太も頭がよくないってわけじゃなかった。父親が亡くならなければ、普通に高校を卒業して大学へ行っていただろうね」

「本人も、忸怩《じくじ》たるものがあったんじゃないですか？」

「いや、直樹の方が辛かったと思うよ。弟に全部背負わせてしまったんだから。だから大学卒業後もしばらく実家に住んで、給料は全部入れていた。それが恩返しのつもりだったんだろうけど……十年前の事件で、また苦しい立場に追いこまれたんだろうな」

「今は家を出てるんですよね？　横浜に住んでいるって仰いませんでしたか？」

「ああ」秋山がうなずく。「勤務先は会社の研究所——横浜って言ってもずっと奥の方、青葉区なんだ。ここからだと、乗り換えが多くて一時間半もかかるし、駅からもまた遠いそうだ。しかも研究職っていうのは、勤務時間も滅茶苦茶なんだろう？」

「それは内容によると思いますが」岩倉の妻も研究職だが、勤務先が大学なので、毎日それほど遅くなるわけではない。それでも千夏が小さい時には、岩倉が保育園に迎えに行くことも少なくなかった。

「とにかく、相当大変みたいなんだ。最初の一年ぐらいは家から通ってたんだけど、結局ギブアップしちまってね。研究所の近くにある会社の寮に入った。寮だからあまり金はかからないんだろうけど、稼いだ金のほとんどを家に入れてしまうから、まだ結婚もできないんだよ」

「よくご存じですね」

「まあ、あそこの家とのつき合いも長いから……おっと、来たね」

呼び鈴の音に反応して秋山が立ち上がる。岩倉は、昨日浅野と交わした会話を思い出した。「人間関係が濃いんです」。東京に住む限り、濃い人間関係は鬱陶しいだけのように思える。しかし中には、それを当然のものとして受け止める人もいるだろう。秋山もその一人ということか。

岩倉も立ち上がり、玄関の方を注視した。秋山がドアを開くと、がっしりした体格の青年が深々と頭を下げていた。ドアが開く前からそうしていたのかもしれない、と岩倉は想像した。

「ほらほら、入って」

秋山の温かい声に促され、直樹がようやく顔を上げる。確かに、いかにも真面目そうな男だ。四角張った顎。細い目。眼鏡は銀縁で、髪はきちんと七三に分けていた。十月とは言っても、街ではネクタイをしている人の方が珍しいのに、真っ白いシャツに紺色のネクタイ、グレーのスーツという地味、かつかっちりした服装をしている。顔は……写真で見ただけの勇太にやはり似ている。直樹を一回り小さくすると、写真の勇太になる感じだ。勇太との主な違いといえば……勇太の右の眉の端には、目立つ傷跡がある。十年前に逮捕された時、警察から逃げようとして負った傷だ。

「失礼します」

靴を脱ぐと、一度玄関でしゃがみこんで向きを揃える。それから、岩倉に向かって一礼した。

「南大田署の岩倉さん」秋山が紹介してくれた。

「田岡直樹です」直樹が丁寧に頭を下げた。

「岩倉です」

岩倉は自分の名刺を差し出した。直樹がスーツの内ポケットに手を突っこみかけ、はっと気づいたように脇に垂らす。名刺交換している場合ではないと気づいたのだろう。

「どうぞ、座って下さい」

「失礼します」もう一度言って、深々と一礼。

岩倉はかすかな戸惑いを感じていた。研究職云々という話を抜きにしても、この礼儀正しさというか硬さは、最近では珍しいキャラクターだろう。例えば……柔道や剣道、あるいは合気道の道を極めようとしている人には、こういう雰囲気があるのだが。岩倉は妻から、研究者という人種の意味不明の変人ぶり、無礼ぶりを散々聞かされていたので、意外でしかなかった。

四人がけのテーブルで、直樹は秋山に促されるまま、秋山の横に座った。岩倉とは向かい合わせ。座っても背筋はピンと伸ばしたままで、座面にはごく浅く腰かけている。これも、生真面目な人間がよくやる座り方だ。

「改めまして、南大田署の岩倉です」

「はい」

「昨日、弟さんが家に戻って来たという情報を聞いて、警戒していました。無罪判決を受けた人は、微妙な立場になりかねませんからね……実際昨夜は、家にカラーボールを投げつけた人がいました」

「聞いています」直樹の目を暗い影が過《よぎ》った。

「お母さんが被害届を出さないとおっしゃったので逮捕はしませんでしたが、厳しく説教しておきました」

「お手数おかけしました」直樹が深々と頭を下げる。

「恐縮するようなことではないんですよ。こちらは仕事ですから……何かあったらまずいと思って、警戒しているだけです。裁判で無罪判決が出ても、それを信じない人もいますから」

「今日も、朝から嫌がらせの電話がかかってきているようです」

岩倉は思わず舌打ちしそうになった。

「お母さんは、携帯は持っていませんか？」

「ありません」

「そうですか……携帯で連絡が取れるようにしておけば、固定電話の電話線は引っこ抜いてしまってもいいんですが」携帯なら、誰がかけてきたかすぐ分かる。覚えのない電話番号だったら、出なければいいだけの話だ。そうすれば、話すべき人からの電話を逃すこともない。しかし、ナンバーディスプレイのついてない固定電話だとそうもいかないのだ。わざわざその手配をするのも大変だろう。

「こういうのは、いつまで続くんでしょうか」

「次第に少なくなるとは思いますが、ごく稀に、なかなか収まらないこともあります」

直樹の眉間に深い皺が刻まれ、余計なことを言ってしまった、と岩倉は後悔した。これでは彼を不安にさせるだけではないか。しかし実際、嫌がらせ——特にネット上での嫌がらせは延々と続くこともある。

「確実に、弟さんに対する攻撃を終わらせる方法はあるんですが……」

「何ですか？」直樹が身を乗り出した。

「真犯人を逮捕することです。そうすればさすがに……」

「真犯人は探してくれるんでしょうか」

「それは——申し訳ない、この事件そのものは、私が所属している南大田署では捜査していないんです。隣の北大田署の担当なので、下手に口出しはできないんですよ」

「そうですか……」

警察は極端な縦割り組織で、自分の担当する以外の事件にタッチしてはいけない——岩倉たちにとっては常識なのだが、外の人から見れば「同じ警察なのに何故」という感覚だろう。

「弟さんはどうしてますか？」岩倉は話題を変えた。

「恐縮しきってます」

「犯人でもないのに？」

「それとは関係なく、周りに迷惑をかけたからって……弟はそういう人間なので。あの、我々はどうしたらいいですかね？」

「申し訳ないんですが、しばらくは外に出ないように――私からはそれぐらいしか言えません」

「分かりました」

「あなたはどうするんですか？」

「しばらくこっちにいます。弟がちゃんと立ち直るまでは、側にいるつもりです」

「お仕事の方、大変じゃないんですか？」

「大変ですけど、弟はずっと苦労ばかりしてきたので。今回は、私が何とかしないと」

家族の問題だから、岩倉はこれ以上口出しできない。しかし、申し訳ないという気持ちは否定できなかった。そもそも警察がミスしなければ、こんなことにはなっていなかったのだから。

「警察は、おおっぴらに動くわけにはいきませんが、私のところに情報が集まるようにお願いしています。何かあったらすぐに動きますから、いつでもいいので連絡して下さい」

「お手数をおかけします」直樹がまた頭を下げた。「それと、これから弁護士が会いに来ます」

「なるほど……ちょっと私のことを耳打ちしておいてもらえませんか？　できたら話しておきたいんです」

「分かりました。話して、改めてご連絡します」

「お手数をおかけしますが」

「とんでもない」

何だか初対面のビジネスマン同士の硬い会話のようになってしまった。直樹を送り出すと、つい溜息をついてしまう。

「あなた、極端に面倒見がいいのか、心配症なのか、どっちかだね」

「心配症の方ですかね」岩倉は肩をすくめた。

「こういう状況では、警察はそんなにケアしなくてもいいはずなのに」

「何か起きてから対応していたら、間に合わないでしょう？　事前にある程度情報が分かっていれば……そういうことです」

「つまりあなたは、何か起きると思っているわけだ」

否定できなかった。昨夜のカラーボール事件は、単なる始まりに過ぎないのではないか？

「警察官は、防御壁でいいと思うんですよね」

「壁って意味かい？」

「ええ。事件が起きた時、積極的に打って出て、犯人を逮捕するのが一番だと考える刑事もいます。でも、何かを守るために一歩引いておくことも大事だと思うんですよ」

「あなたはそういうタイプなんだねえ」

「おかげで、出世には縁がありませんでした」岩倉は苦笑した。派手な動きは目立つし、数値化もしやすい。しかしミスしないようにする用心深さは、評価しにくいものだ。

そして自分は、「評価」という警察の大事な基準には、とうに背を向けてしまっている。それがいつだったか思い出せないぐらい、昔のことだった。

2

この件にどこまで手を突っこむかは難しい。やり過ぎると安原もいい顔をしないだろうし、激怒する人間もいるかもしれない——北大田署の連中とか。しかし岩倉は、走り出したら完走しないと気が済まない性質《たち》だった。大事なのは、どれだけ目立った活躍をするかよりも、常に現場にい続けること。中途退場も、途中からの出場もなし。

秋山の家を辞した後岩倉が向かったのは、田岡のかつての勤務先だった。殺人容疑で逮捕された直後、田岡は弁護士経由で会社に辞表を提出していたというのだが……かつての勤務先の経営者が、田岡をどう思っているかを知りたかった。

勤務先の工場は、北大田署の管内、平和島駅の近くだった。環七通り沿いにある工場は、かなりの敷地面積を誇り、大田区でよく見る「小さな町工場」の規模ではなかった。二階建てで、駅に近い方に階段があり、その脇に「平和島メタル」という看板がかかっている。アポは取っていないが、岩倉は迷わず階段を上がった。おそらく階段を上がり切った先に、会社の事務所がある……予想通りだった。ドアを開けると、事務机が並んだスペースになっている。昼前、人の姿は見えるものの、声を張り上げても反応がない。階下、それにこの事務所の隣にもあるであろう工場から常に機械音が響いていて、空間を埋め尽くしているのだ。操業中だから当然だろうが、これでは来客があっても気づかないのではないか。

岩倉は、カウンターに電話機が置いてあるのに気づいた。「ご用の方は受話器を取り上げてお話し下さい」との張り紙も。受付がなく、こういう風に電話で訪問先に直接連絡を取らせる会社は珍しくないのだが、ここはそれほど広くもない——騒音対策だ、とすぐにピンと来た。来客が声を張り上げても、中で働いている人は気づかないかもしれない。

受話器を取り上げて耳に当てると、すぐに呼び出し音が聞こえた。それに続いて、澄んだ女性の声で「はい」と返事があった。見ると、事務室の奥の方に座っている若い女性が、受話器を耳に押し当てている。

「南大田署の岩倉と申します。社長はいらっしゃいますか」

「……お待ち下さい」声に、微妙な戸惑いと苛立ちが感じられる。事件発生当初は、北大田署の連中に散々事情聴取されただろう。うんざりした記憶が残っていても不思議ではない。いや、残っていて当然だろう。

事務室を観察しながら待っていると、奥のドアが開いて中年の男が出て来るのが見えた。社長だろうか……確かここの社長は二代目で、今年四十五歳のはずである。

「お待たせしました」当たり障りのない挨拶をしたものの、目つきが悪い——いかにも迷惑そうだった。

もう一度名乗り、「社長さんですね？」と確認する。

「吾妻《あづま》です」

確かに、薄いグリーンの作業服の胸元には「吾妻」の名札があった。

「ちょっとお話を伺いたいんですが、お時間いただけますか？」

「ああ、まあ」吾妻が左腕を持ち上げ、腕時計を確認する。

「これからお昼ですか？」

「それはまあ、いいですけど」

昼飯抜きにしてしまったら申し訳ないが……社長なら、食事ぐらい好きな時間に摂れるだろう。

吾妻は、事務室の片隅にある社長室に岩倉を誘導した。社長室とは言っても、単にパネルで囲っただけのごく狭いスペースである。仕事用のデスク、一人がけのソファが四脚とテーブル、それにファイルキャビネットが置いてあるので、自由に動き回れるスペースはほとんどない。吾妻に促され、岩倉はソファに座った。どういう姿勢を取っても、テーブルが膝に当たってしまう。

改めて名刺を差し出す。吾妻は依然として鬱陶しそうだったが、それでも名刺は渡してくれた。吾妻悟《さとる》。

「田岡さんの話なんですが」

「ああ」いかにも嫌そうに顔を歪める。

「無罪判決を受けて自宅へ戻ったのはご存じですね？」

「電話がありましたよ」

吾妻が作業着の胸ポケットから煙草を取り出し、岩倉に向かって振って見せた。岩倉はうなずいたが、すぐに後悔することになった。社長室は狭く、吾妻が一服しただけで、中は白く染まってしまったのだ。

「本人からですか？」何とか煙を我慢しながら岩倉は訊ねた。

「ええ。昨日の夕方ね……泣いてましたよ」

「どうしてですか？」

「どうしてって」吾妻が困ったように目を細める。「うちに迷惑をかけたからでしょう」

「御社に迷惑はかかったんですか？」

「直接何かあったわけじゃないけど、いろいろ言われてたみたいです。親父の悪口を言う人もいたみたいで、あれは頭に来たな」

「お父さんは——先代ですね？」

「もう引退してます。今は悠々自適ですよ」吾妻がうなずく。「もともと、田岡のお父さんがうちで働いていたのはご存じですよね？」

「ええ」岩倉はうなずいた。

「お父さんが亡くなった直後、田岡が家のために働きたいって直接訪ねて来て、親父が引き受けたんです。だけど、その後にあの事件があって」

「窃盗未遂事件のことですね？」

「もちろん、悪い仲間に引っ張られただけで、本人に悪気がなかったのは分かってましたよ。でも、親父はさすがにかちんときてね。飼い犬に手を噛まれたみたいなものでしょう」

その比喩は間違っている——田岡がこの事務室に盗みに入ったりした時に使うのが正しい。しかし岩倉は、何も言わずに首を縦に振った。

「逮捕されてしばらくしてから馘《くび》にしたんだけど、裁判が終わってから田岡が謝りに来て、ここで土下座したんですよ。親父はそれでまたほだされちゃってね。いいことか悪いことか分からないけど……とにかく、執行猶予期間が明けてから、また雇うことになったんです」

「執行猶予は二年でしたね」

「そう。俺は反対したんだけどねえ」

「今回は、逮捕後に弁護士を通じて辞表を提出したと聞いてます」

「長い手紙つきでね……要約すれば、『絶対にやっていないけど会社に迷惑をかけた』ということでした。そうなるとこっちも、やっぱり馘にするしかないわけで……ただ、本当に無罪になるとは思ってませんでした。日本の裁判って、だいたい有罪になるでしょう?」

「確かにそうですね」岩倉は同意した。

「何なんですかねえ……今はちょっと戸惑ってます。いや、ちょっとじゃないな。奴をどう扱っていいか、まったく分からない」

「でも、会社的には、もう馘にしたんでしょう?」

「親父がね……引退したと言ってもまだ元気だし、いろいろなことの決定権を放さないんですよ。それで、無罪判決が出たら急に雇い直せって言い出して、困ってます。正直、怖いし」

「また同じようなことがあるかもしれないと?」

「二度あることは三度あるって言うでしょう? もちろん、今回は無罪判決だったわけだけど」

「心配されるのは分かりますし、会社の方針に私が口を出すのは筋違いだと思いますが……今日は、別のお願いがあってきました」

「何でしょう」吾妻が忙《せわ》しなく煙草をふかし、灰皿に押しつけた。不安そうに目が泳いでいた。

「田岡さんが出て来たことで、何らかのトラブルが起きる可能性があります。犯人がたまたま無罪判決を受けただけ、と考える人がいるかもしれないんです。実際、嫌がらせもありました」

「そうですか……」吾妻の顔から血の気が引いた。「つまり、うちにも何かそういう嫌がらせがあるかもしれないと？」

「可能性はあります。あるいは田岡さんに何か嫌がらせをしようとするとか――そういうことがあったら、ぜひ私に教えてもらえませんか？　実際にトラブルが起きてからでは遅いので」

「分かりました」

「ぜひ、よろしくお願いします。どんな小さなことでも構いませんので」

「何かあったわけではないけど、嫌な感じですね。結局、真犯人も捕まってないんでしょう？」

「そう……なりますね」

「釈然としないなあ」吾妻が頭を掻いた。「現場、ここの近くなんですよ。事件が起きた時も、田岡が逮捕された時も衝撃だったけど、まだ真犯人が自由に歩き回っているというのは、どうも気分が悪い」

「分かります。しかしその件については、私には発言権はないんです。直接捜査を担当していませんので」

「何だか……警察にはもう少ししっかりしてもらわないとね」

この皮肉に反発することもできたが、岩倉はしっかり受け止めた。そう、これはそもそも、北大田署の捜査ミスから始まったのだから。何だか、連中の尻拭いをしているような気分になってきた。

京急平和島駅へ向かって歩き始めた瞬間、唐突に空腹を意識した。十二時半、ちょうど昼時である。確か、駅前にチェーンのカレー屋があったから、そこで手早く済ませていくか……警察官になって以来、カレーと立ち食い蕎麦、ラーメンは昼飯の不動のクリーンナップトリオである。いい加減飽き飽きしているのだが、時間がない時にはどうしてもこういう店に頼らざるを得ない。本当にカレーにするか迷いながら歩いている途中、スマートフォンが鳴った。見知らぬ電話番号だが、思い当たる節があった。

「弁護士の堤《つつみ》です」

「田岡さんの弁護士の方ですね？」

「あなたに電話するよう、田岡さんのお兄さんから頼まれましてね。どういうご用件でしょうか」

「会ってお話しできませんか？　電話で話すようなことではないので」

「今ちょうど、田岡さんの家を出たところなんですけどね」

「先生、事務所はどちらですか？」

「蒲田ですよ」

「今、平和島にいるので、一時には間違いなくお会いできます」

「あそこ、知ってますか？　『あすと』の『熊猫屋《くまねこや》』」

「ああ、分かります」

　アーケード街の中でもひときわ目立つ、赤い看板の中華料理屋だ。名物は担々麵――少なくとも店頭ではそれを大きく謳《うた》っている。異常に目立つ外観なので記憶に残っていたが、店に入ったことはないと思う。

「店の前で待ち合わせて、そこで食事にしましょう。一時とは言わず、もうちょっと早くだな。平和島からならすぐでしょう」

「そうですね。では、急いで向かいます……でも、そういう店でいいんですか？」

「そこの上が、うちの事務所だから」堤が打ち明けた。「ちょうどいい場所なんでね……ついでに、そっちからのお願いだから、おたくの奢りだよ」

「分かりました」

　苦笑しながら、岩倉は電話を切った。刑事と弁護士は、つき合いがないわけではない。仕事関連ではむしろ、よく話をすると言っていいだろう。しかしそこを離れて、一緒に食事をしたり、遊んだりすることはまずない。一応、刑事と弁護士は「敵と味方」のようなものであり、つき合いには一線を画すのが暗黙の了解である。そうでないと、なあなあになってしまう。

記憶にあった店なので、迷わず辿り着けた。店の前に立って上を見上げると、ビルの二階に「東京城南法律事務所」の看板……蒲田あたりで弁護士のニーズがどれぐらいあるかは分からなかったが、看板の古さから推測すると、ずいぶん昔からある事務所のようだ。道ゆく人を眺めながら、岩倉はネクタイを少し緩めた。十月になったとはいえ、気温はまだまだ高い。岩倉はネクタイをしない季節を六月から八月までと決めて、十年以上も貫き通してきたが、そのルールもいい加減に変えるべきかもしれない。十月になっても暑い日は多く、汗をかく分、ネクタイも傷みやすい。

しかし、遅いな……腕時計を何度も見る。堤は京急蒲田の隣駅、雑色にいたのだから、岩倉よりも早くここに着いてもおかしくないのに。

たっぷり十分も待たされたところで、「岩倉さん？」と声をかけられた。見ると、すっかり髪が白くなった小柄な男性が、いつの間にか目の前にいた。大きな茶色の革鞄を右手に持ち、左手には脱いだ上着をかけている。それだけならまだしも、左手には杖も握っているので、まさに大荷物という感じだった。思わず手助けしようと手を差し伸べながら前に進み出たが、男は「大丈夫です」と断った。

「荷物を置いてきますから、中で待っていて下さい」

「すみませんが……堤さんですよね？」

「これは失礼」堤がうなずく。年齢不詳……髪は白いのに、顔は艶々《つやつや》で皺一つない。そして杖を持っていることで予想した通り、少しだけ足を引きずっている。移動に時間がかかるのも分かった。「堤です。名刺は後でお渡ししますから、店の中にいて下さい。ついでに注文しておいてもらえると助かりますな」

「何にしますか？」

「汁なし担々麵を」

「それがお勧めですか？」

「辛いものが好きならば」

　ということは、相当辛いのだろう……パスしようと決めた。今日の気温だと、辛いものを食べると汗だくになり、午後はずっと自分の体臭に悩まされそうだ。

　堤が暗い階段を上がって行くのを見届けてから、店に入る。昼飯時のラッシュは少し収まり、席は半分ほど空いていた。しかし中華料理店特有の熱気は健在で、冷房が効いているにもかかわらず、すぐに汗が滲んでくる。これでは外より暑いのではないか？

　汁なし担々麵と、自分用にチャーハンを注文し、後は待つだけ……しかし料理が出てきても、堤はまだ現れなかった。もしかしたらすっぽかすつもりか？　もしもそうなら、この料理はどうする？　チャーハンに汁なし担々麵の組み合わせは、五十を過ぎた胃にはヘヴィ過ぎる。

　どうしたものかと迷っているうちに、自動ドアが開いて堤が姿を見せた。

「いや、失礼」岩倉の前に座ると、すぐに割り箸を取り上げて担々麵をかき回し始めた。

それこそ、麺が完全にオレンジ色に染まるまで、徹底的に。そうした方が美味いだろうということは容易に想像できたが、そこまでやらなくても、という感じもする。

ようやく彼が食べ始めたので、岩倉もチャーハンにレンゲを突っこんだ。何の特徴もないチャーハン……美味いも不味いもなく、街の中華料理屋のチャーハンと聞いて想像する通りの味だった。少しだけ塩気が強かったが、汗をかいた体にはむしろありがたい。

「汁なし担々麺にしなかったんですな？」堤がふいに訊ねた。

「辛いと聞いたらビビりました」

「チャーハンも美味いでしょう？」

「予想を一ミリも外れない味です」

堤が苦笑した。それがきっかけになったように、団体で客がどっと入って来て、店内はほぼ埋まってしまう。これでは話もできないと不安になったが、食べ終えた瞬間、堤が「うちの事務所で話しましょう」と切り出した。

「最初から事務所でお話しさせていただいてもよかったんですが」時間を無駄にしている感覚が強い。

「どうせ昼飯時で、何か食べるでしょう？　今日は昼飯が遅れていたから、どうしても食べておく必要があったんです」

「時間に正確なんですね」

堤が苦笑して、ワイシャツのポケットから小さなピルケースを取り出した。中を確認して錠剤をつまみ上げ、コップの水で一気に飲み干して溜息をついた。

「薬を飲む都合で、食事の時間は朝七時、昼十二時、夜六時と決まってるんです」

「いろいろあるんですね……飲み忘れませんか？」

「たまにね。八十になると、仕事のことはともかく、こういう日常の細かいことを忘れがちになる」

八十……岩倉は言葉を失った。しかし白髪、それに杖を頼りにしていることを考えると、確かに八十歳という感じだ。

「じゃあ、ここは頼みますよ」言って、堤が立ち上がった。

本気で奢らせるつもりか？　岩倉は疑問の視線を投げかけたが、堤は平然としていた。

「私に会いたいと言ったのは、あなたの方ですからね……ま、上で美味いコーヒーを奢りますから、それでおあいこにしましょう」

分かりました、と言うしかない。こういう図々しさがないと、弁護士の仕事はやっていけないのかもしれない。

金を払い、手すりをしっかり摑みながら階段を一段ずつ踏みしめて上る彼の後に続いて、二階に上がる。彼同様、年季の入った弁護士事務所……ひどく手狭で、他に弁護士がいる気配はない。昔はどうだったか知らないが、今は一人で、やれる範囲の仕事を細々とやっているだけかもしれない。しかし、事務員もいないとは。弁護士の仕事には細かい雑務も多く、有能な事務員かパラリーガルがいないと、日々の仕事は回らないはずだ。

「お一人なんですか？」

「事務の若い子が一人いますけど、今は昼飯でしょう」

「先生が自分でコーヒーを淹れるんですか？」

「馬鹿にしたもんじゃないよ。これでも、コーヒーを淹れ続けて六十年だ」

勧められるまま、窓際のソファに腰を下ろした。小さなキッチンで、堤がコーヒーの用意をするのが見える。わざわざペーパードリップで一杯ずつ淹れているようだ。ほどなく、いい香りが漂い出す。

堤がコーヒーカップを二つ持って戻って来た。

「砂糖やミルクがないと飲めませんか？」

「いえ、ブラックで」

「結構、結構」堤が満足げにうなずいた。「私のコーヒーは、苦さ控えめでマイルドに淹れますからね。ブラックの方が、味がよく分かります」

「豆は何なんですか？」本当は豆の味の違いなど分からないのだが、岩倉は適当に話を合わせて訊ねた。

「いろいろミックスしてますが、調合は秘密ということで」堤がニヤリと笑う。

コーヒーを一口飲む。特徴がない味というか……苦味も酸味も突出せず、堤が言う通りに穏やかな味としか言いようがない。眠気覚ましにはならないが、食後に胃を落ち着かせるにはちょうどいい感じだ。

「店が出せる味ですね」

「そりゃどうも」堤が頭を下げる。「八十になって、新しい商売をする気にはなれないけど……で、田岡さんのことですね」

「ええ」

「お兄さんから話は聞いています」

「先生、国選弁護人だったんですよね」

「そう」堤がうなずく。「当番で当たってね。彼も、私選で弁護士を選ぶ余裕はなかったから……ただ、話を聞いた瞬間に、これはいけると思いましたね。いけるというか、警察は間違いなくヘマをしたと確信した」

「ご想像の通りでしたね……捜査と裁判に関しては、私には口出しする権利はないんですが、その後のことは何とかしたいと思っています。何とかしたいというか、防波堤を作りたいだけですが」

「話はお兄さんから聞いてますが、あまりいい状況ではないですね」それまでずっと浮かべていた笑みが引っこみ、堤の表情が強張《こわば》った。「私がいる間にも、三回嫌がらせの電話がかかってきました。私が三回とも出たんですが、一回は無言電話、二回は『人殺し』と罵《のの》ってましたよ。『弁護士です』と言ったらすぐに切れましたが」

「嫌がらせの電話だけでも、精神的にダメージを受ける人はいます」

「ですから、電話には出ないように言っておきました。できればナンバーディスプレイをつけたいところですが、お金がね……電話を無視しても、人は何とか生きていけるものです。ストレスを溜めるよりはましでしょう」

「仕方ないですね。警察としても、その程度の嫌がらせの電話では手を出しようがない」

「もう少ししっかり捜査しろと言いたいところですが、それも現実的ではないですな」堤が同調した。「まあ、いずれ収束すると思いますが……人の噂も七十五日です」

「それはネットが普及する前の話ですよね。実際、ネットでは田岡さんを犯人扱いする声も出ています。こういうのはなかなか消せないし、対応するのも難しい。昨夜は、家にカラーボールが投げつけられました」

「今朝はもう綺麗になってましたよ」堤がまた笑みを浮かべる。「そんなに簡単に落ちるようでは、カラーボールの意味がないと思いますがねえ」

「とにかく、何か起きてから対応したのでは遅いんです。どういう状況になっているか、事前に情報を把握しておかないと」

「それは、通常の警察の仕事ではないですよね」

岩倉はうなずいた。とは言え、「ここまでが警察の仕事だ」とはっきり線引きするのは難しい。それ故、どうしても引き気味になる。かといって、何か事が起きると、「どうして警察は何もしていなかったんだ」と非難が集まるのも事実である。田岡と、そして警察を守るためにも、自分のやっている情報収集には意味があると思いたかった。

「真犯人を捕まえてくれれば、嫌がらせも終わると思うがねえ」堤が言った。「あなたは担当ではない……担当していた捜査一課と北大田署の人たちはどう考えているんですかね。こういう場合、捜査はもう一度最初からやり直しになるでしょう」

「ただ、それで真犯人が捕まったケースは、ほとんど聞いたことがありません。裁判が進んでいるうちに、真犯人は逃げることも証拠隠滅することも可能ですからね。私の記憶では、こういうケースで犯人が捕まったのは、最近では一件だけです。殺人事件ではなく、強盗でした」

「ほう」

「七年前に、品川区の住宅街で泥棒が民家に押し入りました。犯人は家の人を殴って縛り上げ、現金十五万七千円を奪って逃走しました。三日後に逮捕されたんですが、裁判では無罪になりました。常習窃盗犯で、家に侵入した手口が似ていたのがきっかけになって逮捕されたんですが、裁判では結局、本人が主張していたアリバイが認められたんです。ただ、完全無罪になった田岡さんの場合と違って、『犯行の時間帯に現場にいるのは、不可能とは言えないが無理がある』という判断だったんですが」

「無理な起訴だったんでしょうな」

「無罪判決を受けて、検察は控訴する方針だったようですが、判決が出た翌日に、『自分が犯人だ』と名乗り出てきた人間がいたんです。最初に逮捕された容疑者の知り合いでした。というより、泥棒仲間ですね。関係ない人間が逮捕されて胸を痛めていたということでしたが……黙っていれば分からないのに、変なところで良心的な人間でしたね」

「それで、裁判は？」

「もちろん、有罪判決を受けました。もう刑務所は出ているかもしれませんが」

「よく覚えてますなあ」堤が感心したように言った。「刑事さんというのは、自分が担当した事件でもない限り、他の事件には案外無関心なものだけど。あなた、その事件を担当していたんですか？」

「いえ」岩倉は首を横に振った。「単に事件が好きなだけです」

「変わった人だ。あなたにとって事件は、仕事の対象でしょう？　そこまで熱心になる意味が分からないな」

「そういう性格なので」性格というか、趣味の問題……趣味と仕事が合致しているだけだ。

二人はその後、現況の確認、そして今後の対策を話し合った。積極的に打つ手はないが、取り敢えず田岡たちがどんな目に遭っているかを把握しておく必要がある、という点で話は一致した。それほど前進したわけではないが、堤が弁護士の立場を超えて協力してくれるのが分かっただけでもありがたい。堤にとって警察は、法廷で戦った「敵」なのだが。

「一つ、気にかかることがあるんですがね」堤がコーヒーを飲み干してから言った。

「何ですか?」

「被害者である石川春香さんの恋人、光山翔也《みつやましょうや》さんなんですが……精神状態が不安定になっているという話を聞いてますよ」

「今回の無罪判決を受けて、ですか?」

「そう。事件が発生した時にもだいぶショックを受けて、警察も扱いに困るぐらいだったそうですけど、無罪判決となるとねえ……犯人が捕まって有罪判決を受ければ、関係者のストレスはある程度解消される。ところが今回は、いきなり梯子《はしご》を外されたようなものでしょう? 家族ならともかく、恋人に関しては、フォローしてくれる人もあまりいないですから、今後が心配なんですよ」

家族ならば、総務部の犯罪被害者支援課が対応する。彼らは被害者家族をケアするノウハウを持っているから、何とかしてくれるかもしれない。しかし、光山は「家族」ではないわけで、どこまで関与するかは難しい。

堤の事務所を出て、岩倉はすぐにスマートフォンを取り出した。犯罪被害者支援課には知り合いがいるので、確認してみよう。

「村野《むらの》です」話したいと思っていた村野秋生《あきお》が、ちょうど電話に出てくれた。仕事を共にしたことはないが、昔、捜査一課の同僚だった。

「南大田署の岩倉です」

「ああ、ガンさん……お久しぶりです」

「実はちょっと相談というか、教えて欲しいことがあるんだけど」

「ガンさんのそういうのは怖いんですよねえ」

「馬鹿言うな。俺は、警視庁の穏やかな人間ランキングで殿堂入りしてるんだぞ」

「そんなランキング、聞いたことがありませんけど」

「実はな……」岩倉は今取り組んでいる案件について説明し、光山のことを訊ねた。

「その件は……支援課としてはノータッチでした」

「こういう重要事件では、支援課が直接出ていくんじゃないのか？」支援課はそもそも出たがりで、現場の邪魔をしているイメージもある。

「所轄の初期支援員が優秀だったんです。彼女が全面的に対応してくれて、トラブルもなかったんですよ」

「彼女？」どこの署にも、事件直後に被害者に対応する初期支援員がいる。特別なポストではなく持ち回りなのだが、だいたいが経験豊富なオッサンだ。男女比率は九対一ぐらいではないだろうか。

「交通課の女性警察官なんですけど、なかなかいい人材ですよ。うちに引っ張ってきたいぐらいだ」

「それはやめておけ。何も支援課で苦労させることはないだろう」

「苦労も必要ですよ。それにうちが存在しないと、被害者家族がどれだけ辛い思いをするか、分かってます？」

村野得意の演説が始まりそうになったので、岩倉は慌てて、北大田署の初期支援員の名前を確認した。村野は覚えていた。

「今川香奈枝《いまがわかなえ》か。今も初期支援員をやってるのか？」

「ええ」

可哀想に……早く解任してやればいいのにと岩倉は思った。被害者支援が必要なケースで一番多いのは交通事故、続いて女性に対する暴行事件である。毎日のように出番があるわけではあるまいが、ストレスが溜まる仕事なのは間違いない。

「とにかく、彼女が上手く対応してくれたので、任せていました」

「今後はどうするんだ？　捜査は振り出しに戻るわけだけど」

「そこはケースバイケースですが……民間の支援センターが引き継いでいますから、そちらが主体になるかもしれません」

「支援センターか……新宿だったよな？」

「話をするなら、連絡ぐらい通しておきますよ」

「いや、今はいい。まず、当時の様子を調べてみるよ」

電話を切り、もう少し手を広げようと思った。調べなければならないこと――知っておいた方がいいことは、まだたくさんある。ただそのためには、無罪判決が出てカリカリしている北大田署に突っこまなければならない。これは、民間人を相手にするよりもよほど面倒だ。

3

週末を挟んで、田岡が自宅に戻って来てから一週間が経った。検察は控訴するかどうか、方針をまだ明らかにしていない。

その間岩倉は、秋山や浅野、それに堤など、頼りになりそうな人と連絡を取って、状況を確認し続けた。さらに夜のパトロールも続行。物理的な嫌がらせが起きるとしたら昼ではなく夜だろう……田岡の家の近くで目を光らせるのはなかなかきつい作業だったし、岩倉一人が警戒しても、必ずトラブルを排除できるものではない。とはいえ、他の署員を巻きこむほど、事態が深刻化しているわけでもなかった。

心配事もできた。土曜の夜、ずっと団地の前に停まっていた一台の車である。明らかに中に人がいて、エンジンはかけっ放しだった。兄の直樹が見つけてずっと観察していたのだが、少なくとも午後十一時から午前二時まではそこにいたという。ナンバーを確認してくれていたので、岩倉は持ち主を割り出していた。地元の人間……何かしたわけではないので、強権的に接触して圧力をかけるわけにはいかなかったが、それでも情報はインプットしておいた。

直樹によると、田岡は一切外出せず、ずっと部屋に籠りきりだという。母親も外出を控え、どうしても外に行かねばならない時は、直樹や秋山、それに秋山の妻がつき添っている。そのおかげでトラブルはなかったが、精神的にはかなり参っているようだった。「こういう状態が長く続くと、やばいよ。精神的に押し潰される」秋山の警告はもっともだったが、上手い手は見つからなかった。

週明けの月曜日、岩倉は夕食を済ませて、午後八時過ぎに現地に向かった。この辺の商店街もすっかりお馴染みになってしまった。精米店、コインランドリー、電気屋……濃厚な生活の匂いが滲む、岩倉の好きな雰囲気だ。しかしこの街には、田岡に対する薄《うっす》らとした悪意が漂っている。

田岡の家のドアを確認できる場所で、待機に入る。今日は雨……幸い覆面パトカーを借り出せたので濡れることはなかったが、ずっと降り続く弱い雨は、鬱陶しいことこの上なかった。窓を開ければ車内が濡れるし、閉め切ったままだと窓が曇る。かといってエンジンをかけ、エアコンをつけると寒い。そんなに不快な季節ではないのに、どうにも落ち着かなかった。

一瞬、周囲の雰囲気が変わる。ふいに暗くなった——後ろから走ってきた車のヘッドライトが消えたのだと気づく。ちらりとバックミラーを覗くと、一台の車が覆面パトカーのすぐ後ろに停まったのが分かった。そんなところに堂々と駐車するとはなかなかい度胸……よくよく見ると、後ろにいるのも覆面パトカーだった。署から誰か応援に来たのかと思ったが、別に連絡もしていない。

北大田署?

連中がちょっかいを出してくることは予想できていたが、どんな形になるかが分からなかった。まさか、田岡を再び捜査するとは思えないが……法的に、裁判で無罪が確定した人間を、同じ容疑でもう一度捜査することはできない。仮に判決が出た後でどんなに容疑が強くなっても、あるいは本当は犯人だったと分かっても、逮捕・起訴されることはないのだ。

さて、どう出るか。

腕組みをして考え始めたが、サイドミラーに映った男の姿を見て、じっくり思案している余裕はないと分かった。男はこちらへ近づいて来る。自分に用があるのは明らかだった。

男が遠慮がちに窓をノックする。岩倉は窓を細く開けて、男の顔をちらりと見た。なかなかごつい顔だ——四角張った顎、太い眉、分厚い唇。髪は、最近ではまず見ない角刈りにしている。四十歳ぐらい、と見当をつけた。スーツではなく、ポケットがやけにいっぱいついたブルゾンを着ている。小物がたくさん入るし動きやすいので、こういう服を愛用する刑事は多い。

「失礼ですが」男が遠慮がちに切り出した。ごつい外見に似合わず、声は柔らかだった。

岩倉はすぐにバッジを示した。

「南大田署の岩倉。そっちは?」

男もバッジを示し、北大田署の半崎《はんざき》と名乗った。記憶にない名前……課長の藤本の他には、北大田署の刑事課には一人も知り合いがいない。

「一人かい？」

「ええ」

「ちょっと話そうか」

岩倉は運転席から出た。さて、どうするか……自分の車に入れるのは気が進まないので、さっさと歩いて、半崎が乗って来た覆面パトカーの後部座席に滑りこむ。うなずきかけ、横に座るようにと促した。半崎は素直に、後部座席に腰を下ろした。

「一人で来ているということは、正式な捜査じゃないな？」岩倉は念押しした。

「まあ、そうですね」半崎の口調は歯切れが悪い。

「じゃあ、何のためにここへ？」

「気になった、としか言いようがないんですが」居心地悪そうに、半崎が体を揺する。

「簡単にパクった犯人《タマ》に逃げられたのが、気にくわないんだろう？」

「納得いかないだけです」半崎が反論する。「だからちょっと様子を見ようと思って……何してるのかなと思ったんですよ。そちらこそ、何をしてるんですか？」

「君のような人間が、事件と無関係の人に嫌がらせをしないように、警戒している」

「嫌がらせ？　冗談じゃない」半崎が憤然と言い放った。

「自分を逮捕した警察官が、すぐ側で見ている――それに気づいたら、田岡さんは大変なストレスを受けるだろう。あまりいいやり方じゃないな。下手したら訴えられるぜ？　それとも、疑う材料でもあるのか？」

「それは……」

「どうなんだ？　今回の件はヘマだったんだろう？」岩倉は遠慮なく突っこんだ。

「いや、ヘマでは……ないです」半崎が反論したものの、言葉に力はなかった。

「完全無罪だぜ？　ヘマ以外の何ものでもない」

「人のミスを指摘するのは楽しいですか？」半崎が感情的になる。

「いや、楽しくない」岩倉は答えた。「非常に気分が悪い。自分で捜査したわけじゃないけど、世間の人は一括して『警察の失敗』と見るんだからな……で？　今でも田岡が犯人だと思ってるのか？」

「他に犯人はいませんからね」

「そういう消去法は間違ってるぜ。そいつしか考えられないから犯人——そんなのは、近代的な捜査方法が確立する以前、十九世紀の話だ」

「冗談じゃない」半崎が小声で毒づいた。「奴がやったのは間違いないんだ。検察がヘマしたんじゃないですか」

「今のは聞かなかったことにしておくよ」岩倉は小声で言った。「検察批判をしても、何にもならないぜ」

「そうかもしれませんけど……裁判では、警察は手出しできないんですから」

それ以前に、警察の捜査に問題があったから、こういうことになったのだ。当たり前の事実だが、岩倉は敢えて言葉を呑んだ。これ以上ダメージを与えなくてもいいだろう。半崎のストレスは喉元まで上がってきているはずだ。こんなところで爆発されたらたまらない。

「田岡さんは、外出できないぐらいの嫌がらせを受けている。今後、何か物理的な被害を受ける恐れもある……だから警戒しているんだ」

「犯人を守る必要はないでしょう」

「これ以上犯人扱いすると、人権問題になるぞ」

「俺は別に……」

「悔しい気持ちは分かるけど、諦めも肝心だぞ。それより、前向きに真犯人を探した方がいい」

「犯人は奴ですよ」

「もう、その根拠はないよ」

半崎が大袈裟に溜息をついた。諦め切れない……気持ちは分かるが、切り替えないと。これで真犯人を逮捕できれば、一気にミスを帳消しにできるのに、一歩も前に進んでいない。

そう指摘してみたものの、半崎は納得できないようだった。その気持ちも岩倉には理解できる。家の完成まであと数日というところで、台風で土台から流されてしまったような気分だろう。もう一度、土台から造り直す気力が湧いてくるかどうか……自分だったら、立ち直れないかもしれない。

結局中途半端なまま、半崎と別れることになった。向こうが意固地になっている以上、これ以上の説得も難しいだろう。

半崎が走り去った後、岩倉は自分の覆面パトに戻って監視を続けた。十一時、ドア横の窓が暗くなる。そろそろ寝る時間か……田岡が寝たからと言って安心できるわけではないが、取り敢えず岩倉も引き上げることにした。田岡が帰宅して一週間、物理的な被害といえば、カラーボールを投げつけられたことだけである。家を監視していた車の持ち主が、何か嫌がらせをする気配もなかった。

危険な波は去りつつあるのではないか……となったら、別の方面の情報収集をしておいた方がいいかもしれない。

岩倉は翌朝、北大田署の交通課に電話を入れた。今川香奈枝を呼び出して、「光山について話を聴きたい」と切り出す。ただし、内密に。

「だったら、お昼でも奢ってもらえますか？」香奈枝がいきなり言った。

「いいよ」結構図々しいタイプかもしれない——しかし、こうやって頼みこんでいる自分も十分図々しい。「じゃあ、そっちへ行こう。大森町駅の近くで、どこか美味い店はあるかな？」

「昼ですし、蕎麦屋はどうですか？」

「ああ、蕎麦なら大歓迎だ」

香奈枝は店の名前とだいたいの場所を教えてくれた。

「必ず十二時前に来て下さい。十二時になると、一気に混みますから。それに昼は、予約を受けつけないんです」

「了解」

香奈枝に関するデータはまったくないのだが、耳に心地好い声を聞いた限り、二十代後半から三十代ぐらいに思えた。

大森町駅付近は、非常にざわついた——活気のある街である。中央口を出て東へ歩くと、すぐに第一京浜に出るのだが、西口には賑やかな商店街が広がっている。指定された蕎麦屋は、改札を出てから三十秒のところにあった。地味な茶色の外見の二階建て。「営業中」の札が入り口近くの地面に置いてあった。のれんは濃い紺色。道路に面して麺打ち場があるが、今はそこに人はいなかった。いかにも高級そう……メニューを調べておけばよかったな、と一瞬後悔した。給料日から半月が経ち、財布の中は少し寂しくなっている。今から見てみるかとスマートフォンに視線を落としたところで、「岩倉さんですか？」と声をかけられた。

顔を上げると、小柄な女性が立っていた。

「今川さん？」

「そうです。ご馳走になります」香奈枝がにこりと笑った。なかなか破壊力のある笑顔……この愛嬌には、どんな厳しい上司でも相好を崩してしまうだろう。「早いからセーフでしたね」

「そんなに混むのか？」

「本格的なのに安いんです」

言いながら、香奈枝が岩倉の脇を通り過ぎて暖簾をくぐった。後に続いて店に入ると、蕎麦のいい香りが鼻先に漂う。内装もしっかりしていて、かなりの高級店なのは間違いないと分かる。客はまだ、二人……三人だけだった。

香奈枝は店員と顔見知りのようで、「個室、空いてますか？」と愛想よく訊ねた。大きな笑みを浮かべた店員が、彼女を先導して狭い個室に案内する。四人がけのテーブルが一つあるだけで、密談するにはちょうどいい。岩倉が腰を下ろした瞬間、香奈枝が「私、天せいろで」といきなり注文した。店員を待たせるわけにもいかず、岩倉は反射的に「同じもので」と言ってしまった。

「勤務中に無理に出てきたんですから、デザートつきでいいですよね？」香奈枝が笑顔を一ミリも崩さずに言った。なかなか図々しい。というか、こちらの懐に簡単に飛びこむ術を知っているようだ。

「もちろん」

岩倉はメニューを取り上げた。デザートはいいとして、そもそも天せいろはいくらだろう……「二千円」の値段を見て目を剝《む》く。彼女は「値段の割に」と言っていたが、これは高過ぎるのではないか？　八百円のせいろに変更しようと思ったが、やめておいた。昼飯の値段で悩むような年齢でも立場でもないし。いや、悩んでもいいが、それを行動に移してはいけない。

しかしこれは、嫌がらせだろうか。目の前でニコニコ笑っている香奈枝を見ながら、岩倉は訝った。悪意があるようには見えないが、本心は簡単には読めない。

「いいですよね？」香奈枝はこちらの気持ちをあっさり読んだようで、上目遣いに岩倉を窺うようにして訊ねた。「交通課は、外へ出てくるのも大変なんですよ？　課長に言い訳して、制服から着替えて」

「それは分かってる。二千円の天せいろぐらいの手間にはなるな」

「ところで岩倉さんって……事件オタクの岩倉さんですよね？」

「オタクって……」苦笑せざるを得なかった。

「有名ですよね。こと事件に関しては、自分が担当したのでないものでも、細かいところまでよく覚えている――コンピューター並みだって」

「人間の脳はコンピューターとは違うよ」

「それぐらい正確、という意味ですけど」

「それは置いておいて」岩倉は嫌いな話題を避けてさっそく本題に入った。蕎麦がくるまで十分ぐらいはかかるだろう。それまでに、大筋を話して、協力を取りつけられるようにしておきたい。「一年前の殺人事件——石川春香さんが殺された事件の関係なんだ。彼女の恋人だった光山翔也さんという青年は、今どうしてる？」

「ああ」香奈枝の顔から笑みがすっと消える。「噂なんだけど、精神状態があまりよろしくない——田岡さんが無罪判決を受けてから、荒れているという話を聞いている」

「そうですね」

「最近会ったのか？」

「会いました。判決が出た翌日に」

「どんな感じだった？」

「事件当時の感じに逆戻りですね」

「そうか……」

ろくに話していないうちに天せいろが運ばれてきた。こんなに早く出てきたということは、揚げ冷ましか……それで二千円を取るのはふざけた話だと思ったが、天ぷらは揚げたて、蕎麦も茹でたてだった。

「天せいろにしては、出てくるのが早くないか？」

「ここ、蕎麦担当の人と料理担当の人が分かれてるんですよ。だから早いんです」

「なるほど。この店にずいぶん詳しいんだね」

「北大田署勤務の、唯一の収穫です」香奈枝の顔に笑みが戻った。「夜がまたいいんですよ。日本酒のラインアップが豊富だし、蕎麦前が美味しくて」

蕎麦屋のつまみを「蕎麦前」と言うぐらいだから、だいぶ好きなようだ――蕎麦も酒も。可愛い顔に似合わず、なかなか豪快なタイプなのだろう。

確かに、蕎麦も天ぷらも美味かった。蕎麦は真っ白で細い、上品な仕上がり。天ぷらの衣は蕎麦屋にしてはごく薄めで、蕎麦の味に合わせているようだった。量は大したことはなかったが、食べ終えてつけ汁に蕎麦湯を注いでゆっくり飲んでいると、突然じんわりと満腹感が襲ってくる。香奈枝は事前の宣言通り、デザートにそばがき汁粉を追加注文した。

「昼飯にデザートは食べ過ぎだな」

「そうですか？　食事って、その後のデザートを食べるために存在してると思いますよ」

「若いから、いくら食べてもすぐに消化されるんだろう」

「そういうのは、今のうちだけですけどね」肩をすくめてから、香奈枝が汁粉の椀を取り上げた。見た目は普通の汁粉で、餅の代わりにそばがきという組み合わせだろう。嬉々として汁粉をすする姿を見ているうちに、娘の千夏を思い出した。高校生になってから突然スウィーツ作りに目覚め、岩倉の自宅に手作りのドーナツを勝手に置いていったりする。

香奈枝が汁粉を食べ終えるのを待って、話を再開した。

「発生当時は、どんな様子だった？」

「大泣きです。しょうがないですよね、当時はまだ二十歳……大学二年生だったんですから」

「簡単には乗り越えられないか」

「当然です。しかもちょっとややこしいことになって……被害者の春香さんの家族は、二人がつき合っていることを知らなかったんですよ」

「被害者の出身地は長野だったね」

「ええ」香奈枝がうなずく。「事件の一報を聞いて慌てて上京してきたら、現場に全く知らない若い男がいたんですから、びっくりしますよね。こんなことがきっかけで、娘に恋人がいるって知るのは、きつかったと思います」

考えてみると、被害者の春香も光山も、岩倉の子どもであってもおかしくない年齢だ。同年齢の人間に比べて結婚が遅かった岩倉の場合、娘の千夏はまだ十七歳なのだが。もしも自分が被害者の父親だったら……と考える。都会暮らしの娘が知らぬ間に男とつき合っていて、しかも殺されたとなったら。

「光山さんを犯人だと思ってもおかしくないね」

「実際、お父さんは激怒して、そんな風に思っていたようです」

「どうやって宥めたんだ？」

「丁寧に説明するしかなかったです」

「普通、女性が殺された場合、交際していた相手が真っ先に疑われるもんだけど」

「それは何とも言えません。私は捜査そのものにタッチしていたわけではないので」

「あくまで被害者支援か……支援課の連中が褒めてたよ。君が優秀でちゃんとやってくれたから、本部の方で出る必要もなかったって」

「お褒めいただき恐縮ですけど……」

「あまり嬉しくない？」

「被害者支援の仕事って、できればしたくないですよ。来年の春には初期支援員の仕事から外すって言われてますけど、それまでに異動でもいいぐらいです」

「そうだろうな」

被害者支援の仕事では、被害者や被害者家族の全ての思いを受け止めねばならない。事件捜査のように、解決に向かって一直線に進んでいけばいいというわけではないのだ。どういう人間がこの仕事に向いているか分からないが、少なくとも自分には無理だし、やる気もない。村野があの仕事に誇りを持って取り組んでいるのは、彼自身、事故の被害者であり、怪我のせいで捜査一課から出ざるを得なかったからだ。被害者の気持ちが一番よく分かる警察官、ということだろう。

「結局、被害者のご両親は……」

「ご両親も納得してくれて、最後は普通に話してました。というか、ご両親の方が、娘さんの東京での生活について聞きたがって、光山さんが説明したんです。でも、話しているといろいろ思い出すようで、泣き出して話にならなくなったんですよね。二人とも二十歳――あ、被害者はまだ十九歳でしたけど、相当深くつき合っていたんだと思います」

「例えば、卒業後の結婚を意識するような？」

「そんな話も出ていたと聞いています」香奈枝がうなずく。

「結局、立ち直ったんだろうか」

「どうでしょうねえ」香奈枝が自信なげに首を傾げた。「犯人が逮捕される前は荒れ狂って、逮捕された後は魂が抜けたような感じでした。ほっとしたというより、腰が抜けてへたりこんでしまうような感じ、ですかね」

「それは分かるよ。その後は？」

「あまり頻繁に会うのもよくないということで……支援課が作ったマニュアルにはそう書いてあったんですけど、私は何回か電話で話して、面会もしました。一貫して、精神状態はよくなかったです。田岡……さんが、最初から容疑を否認していて、裁判でも全面的に戦ったでしょう？　そんなことになったら、落ち着きませんよね」

「ああ」

「裁判の雲行きが怪しくなってきたんで、支援センターとも連絡を取り合ったんです。向こうも『要注意』認定していて、念のために面会してくれたんですけど、かなり落ちこんでいたそうです」

「それが、無罪判決で頂点に達したか」岩倉は腕組みをした。正確には「頂点に達した」ではなく「どん底に落ちた」だろうが。

彼の気持ちも容易に想像できる。犯人逮捕は早かった——発生から五日後には田岡を犯人と断定して逮捕したのだから、スピード解決と言っていいだろう。被害者の関係者の落ちこみは、何より犯人逮捕で癒される。しかし犯人が容疑を否定し続け、しかも裁判では検察側の主張の雲行きが怪しくなってくる。もしかしたら無罪なのではないか——心がざわつく毎日だっただろう。

無罪判決で、限界まで膨れ上がっていた風船が破裂するように、気持ちが壊れたかもしれない。

「判決の後に会った感じではどうだった？　大丈夫だろうか」

「大丈夫じゃなかったですね」

「どんな感じで？」

「今でも田岡さんを犯人だと決めつけているんです。無罪になったのは何かの間違いだろうと……弁護士と相談すると言ってました」

「被害者の関係者に弁護士がいるのか？」

「契約しているわけではなくて、相談する、というだけの話です」

「相談しても、今さら何かできるわけじゃないだろう。判決が覆るとは思えない」

「民事訴訟も考えているようですよ」

「無理じゃないかな……」岩倉はおしぼりで指先をしつこく拭った。何だか、泥に指を突っこんでしまったような感じだった。

刑事事件の裁判と並行して、被害者家族が被告に損害賠償請求をすることはよくある。しかし、そういう民事事件の裁判で、刑事事件の裁判では分からなかった新たな事実が出てくる可能性は極めて低い。そういう場合に事件を調べ直すのは弁護士の役目なのだが、犯行からかなり時間が経ってからだと、証拠を見つけるのも困難だ。弁護士の調査で事件がひっくり返ったりするのは、小説やドラマの中だけの話である。

「とにかく今は、まずい状況だと思います」

「支援センターにも聞いてみるか……」

「向こうは、もう少しデータを持っているかもしれません。でも、どうしてそんなに気になるんですか？」

「田岡さんに危害が及ぶ可能性があるからさ。実際、嫌がらせの電話なんかがかかってきている。被害者の恋人となれば、暴走してもっとひどいことをする可能性もある」

その時、スマートフォンが鳴った。田岡の兄、直樹。勤務中で家にはいないはずだが……といぶかりながら、岩倉は香奈枝に断って電話に出た。

「岩倉です」

「お仕事中にすみません」直樹はやはり低姿勢だった。

「大丈夫ですよ。何かありましたか？」

「実は、被害者の恋人……光山さんという人でしたっけ？　そう名乗る人が、家を訪ねて来たんです。何度もノックして大声を張り上げて。ドアの前に居座っているみたいです」

「何ですって？」岩倉はスマートフォンをきつく握り締めた。「今もまだいるんですか？」

「そうだと思います。母親が覗き穴から見たら、ドアの前に座りこんでいるようなんです」

「すぐにそちらへ行きます。それと、お母さんに電話して、何とか写真を撮ってもらうことはできないでしょうか。覗き穴を上手く使うとか」

「弟にスマートフォンを持たせていますから、それで何とか……」

「だったら写真を撮影しておくように言って下さい。二十分ほどで行きます」

電話を切って尻ポケットから財布を抜き、香奈枝に千円札を五枚、手渡した。

「払っておいてくれないか？」

「どうかしたんですか？」

「光山さんが、田岡さんの家の前に居座っているらしい」

「私も行きます。電車の方が早いですよ」

香奈枝も立ち上がった。これはありがたい援軍……彼女の顔は、瞬時に仕事用のそれに切り替わっていた。

4

　最悪の事態は免れた。

　田岡の家に着いてみると、既にドアの前には誰もいなかった。ほっと吐息を漏らすと同時に、もしかしたら母親の勘違い、あるいは妄想ではないかという疑念が浮かんでくる。

　現場には秋山がいた。困惑した表情で、田岡家のドアを塞ぐように立っている。

「岩倉さんよ、ちょっと家の方は……ショックを受けてるんだ」

「話を聴かないと、被害届も出せませんよ」

「OBの俺が言うのも変だけど、これは犯罪かね」

「いや……」岩倉は唇を噛んだ。確かに、誰かの家のドアを必死でノックし、名前を叫んだだけでは犯罪にはならない。ドアの前の廊下で座りこんでいても、住居侵入罪として立件するには無理がある。警察としては、「嫌がらせをやめるように」と説諭して立ち去らせるぐらいしか手はない。

「警察官に会うのは勘弁して欲しいってことで、俺が写真を預かっている。ちょっと、うちで見てくれないか？」

「いいですよ」

「じゃあ……こちらの方は？」秋山が、香奈枝に視線を向けた。

「話すと長くなるんですけど、前の事件の時に被害者をケアしていた、北大田署の今川さんです」

「ああ、それはどうも、ご苦労さん」秋山が軽く会釈した。「とにかく、うちにどうぞ」

妻が買い物に出かけているというので、秋山は今日も一人だった。考えてみれば岩倉は、まだ秋山の妻に挨拶もしていない。このまま会う機会がないかもしれない──会わないで済むなら、その方が幸せかもしれないが。

「早速だけど……メールで送ってもらった写真だ」

秋山が自分のスマートフォンを操作し、画面に写真を呼び出した。岩倉はまず、香奈枝に見せた。

「これは……」香奈枝の眉間に皺が寄る。

横から覗きこんでみると、ひどく奇妙な写真だった。画面はほぼ真っ黒。その真ん中に丸い穴が写り、その先にドアの向かいにある手すりが写っていて……男がしゃがみこんでいるのが見えた。

「どうだい？」

「光山さん……ですね」自信なさげに香奈枝が言った。

「間違いない？」

「百パーセントと断言はできませんけど、よく似ています」

「秋山さんは、この人を見ましたか？」

「見たよ」秋山があっさり認めた。

「直樹から電話がかかってきて、念のために見に行ったんだ。俺が『ちょっと』と声をかけたら、慌てて立ち上がって逃げていったんだよ。捕まえる暇もなかった」

「そこまでしなくて正解ですよ」岩倉はうなずいた。「相手は思い詰めていたかもしれません。危険です」

「情けないねえ。現役の頃だったら、間違いなく確保していたのに」

「無理は禁物です」釘を刺しておいてから、岩倉は香奈枝に視線を向けてもう一度確認した。「間違いない？」

「百パーセントとは言えませんけど……あ、そうだ」

香奈枝が自分のスマートフォンを取り出した。写真を呼び出して秋山に見せる。

「すれ違ったのはこの人でしたか？」

「ああ、そうそう」秋山がほっとした表情を浮かべる。適当なことや推測は言いたくないタイプなのだろう。

「被害者の恋人の写真か……どうしてこれを？」岩倉は訊ねた。

葬儀で撮られたのは間違いないようだった。ブラックスーツに黒いネクタイ姿で、目は真っ赤になっている。

「情報共有のために、一応撮影しておきました。それと、ここに黒子《ほくろ》はありませんでしたか？」香奈枝が自分の鼻の右側を指差した。

「そう言えば、あったような気がする」

「それなら間違いありません。結構目立つ黒子ですからね」

「厄介なことになったな」岩倉は舌打ちした。「君の方で、何とか抑えられないか？　いくら何でも、元容疑者の家に直接押しかけるのはやり過ぎだ。そのうち、本当にトラブルを起こすかもしれない」

「そうですね……支援センターと相談してみます」

「ついでに、支援課の村野にも話しておくといい。あいつは、面倒な事案が専門だから」

「分かりました」香奈枝がうなずく。表情はあくまで真剣で、先ほどまでの柔らかい笑顔が想像もできないほどだった。

　田岡が無罪放免されてから一週間。何となくこのまま事態は収束しそうな予感がしていたのだが、結果的にはあっさり外れたことになる。俺の勘も当てにならないな、と岩倉は情けなくなった。

　これでは誰も守れないではないか。

地裁での判決から二週間を待たずに、地検は控訴を断念する、と発表した。これで田岡の無罪は確定――しかし新聞はいずれもベタ記事扱いだったし、テレビのニュースでもほとんど流れなかったらしい。もっと大きく扱ってくれた方が、田岡に対する嫌がらせは消えるはずだが。

5

十月十四日。

世間は今日まで三連休だったが、岩倉は間の悪いことに十三日の日曜が泊まり勤務だった。所轄の当直など、それほど大変な仕事ではないのだが……事件や事故で呼び出されることは少なく、だいたい仮眠も取れる。

しかし仮眠を取ったところで、朝は元気一杯というわけにはいかない。四十代では一晩徹夜したぐらいでは何ともなかったが、さすがに五十を越えるときつい。まあ、泊まり明けで明日は一日休みだから、体力を回復させよう。今日は取り敢えず、やることがある。

朝、当直を交代してから、岩倉はまた雑色に向かった。秋山、それに浅野のところに顔を出して、田岡の様子を確認する。特に変化なし……実は先週の金曜日の夜、また田岡の家に光山が来たという情報があって慌てて駆けつけたのだが、この時ももう立ち去っていた。短い間隔で二度目。香奈枝とはその後電話で話したが、彼女も上手い手を考えつかないようだった。結局、連休明けに本人と話して諭してみる、ということになったのだが……香奈枝は、下手に刺激しないように岩倉は入らない方がいい、と主張した。他人任せにしなければならないのは不安だが、彼女の言い分にも一理ある。何でもかんでも自分一人でできるものでもない。任せるべきところは若い連中に任せて、あとは泰然自若の気持ちで待とう。

昼前に自宅へ戻り、洗濯と掃除を済ませてシャワーを浴びると、やっと一息ついた。泊まり明けの時は午後に少し昼寝して夕方から活動再開、というのが定番のパターンだった。

まどろみから抜け出すと、急に侘しい気持ちが湧き上がってきた。実里は、来月から始まる舞台の稽古で、毎日下北沢の稽古場に通っている。彼女に言わせれば「本業に戻る」。稽古が終わる時間に迎えに行こうかと思ったが、終わりは読めない、ということだった。それに下北沢という街は、五十歳を過ぎたオッサンには合わない。劇場がたくさんあるので、彼女の芝居を観に行ったこともあるのだが、歩いているだけで肩身の狭い思いをした。

まあ、今日は一人の夜だ。久しぶりに古い事件の資料をひっくり返し、近い将来書く本の構想を固めよう。

近くの定食屋で早めの夕飯を済ませ、自宅に籠もる。今気になっているのはやはり、浮間公園女性バラバラ殺人事件だった。この事件が何の手がかりもなく解決できなかったのは、今考えると謎でしかない。ほとんどのバラバラ殺人事件では、犯人は大量の物証を残して捕まるものなのだ。

この事件は、警視庁史の中でもエポックメーキングなものであり、本の巻頭に置くにはいかにも適している。しかしその後は……未解決事件を発生順、あるいは衝撃度が高い順に並べるだけでいいのか？　事件の種類によって整理し、紹介は控え目に、分析を主体とすべきだろうか。

この辺は、編集者の知恵が欲しいところだ。残念ながら、編集者に知り合いはいないのだが……警察関係の書籍を多く出している出版社に持ちこむべきか、分析中心の堅い本なら有斐閣辺りか。売れ線を狙って、センセーショナルな雰囲気に仕上げるなら、普通の出版社を選ぶべきだろう。

まあ、まだまだ夢想の段階だが。

一人きりだと、だらだらと時間が過ぎてしまう。ふと、音を消したテレビに目をやると、実里が出演するＣＭが流れていた。子役の女の子に頬ずりして、いかにも柔らかそうなタオルで濡れた髪を拭ってやる……何だかな、と溜息をついてチャンネルを替えると、よりによって同じＣＭの別バージョンが流れていた。かなり頻繁にオンエアされていて、好評なようだから、実里が世間に見つかるのは時間の問題ではないか？

ふと、将来が不安になる。

今はいい。息が詰まるようだった妻との生活から離れ、二十歳も年下の恋人と一緒にいることで、気持ちまで若々しくなった感じがする。しかしこれから先、彼女が女優として大きくブレイクする可能性がある以上、こういう暮らしが永遠に続く保証はない。売れっ子になれば彼女は忙しくなるだろうし、これまで縁のなかった人たちとのつき合いも広がる。世界が一気に拡張するはずだ。五十過ぎの冴えない刑事との暮らしよりもはるかに派手やかで、夢のある生活が始まるかもしれない。そうなった場合、自分はさっさと身を引いて、彼女の夢を応援すべきではないか？

そういう可能性はゼロではない。三十代になって急に売れ始める女優もいるのだし。

一杯引っかけてさっさと寝るか……資料を片づけ、台所でウィスキーをグラスに注ぐ。チェイサーはいつもきつい炭酸水と決めているのだが、今夜はたまたま切れていた。一人暮らしは、こういうのが面倒臭い……。

くさくさした気分なのに、酒はやけに美味いのが不思議だ。

深酒したと意識したのは、スマートフォンの呼び出し音がやけに大きく聞こえたからだ。呑み過ぎて寝ると、必ずこうなる。音量を変えるわけではないのに、普段の倍以上のボリュームで鳴るような気がする。

酔眼で画面を確認すると、安原だった。まずいな……サイドテーブルに置いた時計を確認すると、午前三時。最悪の時間帯だ。これで今日は、寝不足確定である。

「家ですか？」安原がいきなり切り出した。

「家だよ。こんな時間に、家以外のどこにいる？」

「ガンさん、一番近いですから……お願いします」

「現場は？」

「六郷橋」

「六郷橋って……あんなところで何だ」

「殺しらしいんですよ」

ちょっと待て……言葉に出さぬまま、岩倉は頭の中で地図を描いた。六郷橋は、東京と神奈川の県境、多摩川にかかる第一京浜の橋である。全長四百四十三・七メートル。この辺を車で走ったことがない人でも、箱根駅伝の中継で見たことがあるかもしれない。駅伝のテレビ中継の視聴率を考えると、ある意味、東京で一番有名な橋だ。

そこで殺し？　もしかしたら、六郷橋近くの多摩川か？　東京側に遺体が流れついたとか……警視庁内で伝説として語り継がれているのが、多摩川を流れる遺体が見つかると、警視庁と神奈川県警がボートを出して、それぞれ突き合って相手側の川岸に流れ着くようにする、というものだ。誰も、面倒な遺体の処理などしたくない。

完全なる都市伝説である……「六郷橋」のキーワードで、余計なことを考えてしまった。

「橋の上で殺しか？」

「いえ、橋のほぼ真下……ホームレスの小屋が残っているところ、分かります？」

「ああ」

岩倉はここでホームレスを見かけたことはないが、奇妙な造りの小屋がいくつも無断で設置されているのは知っている。土手の斜面に長さの違う「脚」を固定してその上に小屋を造り、屋根部分は橋の裏側にぴったりくっつけて補強しているようだ。土手の斜面と橋が作る角に、強引に押しこめるような感じ……最近は見ないが、鳩小屋のような雰囲気である。

「あの近くで発見されました。橋から落ちたと見られています。顔面に、明らかに殴られた形跡があるそうです」

「被害者はホームレスか？」

「今のところ、若い男としか分かっていませんが、見た限りホームレスではないと……機動捜査隊と当直の連中の言い分ですけどね」

「今日、刑事課は誰が泊まりだ？」

「川嶋」

「あいつが現場に行ってるのか？　大丈夫なのか？」岩倉は、自然に眉間に皺が寄るのを意識した。

「当直ですから、出ざるを得ないでしょう」

安原の声も渋かった。ここまで大きなヘマをしたわけでもないが、絶対に仕事熱心とは言えないし、冴えや切れを見せることもない。まだ様子見の状態だろうが、当てにしてはいけないと思っているのだろう——自分と同じように。

「あいつはヤバいよ」

「だからガンさんにお願いしたいんです」

「……分かった」

岩倉はベッドから抜け出し、安原から情報収集を続けながら着替えを揃えた。やはり少し酒が残っている感じで、頭の芯がぼんやりしている。酒臭いことはないと思うが、観察眼が鈍っているかもしれないと不安にはなる。

「私もすぐに向かいますから」

「ああ。じゃあ、現場で」

岩倉は冷たい水で顔を洗い、何とか意識をはっきりさせた。窓を開けて手を突き出し、外の気温を確認する。寒いわけではないが、雨が降っていた。舌打ちして、雨でも平気な格好に着替える。厚手のシャツにジーンズ、ゴアテックスのマウンテンパーカー。足元はゴム底のブーツにした。

晴れていれば自転車を飛ばすところだが、この天気だと事故も怖い。タクシー会社に電話をかけて、一台回してもらうことにした。この時間だと動いているタクシーも少ないのだが、タクシー会社と警察は密接な関係にあるから、多少の便宜は図ってもらえる。これで足も確保した。施錠を確認して家を出る。やはり、少しひんやりしているようだ。薄いセーターも着てくるべきだったかもしれない。

自宅の周辺は完全な住宅地である。池上線の線路が近いので、普通の人が活動している時間には電車が行き来する音が結構聞こえるのだが、この時間になると完全に静かだった。動いている——生きているのは自分一人。そんな気分にさせられる。

いつの間にか、左右の足に順番に体重をかけて体を揺らしていた。暇な時、ついこうやってしまうのは、あまりいい癖ではない。タクシーはなかなか来なかった。次第に体の揺れが大きくなる。シャキッとしろよ、と自分に言い聞かせ、意識して胸を張って静止した。二度、三度と深呼吸したところで、タクシーのヘッドライトに身を照らされる。

場所を告げると、運転手は第一京浜を使わず、裏道を走って六郷橋に向かった。この時間だ、どこを走っても時間に差が出るとは思えない。裏道をずっと走って、旧堤通りに出る。左へ曲がるとすぐにJRの二本の高架、さらに京急の高架下を潜る。この辺りが京急六郷土手駅近くの商店街なのだが、一つ離れた雑色駅周辺に比べると、だいぶ寂しい感じがする。数少ない店はどこも閉まっている。街全体が眠っていた。

現場まで車で近づけるだろうか。岩倉はスマートフォンで地図を確認し、第一京浜の高架が見えてきたところで右折するよう、運転手に指示した。車のすれ違いもできない細い道路……最後は、車一台も通れないほど狭くなってしまった。バックして引き返すしかないか——運転手に詫びを入れて、岩倉はタクシーを降りた。

その先は、鬱蒼とした森になっている。左側には高いフェンス。ここは第一京浜から、高速道路のインターチェンジのように脇道に降りられる道路なのだ。ずっと歩いて行くと舗装さえもなくなり、すぐに土手に迫って行く。鬱蒼とした森は神社なのだと分かった。土手下の道路に出ると、現場はすぐに分かった。左側に第一京浜、その近くに何台もパトカーが停まっていたのだ。雨の中、パトランプが禍々《まがまが》しく赤い光を周囲に投げかけている。いつもながら緊張させられる光景であり、三十年近く警察官を続けていても、まったく慣れない。

岩倉はマウンテンパーカーの裾をはためかすようにスピードを上げ、歩きながら「捜査」の腕章を取り出して左腕にはめた。面ファスナーで止められるものの、いずれはずり落ちてくる。存在自体が鬱陶しいのだが、現場ではこれが身分証明書代わりだから仕方がない。

土手はむき出しで、青々とした草に覆われているのだが、六郷橋の下はコンクリートで固められていた。記憶にある通り、木製の小屋が二つ、三つ……人が集まっているのは、道路の左側、鬱蒼とした木立がある辺りだった。ちょうど第一京浜にかかる六郷橋の下なので、あそこまで行けば雨には濡れずに済むだろう。

話を聞くとしたら川嶋しかいないのだが……見当たらない。しばらく周囲を見渡していると、コンクリートに覆われた斜面に腰を下ろしているのが川嶋だと気づいた。あろうことか、煙草をくわえて、口の端でぶらぶらさせている。

「川嶋！」

岩倉は少し声を張り上げて呼びかけた。気づいた川嶋が呑気な表情を浮かべ、「おいっす」と言って右手を振った。この男は……ここには身内しかいないからいいが、野次馬にでも見られたら批判の的になる。

岩倉は斜面を登り、川嶋の腕を摑んで立たせた。

「こんなところに座ってる場合じゃないだろう」

「今夜は冷えるじゃないですか。ここ、結構暖かいんですよ」

「馬鹿言うな。捜査中だ」

「今は鑑識が動いてますから、やることがないんです」

「そういう問題じゃない」

岩倉は川嶋の腕を摑んだまま、斜面を降りた。まだ酒が残っている自分よりも、川嶋の方が足取りが危なっかしい。

「どうかしたか?」

「ちょっと足を挫《くじ》きましてね」

「どこで?」

「ここで。滑りやすいんですよねえ」

それなのに、何故かわざわざ斜面を登って来るとは……意味が分からない。一体何を考えているのか、何がやりたいのか。

「遺体は見たか?」

「ええ。転落死ですね」川嶋があっさり言った。

「どうして断定できる？　転落って、どこからだ？」

「あそこじゃないですか？」川嶋が人差し指を立てた。

「六郷橋の上から？」

岩倉は首を横に振った。あんなに交通量の多い道路から人が転落したら、こんな時間でも目撃者がいるのではないだろうか。

「他に落ちる場所はないと思いますけどねえ。ちなみに致命傷らしいのは、後頭部の怪我です。たぶん左足も骨折してますね。変な方向にねじ曲がってましたから」

一応、きちんと遺体は観察したようだ。それでも、自分の目で確認するまでは信用できない。

岩倉は、ブルーシートをかけられた遺体に歩み寄った。投光器が持ちこまれているので、周囲は昼間のように明るい。しゃがみこみ、しばし両手を合わせた後でブルーシートをめくる。若い男——目は閉じており、顔は雨で濡れていたが、一瞬で身元が分かった。光山翔也。殺された石川春香の恋人だ。身元については入念な確認が必要だが、まず間違いないだろう。先日、香奈枝に見せてもらった写真と、目の前の遺体の顔は完全に合致する。鼻の横の特徴的な黒子も、記憶にある通りだった。ただし黒子は鼻血で汚れ、頬が赤くなっている。落ちた衝撃によるものではなく、確かに誰かに殴られたようだ。

しかし岩倉は、この男の連絡先を知らなかった。実家は都内にあるものの、大学に入ってからは一人暮らし、と香奈枝から聞いた記憶があったが……住所は一度聞けば必ず覚えるから、聞いていないのは間違いない。

「身元が分かった」

「マジですか？　いきなり？」川嶋が驚いたように言った。

「北大田署の事件……田岡さんが逮捕された件の被害者の恋人だ」

「うへえ」川嶋が間抜けな声を上げる。「間違いないですか？」

「確認の必要はあるけど、間違いないと思う」

「そいつはややこしくなりますねえ。どうしますか？」

「分からん」岩倉は遺体にブルーシートをかけて立ち上がった。膝が嫌な音を立てる。最近、こういう姿勢を取ると、膝が悲鳴を上げる。

遺体が落ちていた――死亡していたのは、橋から少し外れていたところなので、遠慮なく雨が降りかかってくる。岩倉は橋の下に避難して、スマートフォンを取り出した。安原も既に家を出ているだろうと予測し、彼のスマートフォンにかける。予想通り安原は松戸の自宅からタクシーで移動中で、岩倉の説明を聞くと一気に緊迫した。

「これはややこしい事件になりますよ。ガンさん、この被害者とは接点があるんですか？」

「いや、直接話したことはない」

「そうですか……」

「取り敢えず、正式な身元確認が先決だ。家族の連絡先は、北大田署の初期支援員が知っている。そいつの連絡先は分かるけど、俺が直接話して構わないかな」

本来の指揮命令系統に従えば、結構面倒な手続きを取らなくてはならない。安原から北大田署の刑事課長へ、そこからさらに交通課に下ろして、香奈枝に指示を出すのが正しい手順なのだ。緊急時だから、時間のロスは最低限で済むだろうが、少しのロスも痛い。

「連絡して下さい」安原が即座に命じた。「向こうの刑事課長には私が後で話しておきますから、手順は飛ばして構いません」

「了解」

午前三時半。こんな時間に叩き起こされて、まともに応対できる人間はいない。香奈枝のスマートフォンに電話を入れてみたが、そもそも反応はなかった。二度、三度と繰り返しても同じ。これはおかしい。警察官は誰でも、呼び出しにはすぐに応じるよう、警察学校時代から教育されている。そうやって叩きこまれた基本は、警察を辞める日まで――あるいは辞めても抜けないものだ。

ふと思いついて、北大田署に電話を入れる。当直で署にいるのではないか……勤務中なら、私用の電話には出ない。

勘は当たった。電話に出た香奈枝は、いかにも不審そうな声を出した。

「どうしたんですか、こんな時間に」

「光山さんが殺された」

「え？」香奈枝が短く反応して黙りこむ。

「光山さんが殺されたんだ」岩倉は繰り返した。香奈枝がショックを受けているのは分かるが、優しく慰めている暇はない。「現場は第一京浜の六郷橋下だ。どうやら橋の上から誰かに突き落とされたらしい。身元の確認をしなければならないんだが、こっちへ来てもらえないか？　もちろん、最終的にはご家族に連絡して確認する必要があるけど、その前に君にも見てもらいたい」

「分かりました。すぐ行きます」

「当直中に申し訳ない」

「すぐ行きます」

繰り返し言って、香奈枝は電話を切った。これで身元確認については一安心だろう。彼女が来るまで、もう少し現場の様子を確認しておきたい。

六郷橋から現場までは、階段で降りられる。既に鑑識は、その階段も調べ始めていたので、邪魔にならないように気をつけながら、ゆっくりと階段を上がって行く。階段の傾斜は緩やかで、橋から直接河川敷と行き来できるようになっている。

階段を上がり切った。コンクリート製の橋の手すりから身を乗り出して下を覗きこむと、高さは七メートルないし八メートルほどあるのが分かった。この高さだと、頭から落ちればかなりの高確率で死ぬ。人間の体は意外に弱いものなのだ。手すりは高さ一メートルほど……誰かがつき落とそうと思えば、それほど難しくない。

前方には神社、左手には京急の鉄橋と多摩川の河川敷が見えている。この辺りの河川敷はゴルフ練習場になっているが、この時間だと当然人はいない。

雨が強くなってきた。岩倉はマウンテンパーカーのフードを被り、前のファスナーをしっかりしめた。これで濡れる心配はなくなったが、寒さは厳しい。十月半ば、昼間はまだ夏のような暑さなのだが、夜になるとさすがに冷える。

橋の手すりのところを写真撮影していた鑑識の係員、菊池《きくち》が顔を上げた。岩倉に気づくと、無言で手すりを指差す。岩倉は手を触れないように気をつけながら、顔を近づけた。手すり自体は相当古く傷だらけだが、その中に長さが二十センチほどの新しい傷がある。表面の濃い灰色が削られて、白い部分が細長く覗いていた。

「犠牲者の服、見ました?」

「ちゃんと確認はしてない」

「ベルトがついた短いコートを着てたんですよ。金具で止められるような」

「トレンチコートのベルトみたいな?」

「ああ、そうです」三十歳になったばかりの菊池は、常に愛想がいい男だった。こんなきつい状況でも笑みを浮かべている。「この引っかき傷は、ちょうどそれでついたような感じですね。ベルトの金具にも新しい傷がありました」

「今回、何で殺しだって分かったんだ？」

「顔の傷です。橋の上から落ちても、あんな傷はつきません。それに、こんなところを歩いている人はいないでしょう」

「一応、歩道はあるぜ」

「昼間ならともかく、こんな時間に歩く人はいませんよ。ここで揉み合いになって殴られて、その勢いで転落してしまった——そんな感じじゃないですかね」

「いい線ついてるねえ、菊池ちゃん」軽い声に振り向くと、川嶋だった。足を負傷したというなら、下で大人しくしていればいいのに、いったい何を考えているのか。

「誰が見ても分かる状況ですよ」露骨な持ち上げに対し、菊池が呆れたように言った。

「いやいや、鑑識には現場を見る目があるからね。俺の見立てと同じだ」

「どうも」川嶋と話を続けるのが嫌なのか——そもそもまだ作業中である——菊池は短い返事しかしなかった。

「身元、確認できるんですか？」川嶋が岩倉に訊ねる。

「手配はした」

「そうですか……しかし、殺しを抱えこむなんて、厄介ですよねえ」

「ああ」

「しかもややこしい事件絡みのややこしい殺し——ややこしさが二倍ですね。いや、二乗かな」

「余計なことを言ってる暇があったら、足を動かせ」

「その足が動かないんですけどねえ」

「だったら、下で大人しくしてろ」

「はいはい」

岩倉の苛立ちは頂点に達しようとしていた。わざとなのか無意識なのか、この男は普通に話して動いているだけで、人の心をざわつかせてしまう。こういう人間は、警察官人生のどこかで、先輩からきつい制裁を受けて心を入れ替えるか辞めてしまうものだが、彼はそういう先輩に出会わなかったのかもしれない。

自分がそういう先輩になるべきだろうか？

それも面倒だ。

香奈枝は十五分で到着した。傘もなく、帽子も制服も雨に濡れている。岩倉を見つけると、立ち止まって呼吸を整えた。ハンカチでも渡してやろうかと思ったが、そもそも岩倉自身ハンカチを忘れている。

「ご苦労様」

「いえ」緊張し切った顔つきで香奈枝が言った。

「申し訳ないが、すぐに遺体を確認してもらえるか」

「分かりました」

光山の遺体は、まだその場に置かれたままで、ブルーシートがかけられている。香奈枝がしゃがみこんでブルーシートをめくり、光山の顔を凝視した。一瞬目をつぶったものの、すぐに見開き、先ほどよりも長い時間をかけて確認した。ゆっくりと息を吐くと、震える手でブルーシートをかけて立ち上がる――立ち上がろうとしてふらつき、転んでしまいそうになった。岩倉は慌てて手を伸ばし、彼女の腕を掴んで支えた。

「すみません……だらしないですよね」香奈枝の顔面は蒼白になっていた。

「しょうがないよ」

「遺体は見たことがあるんですけど、殺人事件の被害者は初めてです」

「そうか……濡れるから、こっちへ入ってるといい」

岩倉は香奈枝の腕を掴んだまま、橋の下へ誘《いざな》った。香奈枝は岩倉にぴたりと身を寄せ、体重を預けている。自分の体重を自分の足で支えるのにさえ苦労している様子だった。

岩倉はコンクリートの斜面に香奈枝を座らせた。貧血に耐えるように、香奈枝はしばらく首を垂れていたが、やがて意を決したように顔を上げた。きつく引き結んだ唇には血の気がない。

「間違いないな？」

「ええ……何があったんですか」

「橋の上から転落したようだ」岩倉は人差し指を上に向けた。

「事故じゃないんですか？　足を滑らせたとか」

「上の歩道の手すりの高さは、一メートルぐらいある。滑って転んで転落するような状況じゃない。それに上には、争ったような跡もあったし、顔を殴られたのもほぼ間違いない」

「いったい誰が……」

「それについては、今のところは何も言えないな」

「岩倉さん、もう何か考えがあるんじゃないんですか」

「まだ白紙だよ。とにかくこの件は、マスコミが騒ぎ立てると思う。恋人同士だった二人が、わずか一年のうちに殺される――こういうケースはまずないからな」

「春香さん殺しとつなげて考える人もいるでしょうね」

「ああ。だからマスコミの攻勢も、春香さんが殺された時より激しくなると思う。君の方でも、新たな対応をする必要が出てくるかもしれないな」

「そうですね……」

「取り敢えずこれからやるのは、被害者の遺族に連絡を取って、遺体を見てもらうことだ。君にはそのために来てもらった――いや、君に連絡して欲しいわけじゃない。それは俺たちがやるけどね」

「私にやらせてもらえませんか?」香奈枝が真剣な表情で訴えた。

「いや、それは……」

「管轄違いということは分かっています。でも、私はこの件に一年前からかかわっていて、光山さんともご家族とも顔見知りです。だから……義務じゃないんですけど、私がご家族に連絡すべきだと思います」

「分かった。北大田署にはうちから話を通しておくから、よろしく頼む」

岩倉は彼女の横に腰を下ろし、様子を見守ることにした。殺された人間の家族に電話をかけて知らせる——彼女には、これからこの世で一番辛い仕事が待っているのだ。

香奈枝は一つ深呼吸すると、スマートフォンを取り出した。番号を検索してタップしようとしたのだろうが、指の動きが止まってしまう。しばらくそのまま固まっていた。

「俺がかけようか？」岩倉はつい、手助けを申し出た。

「いえ——やらせて下さい」

香奈枝の指が震えながら動く。スマートフォンを耳に当てると、一つ咳払いして相手の反応を待った。

「朝早くにすみません」囁くように香奈枝が切り出した。午前四時。早朝か深夜か、微妙な時間帯だ。

「北大田署の今川です。はい、一年前に何度かお会いした者です。実は、大変残念なお知らせがあります。今、座っていらっしゃいますか？　はい。では……申し上げにくいのですが、息子さんと見られる遺体が大田区内で発見されました。確認していただく必要がありますので、警察の方へ来ていただけると助かります。はい。そうです。亡くなっているのは間違いないんですが、詳細は現在調査中です」

香奈枝が岩倉の顔をちらりと見た。不安そう……自信なげだったが、それでも目には力があった。最近の若い奴――こういう言い方は嫌だが――にしては珍しく、自分を奮い立たせる術を知っていて、それを実行する精神力もあるようだ。

「はい……いえ、私は光山さんと連絡が取れるので、電話させていただきました。事件は私が所属する北大田署の隣の南大田署の担当地域で発生していますので、今後は南大田署の担当の者がつき添います。はい、申し訳ありません。警察には管轄というのがありまして」香奈枝が深く頭を下げた。「はい、いえ……分かりました。私も取り敢えずお目にかかります。場所はお分かりですか？　こちらから迎えを出しても構わないんですが……そうですか。ではすぐにそちらに車を出しますので、準備しておいていただけますか？　はい。よろしくお願いします」

電話を切って、香奈枝が岩倉に「迎えを出してもらえますか？」と頼んだ。

「すぐ手配する。ご両親の家は？」

「世田谷の外れの方です。駅でいうと、京王線の千歳烏山駅近くですね」

「分かった」

住所を聞き、そのまま署へ電話を入れる。殺人事件が起きてしまったので、当直の連中は手一杯なはずだが、それでも何とか、パトカーを一台差し向けるように手配ができた。この時間だと交通量は少ないし、環八をずっと北上して甲州街道に入るだけだから、片道三十分ほどではないだろうか。一時間後に光山の両親が署に到着した時には、その場にうちの初期支援員を立ち会わせないと。しかし南大田署の初期支援員・宇佐美《うさみ》は、署までかなり遠い中央線の阿佐ヶ谷辺りに住んでいるし、まだ呼び出しもかかっていないはずだ。これから来てもらっても、両親の到着に間に合うかどうか……仕方ない。自分が立ち会おう。香奈枝がいてくれれば、取り敢えず何とかなるはずだ。

人はますます増え、ほどなく安原もやって来た。肌寒いぐらいの気温なのに、額には汗が浮かんでいる。

岩倉はすぐに、これまで進めてきたことを説明し、香奈枝を紹介した。

「手間をかけて申し訳なかったね」安原が香奈枝に頭を下げる。

「とんでもないです」

「もうちょっとつき合ってもらおうと思いますが、いいですか?」岩倉は言った。「彼女は被害者のご両親と顔見知りですから、取り敢えず最初に顔を見せてもらうだけでも、向こうは安心すると思うんです」

「構わないかな?」安原が、遠慮がちに香奈枝に訊ねる。

「はい。署に連絡を入れておかないといけませんが」

「それはこちらでやっておく。とにかく、もうしばらく力を貸してくれ」

「分かりました」

安原はすぐに北大田署に電話を入れ、当直責任者と話した。こういう時、警察は協力し合うもの……仁義さえ切っておけば、後々問題にはならない。

電話を終えると、安原は岩倉の腕を摑んで香奈枝に背中を向けさせた。

「間違いなく殺しでしたか？」

「橋の上に、争った形跡がありました。それに顔面を殴られているのは確かです」

「つまり、殴られて、その勢いで転落してしまった……」

「いや、さすがにパンチ一発で相手を吹っ飛ばすようなことは無理でしょうけどね。殴って、相手が怯《ひる》んだタイミングで突き落とすのは可能だと思います」

「あまり計画的じゃないですね。激情に駆られての犯行、という感じじゃないですか？」

「問題は犯人ですね」

「ああ」安原が不機嫌そうに眉をひそめた。「被害者がかかわっていた人間……ガンさん、これはまずいんじゃないですか」

「何がですか？」

「被害者が、田岡の家に何回か押しかけたことは確認されているわけですから」

安原が声を一段低くした。雨の音、それに頭上を走る車の音に邪魔され、声が聞き取りにくくなった。岩倉はほとんど安原にくっつきそうになるまで身を寄せた。

「その時点で何か手を打っておくべきだったと言い出す人間が、必ず出てきますよ」

「上に報告を上げてなかったんですか？」岩倉は、安原にしか話していない。刑事課長より上の立場の人間——副署長や署長に直接話すのは、筋違いだ。

「上げなかったんですよ。正直、そこまで深刻な状況だとは思わなかった」

「まあ……何でもかんでも話す必要はないですからね。そんなことをしていたら、情報を整理する人間がパンクしてしまう」

慰めながら、岩倉は「失敗だ」と心の中で後悔した。とはいえ、本当に失敗かどうかは分からない。誰が犯人か分からないと、判断はできないだろう。

「今、そのことを気にしてもしょうがないでしょう。さっさと犯人をパクるしかない。余計なことを考えると失敗しますよ」

「ああ──そうですね」

「一つ、早急に手配しなければならないことがあります。タクシー会社」

「それはもう手配済みです」

さすが、その辺は抜かりがない。岩倉は一安心してうなずいた。タクシーの運転手は、街を流しながら実にいろいろなものを見ている。特に最近は、ほとんどのタクシーがドライブレコーダーを装備しているので、運転手が気づかなくても、外の出来事が記録されていることもあるのだ。それに期待しよう。

「遺体も搬送されましたし、一度署に戻ります。遺族が確認する場に立ち会いますよ」

「そうしてもらえますか。初期支援員の宇佐美が間に合うかどうか、分かりませんから」

「ちなみに、川嶋がまた怪我したみたいですよ。今度は足首を捻ったそうです」

「また？　しょうがねえなあ」安原が苦笑した。

「どうにも変な男なんですが、本当に大丈夫なんですか？　使えない烙印を押されて、流れ流れてうちに来たわけじゃないでしょうね」

「明確な処分歴はないんですがね。そもそも、あまり噂も聞かない人間なんです。滅茶苦茶な人間だったら、必ず噂が流れるでしょう」

「それはそうですね」警察官は噂好き。特に人の悪口は、増幅されてあっという間に伝わる。

「では、先に署に戻ってますから」

「よろしくお願いしますよ」

安原が黙礼した。その目に不安の色が浮かんでいるのを、岩倉は素早く見て取った。報告しなかったことによる責任問題を、やはり気にしているのだろう。俺が危機感を煽《あお》るような説明をしなかったからだ、と思ったが、今それを言って彼を多少なりとも慰めてやるような余裕はない。

心配するのは管理職の仕事である。岩倉は、そういうことからはできるだけ距離を置いておきたかった。

君子危うきに近寄らず、だ。

光山の両親は、午前五時半に署に到着した。結果的に南大田署の初期支援員、宇佐美は間に合わず、香奈枝が対処してくれた。やたらと声をかけて慰めるようなことはしない。両親が遺体と対面し、パニック状態に陥った時も、側に佇《たたず》むだけだった。村野は「優秀だ」と評していたが、それもうなずける態度である。

やはり母親の方がショックが大きいようで、すぐには話を聴けそうにない。会議室で、香奈枝がつき添って休ませる。その間に岩倉は、父親に話を聴くことにした。

取調室を避け、小さな会議室を使った。川嶋が同席してくれたが、彼には何も期待しないことにしよう。余計な口出しもして欲しくなかった。

父親は五十歳ぐらい——まさに岩倉と同年代だった。中年太りとは縁がない体型。顔は少したるんできているが、老けこんだ感じはない。しかし苦悩の表情を浮かべているせいで、額には深い皺が何本も刻まれていた。慌てて出て来たせいか、ワイシャツの襟が折れ曲がってしまっている。

「この度は、本当にご愁傷様でした」岩倉は頭を下げた。「こういう時にまことに申し訳ないんですが、一刻も早く犯人を逮捕するためです。ご協力いただけますか」

「……」父親は無言だった。

「息子さんは、誰かとトラブルになっていませんでしたか？」

「そういうことはないと思います」

「大学の友人とか、バイト先の人とか」

「聞いていません」うつむいたまま、父親が首を捻った。

「息子さんがどうしてこんなところにいたのか、何か心当たりはないですか？　自宅からはずいぶん離れていますし、終電も終わっている時間です」

「分かりません……まったく分かりません」父親の声が震える。

「最近、お会いになりましたか？」

「いえ。もう就職の準備で忙しいからということで」

「三年生で、もう就職の準備ですか？」

「今の大学生は忙しいんですよ。勉強しなければならないし、早い時期からインターンシップもあります」

岩倉が──おそらく光山の父親も──就職活動をしていた頃にはなかった、学生の就業体験だ。今の学生は本当に大変だと思う。数年後には、千夏も同じように就活の渦に巻きこまれる。

「去年の事件のことですが……あの事件について、話すようなことはありましたか？」

「ないですね。私たちはまったく聞いていません。話す気になれないんだと思います」

「立ち直っていたんでしょうか」

「一応は……普通に話せたし、大学へも通っていましたし。だから就活にも力を入れ始めていたんです」

「失礼な言い方をしますが、それほど深い関係ではなかった……ということですよね？　結婚の約束をしていたりとか、そこまでではなかったと聞いています」

「そうですね、そこまでではなかったと思います」

しかし、まだ立ち直ってはいなかった――そうでなければ、田岡の家に押しかけたりしないだろう。とはいえこの事実は、父親には明かすべきではないと思った。下手をすると、「田岡が犯人だ」という印象を父親に植えつけてしまう。そして岩倉自身、そのわずかな可能性を恐れていた。無罪判決を受けた人が、被害者の恋人とトラブルになって相手を殺してしまう――警察のミスだ。どうすればよかったかについては答えがない。それでも、新聞やテレビ、雑誌などのメディアやネットでは、警察を非難する声が上がるのは目に見えていた。いや、岩倉はそういうことを気にしているわけではない。ただ、この件のどこかで自分に責任があると思っている。やはり、光山が田岡の家に押しかけてきたことを、もっと重視すべきだったのではないか。

いや、そもそも田岡の犯行である証拠はまったくないのだが。

「二週間ほど前に、あの事件で無罪判決が出ました。それについて、何か話していませんでしたか？」

「いえ、特には……私たちも、そういうことは聞きにくいですし」

「分かります」岩倉はうなずいた。いくら親子でも、簡単に話題にできることではない。「もう一度聞きます。息子さんは、誰かに恨みを買っていたり、トラブルになっていたりしませんでしたか」

「いや……」父親の喉仏が上下した。「そういうことはない……と思います」

「分かりました。誠に申し訳ありませんが、息子さんのご遺体の引き渡しはもう少し先になります。それに、今後またお話を聴かせていただくことにもなると思います。できるだけご迷惑はおかけしないようにしますので、ご協力いただければ幸いです」

「はい……いえ、すみません、今は何とも言えません」

父親の目から涙が溢れ、テーブルを濡らした。こうなると、岩倉にできることはあまりない。人情派でないことは自覚しているから、適当な言葉で慰めるのも無理……肩が凝り、胃に軽い痛みを感じ始めていた。できたら支援課の村野に泣きつきたいところだが、自分には応援を要請する権利がない。

この事件は、自分にも大きなダメージを与えそうだ。その予感だけははっきりしている。

第三章　容疑者

1

　殺人の疑いが強いということで、特捜本部の設置が決まった。第一回の捜査会議は、異様に緊迫した雰囲気……臨場した捜査一課長の富永《とみなが》が、珍しくかりかりしていたせいだ。富永は、猛者《もさ》が多い捜査一課にあっては珍しい「官僚派」「理論派」で、その冷静さを買われて一課長にまで登りつめたと評されている。岩倉もつき合いは長いのだが、こんな風に焦っているのを見るのは初めてだった。

　しかし富永は、ぎりぎりで冷静さを取り戻したようだ。最初に署長が挨拶した後に立ち上がり、背広のボタンをきちんと止める。座る時は外す、立つ時は止めるという、背広を着る時の礼儀を失っていない。これなら爆発はしないだろうと、岩倉は少し安心した。

「既に承知のことと思うが、これは異例の事件だ。一年前に発生した殺人事件の被害者の恋人が殺されるような事件は、俺はこれまでに経験したことがない。この件に関しては、無罪判決が確定した田岡氏との関連を考える人間もいるだろうが、まず、完全に白紙の状態から捜査を始めてくれ」

こういう一言は、むしろ「田岡犯人説」を刑事たちに意識させてしまうかもしれないが……どんなにフラットに物事を見られる刑事でも、最初に頭にインプットされた情報は強く頭に残る。その後いい情報が得られないと、しまいには最初の情報に必死にしがみつくようになる。

岩倉は、被害者の光山について調べるように命じられた。相棒は、捜査一課の若手刑事、花田《はなだ》。顔は知っているが、話したことはない。ただし、腰が軽く、フットワークがいいという評判は聞いている。ありがたい話だ……今相棒に欲しいのは、使い減りしない若い刑事だった。

まず、花田と打ち合わせて捜査の手順を決めねばならない。その前にトイレ……入った瞬間、富永と出くわした。富永は鏡を見ながら手を洗っていて、岩倉を見もしなかったが、「お前も事件の神様に好かれてるな」とからかうように言った。

「そんなこともないですけど……課長、お怒りですね」

「当たり前だ。前の課長がヘマしなければ、そもそもこの事件は起きなかったかもしれないんだからな」

去年事件が発生した時には、富永は刑事部から離れて新宿中央署の署長を務めていた。

捜査一課長に就任したのは今年の春で、田岡の捜査には一切関係していない。それでもあれだけの大黒星だから、一課長としてあちこちに頭を下げなければならなかっただろう。管理職というのは実に面倒なものだ、と岩倉は同情した。

「お前の調査報告は、俺の耳には入っていなかったぞ」

「安原課長を責めないで下さいよ。俺がもっと危機感を持って報告しておけば、上に話が通っていたはずです」

「安原を庇《かば》っても、お前の得にはならないぞ。そんなことより、さっさと捜査一課に戻ってこい。今、五十か？」

「五十一です」

「だったらもう一働きできるだろう。所轄で身を潜めているのも、いい加減にしたらどうだ。異動してから一年以上経ったんだから、ほとぼりも冷めただろう」

「サイバー犯罪対策課が完全に手を引いてくれたら、いつでも戻りますよ」

「奴ら、まだちょっかいを出してくるのか？」富永が岩倉に向き直った。

「ええ」先日も定期便のように電話がかかってきたばかりだった。

「しょうがねえな」富永が舌打ちする。「だったら、しばらく大人しくしておけ。うちとしても、サイバー犯罪対策課と全面的に喧嘩するわけにはいかないから、距離を置いておくのが一番だろう。もっとも俺も、お前の頭の中がどうなってるかは、見てみたいけどな」

「勘弁して下さい」岩倉は苦笑するしかなかった。捜査一課長にまでこんなことを言われるとは……これでは、俺が生きたまま解剖されるのも時間の問題かもしれない。

花田は小柄で、いかにも身のこなしが軽そうな男だった。童顔で、高校生と言うには無理があるが、カジュアルな格好をさせれば大学生なら十分通用する。

「ご両親とは会われたんですよね？」花田が先に質問した。

「正確には、父親としか会っていない。母親には、話を聴ける状況じゃなかったんだ」

「被害者の部屋は……」

「鍵は預かってる」

「じゃあ、まずそこから調べますか」

「そうだな。あとは、友人を割り出して話を聞こう。最近、精神状態が不安定だったという情報があるんだ」

「自殺の可能性も考えておいた方がいいんじゃないですか？」

「現場の状況からして、それはあり得ない」

「あくまで他殺、と」花田が手帳を広げ、ボールペンを走らせた。「トラブルのネタになりそうなほど悩んでいたんですかね？」

「実際、トラブルめいたことを起こしている」

岩倉は、光山が田岡の家に押しかけたことを詳しく説明した。花田の眉間に縦溝ができたが、非難の言葉を口にするようなことはなかった。代わりに、岩倉の説明を事細かにメモしている。几帳面な性格なのは間違いないようだった。

「田岡さんの事情聴取、どうなるんですかね」

「心配だ。できればそれもこっちでやりたいんだが……」

その仕事には、川嶋が割り振られていた。非常に不安な人選で、岩倉は思わず異議を唱えようとしたのだが、さすがにそれは思いとどまった。自分には、そこまで言う権利はない。まあ、この辺については、後で秋山から電話で話を聴くこともできる。その方が、川嶋が動くよりも確実に情報を取れそうな予感がしていた。

「まず、被害者の家に行ってみよう。そこを手がかりに、次の手を考えるんだ」

「分かりました」花田が手帳を閉じた。「じゃあ、早速行きますか」

何だかほっとした。使えそうな若い刑事が身近にいるだけで、こんなにほっとできるものか。

光山が住むマンションは、京急北品川駅の東側にあった。すぐ西側が第一京浜。殺人事件の現場である六郷橋と同様に、箱根駅伝の重要なポイントである新八ツ山橋が近い。

そちらの雰囲気は街道沿いの都会的な街だが、一転して東側は海が近く、船宿などもある下町っぽい気配になる。光山がどうしてこんなところに住む気になったかは分からないが、在籍している京浜大学に近いのは間違いない。

マンションは細長い五階建てで、ワンフロアには二部屋しかない。エレベーターを挟んで、両側に一部屋ずつある造り……ホールの出入り口こそオートロックになっているものの、かなり古いマンションである。定礎板は見当たらなかったが、完成は昭和の終わり、あるいは平成になってからすぐではないだろうか。

借りてきた鍵でドアを開けると、狭い玄関、その先が短い廊下になっている。廊下の右側には小さなキッチン、左側がトイレや風呂などの水回り。オーバーシューズを履く必要はあるまいと判断して、岩倉は玄関で靴を脱いだ。玄関には光山のスニーカーが一足置いてあり、二人分の靴が加わっただけで一杯になってしまった。靴箱の中にはスニーカーが二足、革靴が三足。殺されていた時に履いていた靴を合わせて七足……学生にしては多いのではないだろうか。革靴は全て黒だから、就活用かもしれない。

被害者の家を調べるのは難しい。これが容疑者なら、犯行につながる材料を探せばいいのだが……顔見知りによる犯行が疑われる場合、被害者の交友関係を探るための家宅捜索ということになるのだが、最近は自宅を見ても分からないことが多い。

大事なのはスマートフォンだ。

「被害者のスマホ、見つかってないみたいですね」花田もそこに着目した。

「ああ。現場には財布も他の荷物もなかった」

「犯人が持ち去ったんでしょうね」

「だろうな」

ということは、犯人は意外に冷静だった可能性が高い。格闘の末に橋の上から突き落としてしまい、慌てて階段を駆け下りて息があるかどうかを確認……死んでいるのは分かったが、すぐには逃走せず、被害者の身元につながりそうな物を持ち去っていった――。

被害者は、ジーンズに黒いTシャツ、ベルトつきの短いコートという格好だった。コートに計四ヶ所あるポケットは全て空。財布やスマートフォンは見つかっていない。学生にしては、部屋は綺麗に片づいていた。八畳のワンルームにはベッド、デスク、二人がけのソファとローテーブル、大きめのテレビが置いてあるだけ。デスクにはノートパソコンが載っていた。解析すれば交友関係が分かるかもしれないが、あまり期待はできないだろう。今は圧倒的に――特に若者は、パソコンよりもスマートフォンで人と繋がる時代だ。念のために電源を入れてみたが、起動にパスワードを要求される。専門家の手を煩わさないとログインすらできないだろう。

デスクの上の壁には、大きなコルクボードが貼ってあった。写真が大量……どうやら光山は、スマートフォンで撮影するだけではなく、それをプリントアウトする習慣があったようだ。全て、友人らしき同年輩の人間との写真である。じっくり精査したが、奇妙なことに恋人である春香の写真だけが見当たらない。忘れるために、敢えて外したのだろうか。あるいは彼女だけは別格で、このコルクボードに仲間入りさせる気はなかったのか。

ベッドは綺麗にメークされ、フローリングの床にも埃一つ落ちていない。部屋の片隅の壁に、掃除機が立てかけられている。岩倉が使っているのと同じメーカーの掃除機だった。

「机を調べてくれ」

花田に命じてから、岩倉自身はクローゼットを担当することにした。スーツが二着。いずれも紺色で、最近の学生が就活で着る標準的な服だった。他にはコート、ブルゾンなどがかかっている。ネクタイかけには、ネクタイが十本。最初はこんなものだが、ネクタイというのはいつの間にか増えてしまうんだよな……ワイシャツやTシャツは、プラスティックケース二つに分けて入れられていた。Tシャツはきちんと畳まれている。これを見ても、光山が几帳面な性格なのは分かった。

特に変わったものはなし。クローゼットの上部は棚になっていて、バッグがいくつか置いてあった。デイパック、ショルダーバッグはいずれもモスグリーン。そういえば、コートのうち二着もモスグリーンだった。好みの色なのだろう。

クローゼットの調べを終えて振り返る。花田は引き出しを全部抜いて床の上に並べていた。手探りではなく、明るいところでちゃんと調べると、見逃しが少ないのだ。しかもマニュアル通り、きちんとラテックス製の手袋をはめている。基本はしっかりした男のようだ、とほっとした。

机の脇に、バッグが二つ置かれている。一つはベージュのメッセンジャーバッグ、もう一つは黒のブリーフケース。ブリーフケースが就活用だろう。手に取ってみると、学生にしては少し贅沢——本革だった。気合いを入れて就活するために、気張ったのかもしれない。

ブリーフケースをソファの前のローテーブルに置き、中身を検《あらた》める。手帳、ノート二冊、会社のパンフレットなどが入っていた。手帳は完全にスケジュール帳で、本人にしか分からない記号であれこれ書きこんである。ノートは就活に関する様々なレポートで、綺麗な文字で埋まっていた。ただし、内容はアトランダム。ある会社に関して調べたことが、数十ページ後にもまた出てきたりする。じっくり読みこめば何か分かるかもしれないが、ここでそれをやっている時間はなさそうだ。

手帳の方は……パラパラとめくると、「ＩＳ」と書きこみがある。インターンシップの略だろう。夏休みに三社でインターンシップを経験していたようだ、と何となく分かった。しかし会社名は記号でしか書かれていないので、詳細は判然としない。

「引き出しはどうだ？」

「これといったものは……」花田が引き出しに屈みこんだまま答えた。顔を上げると、「そちらはどうですか？」と訊ねる。

「就活用のノートや手帳が見つかったけど、内容についてはよく分からない。記号と略号だらけだ」

岩倉はメッセンジャーバッグの方も調べてみた。こちらはほぼ空。封を開けたミント味のタブレットとガムが入っているだけだった。

「手がかりにならないな」岩倉は愚痴をこぼして立ち上がった。花田は引き出しを戻す前に、いちいち持ち上げて裏を確認している。そういうところに、何か秘密の文書が貼りつけられていることもあるのだが、花田はちょっと慎重過ぎる。相手は大学生なのだ、大した秘密があるわけもない。

「取り敢えず、戻るか」

「スマートフォンがないのが痛いですね。あれがないと、友人関係も分かりませんね」

最後の引き出しを机に戻しながら、花田が溜息をついた。

部屋を出て鍵をかけた瞬間、一人の若者がエレベーターの方から息急《せ》き切って駆けこんで来た。二人の姿を見て、目を大きく見開いて急ブレーキをかける。

「あの……光山の……」

「警察です。もしかしたら君は、光山君の友だちかな？」だとしたら幸運だ。一人分かれば、伝手《つて》を辿っていける。岩倉はすぐにバッジを示した。

「はい、あの……光山が……殺されたって噂を聞いたんですけど……」

「学生証、持ってるかい？」

「はい？」

「君の学生証だ」

不審げな表情を浮かべたまま、若者がトートバッグに手を突っこんだ。財布を取り出すと、嫌そうに学生証を抜いて手を突き出す。岩倉はさっと一礼して受け取り、確認した。京浜大学総合経済学部……春香、それに光山と同じ大学、学部だ。視線を上げて顔を見ると、学生証に添付された写真と寸分違わない。遠山涼太《とおやまりょうた》。岩倉はもう一度一礼して学生証を返し、「残念だけど、光山君は亡くなった」と告げた。

「ああ……やっぱり……」

遠山がよろけて倒れそうになる。岩倉は慌てて腕を掴み、体を支えた。彼の反応が気になって訊ねた。

「やっぱり？」

「ただの噂じゃなかったんですね」遠山が震える声で言った。

「ニュースで見たのか？」

「ニュースは見てないですけど、噂を聞きました。携帯もＬＩＮＥも反応がないし、おかしいと思って、急いで来たんです」

「ちょっと話を聴かせてもらっていいかな」

「え？」遠山の目が不安げに泳いだ。

「光山君のことを知りたいんだ。捜査に協力してくれないか？」

「いいですけど……」遠山は及び腰だった。

「時間はかからない。ちょっと署まで来てもらうだけでいいんだ」

「はい、あの……でも、講義があるんですけど」

「申し訳ないけど、事は殺人事件なんだ。一刻も早く、関係者から話を聴かないといけない」

遠山はなおも躊躇っていたが、岩倉は結局押し切った。一番近い所轄の品川中央署まで遠山を覆面パトカーに乗せて行き、一階にある交通課の取調室を借りる。窓のない、プレッシャーがかかりそうな部屋なので、ドアは開け放したままにしておく。しかし遠山は早くも汗をかき、額をしきりにハンカチで拭っていた。血色もよくない。

一度席を外した花田が、ペットボトルのミネラルウォーターを持って戻って来た。緊張しきった様子の遠山が、遠慮せずにキャップを開けて口をつける。極度の緊張のせいで、喉が渇いていたのだろう。

「光山君とは親しいんだね」

「そう、ですね。一年生の時に語学のクラスで一緒で、それからずっと……何人かいる仲間の一人です。あ――」

「どうした？」

「あの、電話をかけさせてもらっていいですか？　僕が代表で様子を見に来たんですけど、皆に教えてやらないと」

「どうぞ」岩倉は右手を差し出した。

遠山が身を屈めるようにして、口元を掌で覆い、早口で話し出す。相手が上手く聞き取れなかったようで、何度も説明を繰り返した。ようやく電話を終えた時には、額はまた汗で濡れていた。

「すみません、終わりました」

「ショックだろう」

「それは……まだ信じられません」

「分かるよ」岩倉はうなずいた。「友だちが殺されたって言っても、急には信じられないよな」

「あの、どんな風に……」

「落ちたんだ」どこまで話していいか分からず、岩倉は雑に説明した。

「落ちた？」

「橋から、下の道路に。突き落とされたと思うけど、それ以上のことは今は分からない」

「そうですか」遠山の顔が青くなり、唇が震え始めた。

「遠山君」

「はい？」

「深呼吸」

遠山が大きく胸を膨らませる。「もう一度」と指示すると、言われるままに両手を軽く広げた。最後に唇を尖らせてふっと息を吐き、目を瞬かせる。

これは時間がかかりそうだ、と岩倉は覚悟を決めた。遠山は決して愚鈍な感じではないが、いかにも気が弱そうだ。動転して、肝心のことを話せなくなってしまう恐れもある。

じっくりいくことにした。大学入学当時の話から始めたものの、すぐに殺された春香との関係に踏み入らざるを得なくなる。遠山の顔がまた引き攣った。

「春香は、入学した時の同じクラスの仲間だったんです」

「それが恋人同士になったんだね？」

「そうです。入学してすぐでした」

「二人の関係はどんな感じだった？」

「まあ、普通の……仲よかったですよ」すぐに言い直す。「普通じゃないな。相当仲はよかったです。学食なんかではいつも一緒で、光山は春香の家に入り浸りだったし」

「半同棲？」

「そういう風に言っていいかどうかは分かりませんけど、とにかくずっと一緒にいたのは間違いないです。光山が交通事故で右足を骨折して入院した時は、春香が毎日病院へ行って世話を焼いてました」

それは初耳だった……もっとも、岩倉が一年前の事件に首を突っこむのはこれが初めてだったから、聴く話全てがほぼ初耳なのだが。

「そんなに毎日病院へ通っていたら、春香さんは、光山さんのご両親とも顔見知りだっただろうね」

「いや」遠山の顔がさっと暗くなった。「会ってないと思います」

「どうして」

「光山のご両親に、交際を反対されていたはずです」

「どうしてまた」これも初耳の情報だった。

「理由はよく分かりませんけど……」遠山が口を濁した。

「家柄が違うとか？」

「いや、そういうことじゃないと思います」遠山が慌てて首を横に振った。「性格の問題とか、いろいろあるじゃないですか」

「春香さんの性格に問題があったと？」

「光山の両親から見ると合わないだけだったと思いますよ……でも、詳しいことは分かりません。とにかく光山は、それでご両親と関係が悪くなるぐらい、春香のことを好きでした」

「だったら、一年前の事件は、大変なショックだっただろうね」

遠山の喉仏が大きく上下した。一瞬目を瞑《つぶ》り、テーブルの上に置いた両手をきつく握り合わせる。こめかみを一筋、汗が流れ落ちた。

「あいつは、表と裏がある人間だから」

「表と裏？」聞き捨てならない言葉だ。

「あ、いや、裏の顔とかそういう意味じゃなくて」遠山が慌てて言い直した。「表面上は元気に振る舞っていても、実際には全然立ち直っていなかった、ということです」

「一応、ちゃんと就活には取り組んでいたみたいじゃないか。普通の生活を取り戻していないと、そういうことはできないんじゃないかな」

「あくまで表面上です。今年……三年になってから就活の準備を始めて、それで俺たちももう大丈夫だと思ったんですよ。光山は急に積極的になったんです。そういう状態なら、もう立ち直ったと思うでしょう？　やることができると、嫌なことを忘れられるし」

「そういうことはあるね」岩倉はうなずいた。目先の問題に集中しなければならなくなり、嫌な記憶が封印されてしまう──よくある話だ。必ずしもいいことではなく、嫌な記憶の上に別件が塗り重ねられただけとも言えるのだが、そうやって嫌な記憶が表面的に見えなくなっているうちに、本当に忘れてしまったりする。

「でも今考えると、あれは精一杯の強がりだったんだと思います」

「どういうことかな？」

「五月ぐらいかな……二人で、あいつのマンションで呑んだ時に、ずっと泣いてたんですよ」

「それまで、そういうことは？」

「春香の葬式の時は泣いてましたけど、それ以来ですね。その後はそういうことはなかったから、もう大丈夫かもしれないと思ってたんですけど、駄目だったんですね。やっぱり、春香に対する想いが強かったんだと思います」

　傷ついている若者に「大したことじゃないよ」と声をかけても無意味だ。特に彼の場合、恋人が殺されるという、普通の人は経験しない悲劇に遭遇したのだから。一般的な別れとは重みが違う。

「その時たまたま、急に感情が噴き出してしまったのでは？」

「いや、そういう経験をしたのは、僕だけじゃないんです。他の友だちも、二人で呑むと急に泣き出されて困ってました。でも、慰めようがないですよね？」

「そういうのは、誰でも難しい。歳を取っても同じだ」岩倉は同意した。

「誰かと二人になると、急に弱気になるようで……全然立ち直ってなかったんですよ」

「最近は？　いつ会った？」

「このところ会ってなかったです。皆忙しくなって……就活第一だから、無理に誘い合わないようにしようって、お互いに了解もできてました」

「最近の学生さんは大変だね」

　遠山が寂しそうに笑いながらうなずき、「昔って楽だったそうですね。楽っていうか、今とはずいぶん違ってたんですよね？」と訊ねた。

「俺らは公務員だから、一般企業の就活とはかなり違うけどね」はるか昔の話……警察の採用試験では結構苦労した記憶もあるのだが、具体的に何がどう大変だったかは覚えていない。もしかしたら、全然大変ではなかったのではないか、と思い返すこともある。

入るより、入ってからの方がよほど苦労した。

「あんなに仲がよかった二人が、一年の間に続けて殺されるなんて……何なんですか？　意味が分からない」遠山の顔が恐怖で引き攣る。

「その意味をはっきりさせるために調べているんだ。それで、光山さんが親しかった人を、何人か教えてくれないか？　話を聴いてみたいんだ」

「あの、それだったらすぐに集められますよ。皆心配して、大学で一緒にいますから」

「いや」岩倉は否定した。何人もから同時に話を聴くのは、正しい事情聴取のやり方ではない。基本は一対一。雑音が入らない状態で、相手の真意を見抜かねばならない。容疑者が複数の刑事に攻めたてられると心を閉ざしてしまうように、刑事が複数の参考人を相手にしていると、話が散らばるばかりで肝心の情報にはたどり着けないのだ。

遠山が、何人かの名前と電話番号をリストにしてくれた。これにて彼はお役御免……どこかまで送ろうかと申し出たが、遠山は断った。品川中央署から京急新馬場駅までは歩いて七、八分だから、下手に車を使うよりも早いだろう。

「どう思いました？」署の出入り口で遠山を見送った後、花田が探りを入れるように訊ねた。

「被害者が、去年の事件からまったく立ち直っていなかったのは分かった」

「それが今回の事件につながるんですかねえ」

「分からん」

「若い頃の恋愛って、やっぱり想いが強烈ですからね。むき出しって言うか」

「若い頃って……」岩倉は苦笑した。「君だって十分若いだろう」

「いや、もう三十五ですよ」今度は花田が苦笑した。「子どもも三人います」

「マジか……」間抜けに反応した後、岩倉は言葉を失った。俺の観察眼も当てにならないものだ。

むき出しの想いか……自分がそういう恋愛を経験してきたかどうか、自分では分からない。しかし、命を焦がすような想い、相手の命を自分の命と等価に思えるような恋をする人間がいるのは理解できる。

光山もそういう熱情の持ち主だったのだろう。

しかし……岩倉は腰に両手を当て、視線を上げた。道路の向かいにはマンション、一階にはセブン‐イレブン——いや、そういうことじゃない。静かに首を横に振った。

「どうかしました？」

「いや」

否定すると、急に気分が悪くなった。何かがおかしい。その「何か」が自分でも分からないのが、もどかしくてならない。

2

京浜大のキャンパスは、山手線の大崎駅から歩いて十分ほどのところにある。光山も春香も、大学へ通うのに便利な場所に住んでいたわけだ。

捜査で大学へ来ることもあるのだが、いつも落ち着かない気分に陥る。妻が、城東大生産工学部の教授ということも関係しているのだろうか……思えば自分たちが歩く道は、ずいぶん遠く分かれてしまった。かたや脳科学研究の第一人者、かたや冴えない警視庁の警部補。大きな収入格差があるわけではないが——大学の先生は、そんなに高給取りではない——キャリア格差のようなものを岩倉が感じていたのは事実である。だったら昇任試験を頑張って出世すれば、夫婦としてバランスが取れたのかもしれないが、岩倉は警部補になった時点で、昇任試験はもう面倒臭い、と投げてしまった。試験勉強に時間を費すよりも、仕事と自分の好きな事件の調査をやっている方がいい。

そういう自分が、妻には頼りなく見えたのだろう。別居する前の彼女の口癖は「もったいない」だった。事件に関する記憶力を発揮すれば、警察の昇任試験など楽勝ではないか——。

いかん。余計なことを考えるな。

「大学って、何か落ち着かないですよね」花田が不安そうに言った。

「そうか？」

「自分、秋田の高卒なんで……大学には縁がなかったんです。たまに仕事で行きますけど、何か場違いな感じで」

「俺も同じようなものだよ。大学へ通ってたのなんて、何十年も前だから」

「でも、直接経験してるでしょう？」

「三十年前と今とは、ずいぶん変わったよ」

　何より雰囲気が違う。岩倉が三十年前に通っていた大学は、圧倒的に男子が多かった。その頃、若い男の服装など実にいい加減なもので、今の基準で見ると奇妙な服を着ている人間も多かった。岩倉など、「ダサい」と言われるのが怖いのにファッション誌を精読するのも面倒で、下は季節に関係なくジーンズ、上は夏はTシャツ、それ以外の季節はボタンダウンのシャツしか着ていなかった。無難で、誰からも笑われない服装だったとは思うが、今考えるとあまりにも個性がなかった。今の学生の服装は非常に小綺麗で、岩倉の感覚でも「ダサい」と思えるような格好の学生はまず見かけない。それ故か、三十年前に比べて大学はずっと華やかに見えた。京浜大は女性比率が高いせいかもしれないが。

　二人は、遠山が紹介してくれた学生と面会するために、キャンパスの中を歩いた。都心にある大学らしく、キャンパスはそれほど広くなく、正面の出入り口にあった案内図を見ただけで、すぐに待ち合わせ場所の学食を確認できた。

岩倉が通った大学の学食は半地下になっていて日当たりが悪く、テーブルも椅子も年季が入り過ぎていて居心地が悪かった。何故か常にウスターソースの匂いが漂う中、ぬるいお茶をお代わりしながら、友だちと何時間も無駄話をしたものだ……一方、京浜大の学食は広々としていて、テーブルとテーブルの間隔も広く、大きな窓から燦々《さんさん》と光が降り注ぐ造りになっている。今日は雨だから使えないが、外には快適そうなテラス席もあった。料理の匂いが流れてきて、食欲を刺激される。とはいえ、事情聴取が終わるまでは食事は我慢だ。

「あの人じゃないですかね」

花田が指差す先を見ると、濃紺のスーツ姿の若者がいた。一人。やけに周囲を気にして、きょろきょろと首を巡らしている。

「たぶん、そうだな」

うなずき、岩倉は彼の座るテーブルに大股で急いだ。岩倉たちの動きに気づき、若者がはっと顔を上げて立ち上がる。まるで就職の面接に臨むような態度だった。

「南大田署の岩倉です」挨拶だけして、バッジは出さないことにした。若者しかいない学食で自分たちは既に相当目立ってしまっているし、ここでバッジを出せば、目の前の若者を威圧してしまうだろう。「江藤《えとう》さんですね?」

「江藤です」深々と頭を下げた。礼の仕方が堂に入っているというか……就活で、こういうマナーも学んだのだろうか。

「座って下さい。話を聴くのはここでいいですか？」本当はよくない。ざわついた雰囲気が流れていて、集中できない可能性もあるのだ。しかしまた場所を移してとなると、時間の無駄である。

江藤がさっと頭を下げて同意し、のろのろと腰を下ろした。動きに精彩がない……やはり友人の死にショックを受けているのだろう。見ると、泣きはらしたように目も充血していた。

「大変な時に申し訳ないんですが、できるだけ早く事件を解決したいんです。ご協力、お願いできますか？」

「はい」江藤の声はか細い――今日だけならいいが、これが地声だったら心配だ。面接官から「もっと大きい声で」と言われてしまうタイプではないだろうか。実際、正面から顔を見ると、いかにも繊細そうだ。顎はほっそりして頼りなく、つるつるした顔には髭も生えないように見える。体つきもほっそりしていて、中学生と言っても通用しそうだった。

名前と住所の確認でウォームアップを終える。こちらは場を温めたつもりだったが、江藤の緊張は依然として緩まない。岩倉は早くも、この事情聴取が上手くいかない予感に襲われていた。

「直近で光山さんに会ったのはいつ？」

「二週間ぐらい前です」

「つまり、二週間会っていないわけか……ずいぶん長く間隔が開くんだね」

「最近は、講義も被っていないので。それに就活も忙しいんです」

「君たちはサッカー仲間だとも聞いてるけど」遠山から聴いた情報だった。「よく、試合を観に行ってたそうじゃないか」

「最近は全然行ってないんですよ」言い訳するように江藤が言った。「とにかく、忙しくて」

「大変だねえ」

「まあ……皆同じですから」それで江藤は、自分を納得させているようだった。

「二週間前というと、石川春香さんを殺したとされる田岡さんが無罪判決を受けた後だけど……その話はした？」

「しました」江藤が認めた。

「君が話題にした？」

「冗談じゃないです」江藤が顔の前で思い切り手を振った。「そんな話、僕の方からできるわけないじゃないですか」

「でも、話は出たんだろう？」

「光山が自分で話したんですよ」

「どんな感じで？」

「激怒してました。あの……その時あいつの家にいたんですけど、いきなり立ち上がって、素手で窓を叩き割ったんです」

「まさか」岩倉は思わず言った。あの窓を素手で叩き割る？　結構力がいるはずだが、怒りが力を倍増させたのだろうか。「無罪判決に怒ったのか？」

「そうです。あの、判決については警察の方から連絡があったみたいで、僕が会ったのはその後なんですけど……」

「どうしてそんな嫌なタイミングで会いに行ったんだ？」

「順番でしたから」

「順番？」

「あの事件があってから、仲間内で順番にあいつに会う——愚痴を聞くようにしてたんです」

「フォローしてたんだ」

「友だちなんで」江藤がうなずく。「正直、きつかったですけどね。あいつも、弱音を吐いたり愚痴をこぼしたりしないように遠慮してたんですよ。それでも春香のことを話したりしているうちに、がっくりきて、泣き出したりして……でも、それであいつが立ち直れるなら、僕たちは我慢しようと思ったんです」

「いい友だちだね」岩倉は小さい笑みを浮かべてうなずいた。「でも、一対一で話を聞くのはつらくなかったか？　どうせなら皆で集まって、馬鹿話でもして盛り上がった方が、ストレス解消になっただろう」

「あいつが、皆で集まるのを嫌がったんですよ」江藤が打ち明ける。「あの事件が起きるまでは、むしろあいつが仲間の中心だったんです。面倒見がいいっていうか、幹事体質っていうか。何かで集まる時は、だいたいあいつがセッティングしてました」

「まめな人だったんだね」おそらく、異性関係においても。

「でも事件があってからは、皆で集まるのが怖くなったからって……気持ちは分かりますけどね。皆で集まる時は、必ず春香もいましたから。同じメンバーなのに春香だけがいないのは、きつかったと思います」

「それで一対一で話す——それはそれで、君たちが大変だったんじゃないか？」

「そうですけど、友だちなんで。でも、あの日は驚きました。光山は、事件の話をすると泣くことはよくあったんですけど、怒ったのは見たことがなかったから」

「無罪判決に、よほど腹がたったんだろうね」

光山は、裁判の経過をどれぐらいきちんと把握していたのだろう。そもそも、捜査の経過は分かっていたのだろうか。もしも警察側がそういうことを知らせていたら——逮捕直後から田岡が容疑を否認していることを知っていたら、無罪判決を「まったく予想もしていないこと」とは受け取らなかっただろう。もちろんショックは受けたはずだが……「被害者の恋人」である光山をどこまできちんとフォローしていたか、後で香奈枝に詳しく聴く必要はある。

「ちょっと——いや、かなりびっくりしました。あんな光山を見るのは初めてだったから。ガラスを叩き割って、後は泣いて……僕は何もできませんでした」

「結局、その日は？」

「夜の十時ぐらいまで一緒にいたんですけど、あいつが『もう大丈夫だから』って言ったので……大丈夫には見えなかったんですけど、ずっと一緒にいても僕には何もできなかった。きつかったです」

「それ以来、会ってない——電話なんかで話してもいなかった？」

「ええ。さすがに手に負えないというか、僕らにできることには限界があるでしょう？」

「仕方ないさ……でも彼は、どうしてそんなに怒ったんだろうな」岩倉は話を引き戻した。

「光山はあの男が——田岡という男が犯人だと信じていたんです。だけど無罪判決が出て、何を信じていいか、分からなくなったんじゃないですか？　警察は何をやってるんだって、何度も叫んでいました……すみません」真剣な表情で、江藤が頭を下げた。

「いや、彼が怒るのも分かる。無罪判決は警察の失敗だから……しかし彼は、どうして田岡さんを犯人だと思っていたんだろう」

「それは、警察が逮捕したんだから、当然犯人だと思うんじゃないですか？」

「しかし、無罪になった」

「犯人が逮捕されて、有罪判決を受ければ、一段落するじゃないですか。それがいきなり無罪判決なんて、信じられなかったんだと思います。あいつが犯人に決まってるって、何度も言ってましたから」

「なるほど……」

その思いに支配され、田岡に直接問いただすために自宅まで押しかけた——気持ちは分かるが、やはりやり過ぎだ。精神的に、かなり追い詰められていたのは間違いない。

「誰が光山を殺したんですか？」

「逆に君の方で、心当たりはないか？ 彼とトラブルになっていた人間とか、恨んでいた人間とか」

「分かりません……いや、そういう人はいないと思いますけど」江藤が首を横に振る。「この一年ぐらい——事件が起きてからのあいつは、魂が抜けたようなものだったから。人とのつき合いなんか……僕たち以外にはほとんどなかったと思います」

「でも、就活はしていた」

「ええ。講義も全然欠席してないです」深刻な表情で江藤が言った。「でも、立ち直ったわけじゃないですよ。そうしないと、正気を保てなかったんだと思います」

光山の同級生三人目——井本花奈《いもとはな》とは、彼女の希望で、大学の外の喫茶店で会った。気持ちは分かる。自分の本拠地で、面倒なことに巻きこまれたくないのだろう。

大学の近くには、安くて感じのいい喫茶店があるものだが、ここもそういう類の店だった。岩倉の好みからすると少しだけ明る過ぎる——道路に面してテラス席があり、窓も大きい――のだが、居心地は悪くない。

花奈が店に入って来た瞬間、岩倉は言葉を失った。背が高い――それも息を呑むほどに。最近はすらりと背の高い女性も少なくないが、彼女の場合、街を歩いているだけで人目を引くような背の高さだ。丸テーブルを囲むように座った時も、非常に窮屈そうだった。

岩倉は名乗った後、つい聞いてしまった。

「外れてたら申し訳ないけど、バレーボールかバスケットボールでもやってましたか？」

「いえ」花奈が怪訝《けげん》そうな表情で否定した。「スポーツは全然……」

「もったいないな。日本のスポーツ界にとって大きな損失だ」

「物凄い運動音痴ですから、背の高さなんか関係ないでしょう」花奈が苦笑したが、すぐに顔を引き締めた。キリリとした表情には、男を簡単に寄せつけない凜々しさがあったが、すぐにそれは崩れ、溜息をついてしまう。「今日、どうしても話さないといけないですか？」

「すみませんが、できるだけ早くと考えています」

「お葬式とか、どうなるんでしょう？」

「まだ決まっていないと思います」そもそも解剖が明日、葬儀はその後になるのだが……そんなことを彼女に説明しなくてもいいだろう。「光山さんの最近の様子について調べているんだけど、最近会ったのはいつだったかな。正確には覚えてませんけど」

「先週——一週間ぐらい前だったかな」

「どこで？」

「大学で。偶然です」

「どんな様子だったかな」

「うつむいて、前から歩いて来たんですけど、最初は声をかけた時にも気づかないで、私の横を通り過ぎたんです」両手を五十センチほど開いてみせた。「すれ違った時の距離はこれぐらいですよ？　普通、気づきますよね？」

「それぐらい、心ここに在らずという感じだった？」

「そうだと思います。いくら何でもと思って、通り過ぎた後で後ろから声をかけたら、ようやく気づいたんです」

「その時はどんな話を……」

「大丈夫、って聞いたんです。あんまりひどい様子だったから」

「例の事件で、被告に無罪判決が出たことは……あなたは知ってましたか？」

「もちろんです」少しむっとした表情を浮かべ、花奈がうなずいた。「ショックを受けてるって聞いてましたから、確かめたんです」

そういうことをすると、かえって逆効果なのだが……彼女は気にしなかったのだろうか。

「声をかけた時、彼はどんな反応を？」

「大丈夫って言ってましたけど、目が虚ろでした。さすがに心配になって、しばらく一緒にいたんです。学食でご飯を食べて、お茶を飲んで。でも、完全に意識が飛んでいた様子でした」

「何か、具体的なことは話してたかな？　裁判のこととか、被告に対する恨みとか」

「ああ……あの、無罪になった人？　田岡っていう人でしたっけ？　その人に対する恨みは話してました。あいつがやったのは間違いないのに、どうして無罪なんだって……本当に、その人はやってなかったんですか？」

「裁判ではそういう判決が出て、確定しました。今から覆ることは絶対にない」

「あの……裁判だと、事実関係の認定以外の要素でも無罪になることはありますよね？」

「今回の事件については、完全にやっていないという認定だった」

「じゃあ、犯人は今も分からないままなんですね……」

消え入りそうな声で言って、花奈がコップの水を一口飲んだ。そう言えば彼女の飲み物も頼んでいない……岩倉は手を上げて、店員を呼んだ。ところが店員は、注文を取りに来るのではなく、お盆に飲み物を載せてやって来た。

「いつものです」

「あ、すみません」花奈が頭を下げ、その拍子に垂れた髪を指先でかき上げる。

テーブルに置かれたグラスには、緑色の液体が入っている。野菜ジュースだろうか……岩倉は、喉元に胃液が上がってくるのを感じた。

「それ、何ですか?」興味を引かれたのか、花田が訊ねる。

「コールドプレスジュースです」

「ああ、低速ですり潰して作る……」花田が両の拳を上下で擦り合わせるようにした。

「中身は、ケールと小松菜とほうれん草とセロリ……レモンと蜂蜜が入ってますけど、ほとんど野菜を生で食べてるみたいなものです」

低速ですり潰すジュース? 千夏か実里なら知っているかもしれない。健康にはよさそうだが、中味を考えると美味そうには思えない。

「あ、すみません。これは自分で払いますので」

「それぐらいは心配しないでいいですよ」岩倉は言った。

「でも、千二百八十円しますよ」

岩倉は思わず言葉を呑んだ。ジュース一杯で千二百八十円……物の値段の常識が、頭の中でひっくり返る。この店の一番安いコーヒーは四百五十円なのに、千二百八十円のジュースがあるのはどういうことだ。まあ、しょうがない。協力者に金を使わせるわけにはいかないのだ。

「いつも、そういう高いジュースを?」鮮やかな緑色の液体をストローで啜《すす》る花奈の様子を見ながら、岩倉は訊ねた。

「体質改善のためです。太りやすいんですよ」

「まさか」

体の線が出る服を着ているわけではないが、花奈がスリムな体型なのは明らかだ。手足も長く、すっとした印象の美人である。

「毎日三回も体重計に乗っていると、ノイローゼになりそうですよ」

「どうしてそこまで？」

「仕事の関係です」

「仕事というのは……」

「一応、モデルをやってます」

なるほど。高身長とスリムな体型を生かした、大学生兼モデルか。モデルの「痩せ過ぎ」がしばらく前に問題になっていたはずだが、花奈は「スリム」であっても「痩せぎす」とは言えない。その辺のバランスは、岩倉にはよく理解できないのだが。

「卒業後も、今の仕事を続けるんですか？」

「需要がなくならない限りは」

「なくなるものですか？」

「年齢とか、体型の変化とか……モデルなんて、永遠にできるものじゃないですし」

うなずいたが、やはり岩倉には理解できない世界だった。「需要がなくならない限りは」。評価は他人任せ。どれほど頑張ってもどうにもならない世界で働くには、とんでもない勇気と覚悟が必要ではないだろうか。

「就活の心配はないわけだ……光山さんはどうですか？　どういう業界を狙っていたんですか？」

「ああ、その……」花奈の顔に影が差した。「手当たり次第でした」

「普通は、業界を絞りませんか？」今の時代は情報が溢れている。そこから上手く取捨選択し、自分に合った業界を絞りこんでいくのが、今の若者のやり方ではないだろうか。

「ちょっと自棄《やけ》になっていたんですよ」

「あの事件で？」

花奈が暗い目でうなずく。

「私たち、就職研究会みたいなことをやっていたんです。主に情報収集ですけど……他の皆は業界を絞ってきたんですけど、彼だけは……あの事件以来、目標を決められなくなったみたいで」

「それが自棄になっていた、ということか……」

「ただ、就活だけはしなくちゃいけないっていう強迫観念に駆られていたようで、あちこちの会社のインターンシップに参加はしていました。私は、忠告したんですけどね」

「どんな風に？」

「手当たり次第にやっても上手くいかないからって。今は売り手市場でしょう？　就職氷河期の頃はそういうのが当たり前だったそうですけど、今はちゃんと自己分析して、業界の研究をすれば、自分に合うところが見つかるからって言ったんですけど……私の言うことなんか、全然聞きませんでしたね」

「心配だったね」

「それで、今回の無罪判決でしょう？　何だか、心の中にあった芯が折れてしまったようで」

光山は、たった一つの可能性を信じ、それ以外の材料を放棄してしまったのだろう。それ故、無罪判決が出た瞬間に、頼るべきものを失った。そして、あくまで「田岡＝犯人」という当初の構図にこだわろうとした。

事件に揉まれた不幸な男。そこにさらなる不幸が襲いかかったわけだ。そして岩倉は、この悲劇を生んだ原因は自分の中途半端な行動だったのではないかと自分を責めざるを得なかった。もしもどこかの時点で、光山としっかり話をしていたら――その仮定のはるか先に、「田岡が光山を殺した」という可能性が浮かび上がる。

3

岩倉たちはその後も、光山の同級生に話を聴き続けた。比較的冷静だったのは花奈だけで、男たちは動揺したまま……こういう時は女性の方がしっかりしているものだと、経験で分かっている。

「そろそろ引き上げるか」岩倉は腕時計を見た。既に午後六時。捜査会議は八時から開かれる予定だから、それまでに食事を済ませて署に帰りたい。

「そうですね……バテますね」花田がげんなりした口調で応じる。

「そりゃそうだよ。夜中に呼び出されて、昼飯もろくに食ってないんだからな」

時間がなく、事情聴取の合間に、コンビニエンスストアで買ったサンドウィッチを立ち食いしただけだった。京浜大の学食で安い定食でも食べた方が、よほどましだっただろう。

雨は一日中降り続け、体全体がじっとりと湿った感じになった。実に鬱陶しい……熱い風呂にゆっくり浸かりたい。

覆面パトカーの運転は花田に任せた。花田はこの辺の道路に詳しいようで、迷わずに国道一号の方へ向かっている。松原橋で環七に入り、そこから第一京浜経由で蒲田まで行くつもりだろう。

国道一号は、この辺ではひどく素っ気ない表情を見せる。両側に並んでいるのは、オフィスビルやマンションだけ。途中、戸越銀座商店街を横切る時に、生活感溢れる賑やかな気配を感じ取れたが、それも一瞬だった。

岩倉はスマートフォンを取り出した。捜査会議が始まる前に、他の刑事たちの動きをある程度把握しておきたい。何か大きな情報が入っているなら、必ず上に報告が上がっているはずだからだ。しかし安原に電話しようと思った瞬間、呼び出し音が鳴る。秋山だった。

「えらいことになったねえ。あ、今、話していて大丈夫かい？」

「いいですよ。車で移動中です」

「いきなり話は変わるけど、あの川嶋って男は大丈夫なのか？」

「何かやらかしたんですか？」岩倉は思わず、スマートフォンをきつく握り締めた。

「やったというか、無礼な男だね。口のきき方も知らないんじゃないか？　彼は、田岡さんの奥さんたちには会ってるんだろうか？」

「会ったかどうかは分かりませんが、そういう仕事を割り振られていました」

「まずいな」秋山が舌打ちした。「あの調子で事情聴取してたら、絶対問題が起きるぞ」

「すみません」岩倉はフロントガラスに向けて頭を下げてしまった。「ちょっとこれからそちらへ伺います」

「大丈夫なのか？　これからだと、捜査会議があるだろう」

「捜査優先ですよ」

電話を切り、花田に京急蒲田駅前で下ろすように命じた。

「そんなところで？」

「この件に関するネタ元が、隣の雑色に住んでるんだ。ちょっと問題があったみたいだから、話を聴きに行きたい」

「一駅先ですよね？　だったら、そこまで一緒に行きますよ」

「夕飯を食べてる時間がなくなるぞ」これからの時間帯、第一京浜も渋滞するはずだ。昼飯は悲惨なものだったから、せめて花田には美味い夕飯を食べて欲しかった。それこそ、蒲田の隠れた名物であるトンカツ屋の老舗を紹介してもいい。

「特捜に戻れば弁当もあるでしょう。大丈夫です。中途半端に一駅前から行くより、家の近くまで行った方が早いでしょう」

「そうだな」

実に気がきく……こういう若手と一緒だと、仕事は本当にやりやすい。もっとも、花田と再度コンビを組む可能性は、極めて低いだろうが。この手の、腰が軽くて気遣いのできる男はどこでも重宝されるから、捜査一課の上司も手放すつもりはないだろう。一方岩倉は、今のところ捜査一課に戻るつもりはなかった。サイバー犯罪対策課の張った「網」から逃げてきたのに、わざわざその近くに戻ることはあるまい。

結局花田は、田岡が住む団地の前まで送ってくれた。

「ここは……」詳しく話してはいなかったものの、花田は田岡の住所だと気づいたようだ。

「田岡さんと同じ団地に住んでいる人が、俺のネタ元なんだ」

「ネタ元って……信用できる人なんですか？」

「もちろん。先輩だよ」

「元警官？」

「定年まで外勤で勤め上げた人だ。話は分かるし、この団地の自治会長だし、何より――」

「警察を嫌っていない」

「それが一番大事かもしれないな」岩倉はドアハンドルに手をかけた。

外はまだ雨。霧雨で、全身にまとわりつく。首をすくめ、前傾姿勢を取って、秋山の部屋のドアまでダッシュする。呼び鈴を鳴らすと、向こうで待っていたかのようにすぐに秋山がドアを開けた。

「ちょうどよかった。今、クリーニング屋の浅野君が来てるよ」

「何かあったんですか？」

「いや、そういうわけじゃない。ただ、彼も不安なんだろう」

うなずき、岩倉は玄関に入って靴を脱いだ。家に入ると、自分で意識していたよりも服が濡れているのに気づく。やはり今日は傘が必要だったな、と反省した。

浅野はいつものダイニングテーブルについてお茶を飲んでいた。クリーニング屋のエプロンをしたままである。仕事中に、急いで抜け出して来たのだろう。

初めて顔を合わせた秋山の妻がタオルを出してくれた。洗濯物を増やしたら申し訳ないですから、と断ったのだが、聞き入れてもらえず、結局受け取る羽目になる。しかし、髪の毛についた水滴を拭い取っただけでも、かなりましな気分になった。

別居する前、妻はハンカチ以外に、正方形のハンドタオルをいつも持たせてくれた。

しっかりしたタオル地で、眠気覚ましに顔を洗った時や、今日のような雨の日に役に立ったものだ。別居した後、ああいうハンドタオルが欲しくなってあちこち探したのだが見つからない。かといって、妻に聞くのも悔しかった。

「田岡が殺したんじゃないですよね？」浅野がいきなり本題に入った。

「それは分からない」

「岩倉さん！」浅野が声を張り上げる。「冗談じゃないですよ。あいつが人殺しをする理由なんかないでしょう」

「殺された光山さんは、田岡さんと話そうとして、何度か家に押しかけていた」

「それは事実なんだ」秋山が救いの手を差し伸べてくれた。「実際俺も、その人には会ってるんだよ。ドアの前で座りこんで……ちょっと異様な光景だった」

「どうせ、田岡を犯人扱いしようとしたんでしょう？　異常ですよ。ストーカーじゃないですか」

「そうとは言えない――実害はなかったんだから」岩倉は言った。

「だいたい田岡は、あれからまったく外へ出てないんですよ」

「そうなのか？」

「本人はそう言ってました。外へ出るのが怖いって。誰かに見られるのが嫌なんだそうです。当たり前ですよね……去年は犯人扱いされて、近所の人に好奇の目で見られながら連行されたんですから。自分を犯人だと見ていた人と会ったら、どうしようもなく嫌な思いをするでしょう。あいつが引き籠もるのも当然ですよ」浅野が、口から唾を飛ばさんばかりの勢いでまくしたてる。

「じゃあ、家に閉じ籠もって何をしてるんだ？」

「就活」

「就活？」

「就活と言うか、職探しです。ずっと携帯で求人サイトを見てエントリーしてるんです

けど、上手くいかないようで」

「携帯は……お兄さんがスマートフォンを用意したって言ってたな」

「ええ。今、職探しに携帯は必須でしょう？」

「面接も？」

「いや、そこまでいかなくて……」浅野の表情が暗くなる。「今は売り手市場だそうだ

けど、会社の人事担当者だって、誰でも受け入れるわけじゃないでしょう？　たぶん、

名前で検索すれば、状況はすぐに分かるはずですよね」

「ああ……バイトでも同じかな」

「バイトでつなぐつもりはないそうです。しっかり就職して、母親の面倒を見ないとい

けないからって……実は、平和島メタルには一度顔を出してるんですよ」

「以前の勤務先に？　よく家を出る気になったな」電話はかけていたはずだが。

「店が休みの日に、俺が車を出したんですよ。それで、誰にも見られないように気をつ

けてここを抜け出して」

「会社側は何か言ってましたか?」無理だろう。受け入れられないということは、岩倉も社長本人から聞いていた。たとえ田岡本人が訪れ、土下座しようが、その方針が急に変わるとは考えられない。

「はっきり聞いてないけど、上手くいかなかったみたいです。俺は外で、車の中で待ってたんだけど、五分で出て来ました。話が上手く転がってたら、もっと時間はかかったでしょう。それに、田岡も何も言わなかったし。その後、二人で牛丼を食べに行きました」

「牛丼?」

「第一京浜を走り始めたら急に、『そう言えばまだ牛丼を食べてない』ってあいつが言い始めて」

「奪われた時間」が田岡を苦しめていたことは、岩倉にはすぐに分かった。「そう言えばまだ」と組み合わせられるべきだった台詞《せりふ》はおそらく、「自由になってから」だ。岩倉も、逮捕した相手や受刑者からそういう話を聞いたことがある。留置場や刑務所に押しこめられて自由を奪われると、普通に暮らしていた時には何とも思っていなかった食べ物が無性に懐かしくなる、と。それこそ牛丼や立ち食い蕎麦、カレー……安くて腹が膨れる食べ物ばかりが頭に浮かぶというのだ。何となく分かるような気がする。特に好きではなくても普段食べていたものが「日常」の象徴として思い出されるのだろう。

「久しぶりだったんですね？」

「そうです。しみじみ食べてましたよ」浅野の表情がわずかに緩んだ。しかしすぐ、厳しい顔つきに戻ってしまう。「とにかく、外へ出たのはその時だけだと思います。取り敢えず、平和島メタルには仁義を切っておかないといけないと思ったようで」

「ずっと籠もり切りはきついでしょうね」

「そうなんですけど、外へ出るのは怖いって言ってましたから、しょうがないでしょう。仕事さえ決まれば、引っ越すつもりはあったみたいですけど……この街じゃなければ、田岡が歩いてても気づかれないでしょう？　でも、仕事もない状態だから、部屋を借りることもできないからって。仕事が見つからないことには、絶対にやり直せないと言ってました。俺もその通りだと思います」

　先立つものがない限り、どうしようもない。かといって、浅野や辻本も、田岡に金を融通するほどの余裕はないだろう。

「本当に、外には出ていなかった？」

「いや、それは――」浅野が声を張り上げかけ、一瞬口をつぐんだ。「本人はそう言ってますけど……」途中から自信が失せてしまったようだ。

「お兄さんは、ずっと家にいるんですね」

「ええ」

「だったら、彼に聞いてみるか」

「ちょっと待って下さい」浅野が気色ばんだ。「田岡を疑っているんですか？」

「そうじゃない。可能性を潰しているだけだ」

意味はさほど変わらないのだが、言葉を変えたことで浅野は多少は落ち着いたようだった。赤かった耳が、普通の色に戻っている。

「直樹さんは、もう帰ってるかな」

「どうでしょう」浅野が首を捻った。「別に、二十四時間監視してるわけじゃないので」

「ああ、俺が電話してみるよ」秋山がスマートフォンを取り上げた。

すみません、と小声で言って、岩倉は頭を下げた。この大先輩にはお世話になりっぱなしだ……しかし彼も、どこか生き生きしている。現役時代を思い出して張り切っているのだろう、と都合よく考えることにした。

「秋山です……はい、下の秋山ですが、今日、直樹君はそっちにいますか？　え？　ああ、そうですか……じゃあ、携帯に電話してみます」

すぐに電話を切り、秋山が難しい表情を浮かべる。

「今日は横浜――会社の寮の方に戻る予定だそうだ。まだ会社にいるみたいだよ」

「そうですか」岩倉は顎を撫でた。朝、洗面所で鏡に向かう暇もなかったので、中途半端に伸びた無精髭が鬱陶しい。「彼も、さすがにずっとこちらにいるわけにもいかないでしょうね」

「まあな。どうする？　電話で話せるとは思うけど」

「電話番号なら私も控えていますから、後でかけてみますよ」

「岩倉さん……勇太は大丈夫なんですかね」浅野が心配そうに訊ねる。

「大丈夫って、何が？」岩倉は敢えて平静を装って訊ねた。

「いや、今回の事件……何か、変じゃないですか。本当に、勇太が疑われたりしないんですか」

「今のところ、『絶対に』という言葉は使えない。でも、捜査の初期段階はいつもこういうものだから」

「そうですか……」浅野が溜息をついた。「殺された人、俺も見たことがありますよ」

「この辺で？」岩倉はすぐに食いついた。

「先週の末だったかな……店を閉じる時に、外を歩いているのを見たんだけど、変な人だなと思ったんですよ。ふらふらして、目つきもおかしくて。一瞬、酔っ払ってるか変なクスリでもやってるのかと思ったけど……」

「分かる。でも、どうして光山さんだって分かったんだ？」

「今日、ニュースで顔写真を見てピンと来たんです」

「彼が田岡さんの家に押しかけたこと、知ってたか？」

「聞いてませんでした」力なく、浅野が首を横に振った。「あいつ、肝心なことはいつも言わないんだよな……」

「田岡さんに最後に会ったのは？」

「最後、なんて言わないで下さいよ」浅野が唇を尖らせて抗議した。

「失礼。でも、どうだ？　今日は会ったか？」

「電話したんですけど、すぐに切られました。今、話はできないって」

「また、いたずら電話が何本もかかってきたみたいだよ。夕方、奥さんとちょっと話したんだけど、困ってた」秋山が打ち明けた。

「そうですか」電話線は抜いておくように言っておいたのだが、油断したのだろう。

「まずいですね」

「まずいな」深刻な表情で秋山がうなずく。「警察としてはどうするつもりなんだ？」

「現段階では、あらゆる可能性で捜査する、としか言いようがないですね」

「勇太がやったと思ってるんですか？」浅野の顔が真っ赤になった。

「そうは言ってない。君はどう思う？　例えば……」岩倉は言葉を選んだ。「田岡さんは、すぐにカッとなる方かな」

「そんなこと、ないですよ」

「誰かにちょっかいを出されると、切れるようなタイプではない？」

「違います」浅野が重ねて否定した。

「でも今回は、ちょっと事情が違う……光山さんは、自分の恋人を殺した犯人が田岡さんだと信じこんでいたんだ。だから家まで押しかけて、真相を聞き出そうとした。無罪判決を受けてようやく家に帰って来た田岡さんにしたら、たまらなかったんじゃないかな」

「そりゃそうでしょうけど、だからと言って殺すわけがないですよ」少しむきになって、浅野が反論した。「あいつは何とか、面倒なことにならずに落ち着いて欲しいと思ってるんですよ。だいたい、わざわざ人を殺したりします？　せっかく出て来たのに」

「そうだな」岩倉はうなずいた。

ちらりと秋山の顔を見ると、深刻そうな表情を浮かべている。彼は警察官としての経験から、楽観できないと知っているのだ。特に危険なのが北大田署の連中……彼らは「恥をかいた」、いや「恥をかかされた」と憤懣《ふんまん》やるかたない思いを抱いているだろう。まったく別件であっても、田岡の身柄を拘束する機会があれば逃さないはずだ。

もっとも今回の事件については、捜査権はあくまで南大田署にあるのだが。

油断しないことだ。視野を広く持ち、両手を大きく広げて、一本のゴールも許してはいけない。

秋山の家を辞し、雑色駅へ向かって歩き始める。既に捜査会議は始まっているから、もう間に合わない。そこは花田が上手くやってくれるだろう。あの男は要領がよさそうだ。

途中、既に閉店してしまっているらしい美容室の軒先を借りた。ごく小さい屋根が張り出しているだけだが、フードをはねのけても頭は濡れないので、雨宿りはできる。そこでスマートフォンを取り出し、直樹に電話をかけた。

「南大田署の岩倉です」

「はい」

「今日の事件ですが……聞きましたね？」

「聞きました。昼間、会社の方にそちらの刑事さんが来ましたよ」

「事情聴取ですね……話が被って申し訳ないんですが、ちょっと確認させて下さい。殺された光山さんは、田岡さんの家に何回来ましたか？」

「来たのは——ドアをノックしたのは二回です」

間違いないか、と確かめようとして言葉を呑みこむ。直樹は非常に几帳面で記憶力のいい男だ。疑う意味はないだろう。

「その他には？　目撃証言もあるんですが」

「それは知りませんけど……やっぱり、弟を恨んでいたんでしょうね」

「筋違いですが、そういうことだと思います。周辺にも不満を漏らしていたようですから」

「嫌な感じですね……人が亡くなっているのに嫌な感じと言うのは、まずいかもしれませんが」

「いや、分かりますよ。ちなみに昨夜は、何かありませんでしたか？」

「……何かとは？」直樹が疑わしげな声で訊ねる。

「何か変わったこと、という意味です」

「弟を疑っているんですか？」直樹がダイレクトに確認した。

「そういうわけじゃありません。何か変わったこと、というだけです」岩倉は繰り返した。「普段見ない人を見たとか、誰かに見張られている感じがしたとか。あるいは嫌がらせの電話はどうですか？」

「何もありませんよ」直樹がぶっきらぼうに答えた。

「それならいいんです……そちらにはいつまで？」

「明日の仕事が終わったら、雑色へ戻るつもりです」

「一つ、気をつけて欲しいんですが――あまり言いたくはないんですが、弟さんの犯行だと考える人がいてもおかしくありません。そういう人に会ったり、嫌がらせを受けたりしたら、すぐ私に連絡してもらえますか？」

「連絡したら、何とかしてくれるんですか？」直樹が疑わしげに訊ねる。

「その時に可能な最善の措置を取ります」

「信じていいんですよね？」

「もちろんです」

　即座に答えたものの、自分の言葉は虚しく響くだけだった。この件に関しては、岩倉自身、嫌な予感を抱いている。

　そして、悪いことに関しては、岩倉の勘はよく当たるのだ。

4

署に戻ると、捜査会議はとうに終わっていた。しかし多くの刑事が居残って熱気が漂っている。事件発生初日は、どんな刑事でも熱くなるものだ。仕事が終わったらさっさと帰ればいいのに、居残って今日の捜査や今後の見通しについて話し合っている者が多い。

岩倉は花田を呼び、捜査会議の様子を聞いた。花田は要領よく情報をまとめて、淡々と説明してくれた。

「川嶋は何か言ってたか？」川嶋の姿は見当たらなかったが、岩倉は小声で訊ねた。

「いきなり田岡犯人説を開陳してましたよ」

「冗談じゃない」岩倉は顔からさっと血の気が引くのを感じた。「根拠がないだろうが……それともあいつ、何かキャッチしたのか？」

「そういうわけじゃないようですけど」花田が困ったように首を傾げる。「事情聴取の様子を説明する途中で、『あいつがやったんじゃないですか』と言い出しただけですよ」

「それは開陳とは言えないな。誰でも考えることだ」実際に口にするかどうかは別にして。

「走り過ぎだ、とたしなめられてましたから、問題にはならないでしょう」

「君はどう思う？」

「うーん……判断保留で」花田が肩をすくめた。この慎重さは好ましい。

今日一日の動きは分かったので、岩倉は残っていた弁当を食べて引き上げることにした。だらだら居座っていても、上手い考えが浮かぶものでもない。

しかし、特捜本部の弁当というのは、どうしてこう侘しいのだろう。だいたい幕内弁当が用意されているのだが、美味かった例《ため》しがない……今日のは特にひどかった。鯖の塩焼きは生臭く、煮物は味が薄い。メーンは小さなハンバーグなのだが、こちらは塩気が強すぎて、これだけで入っている量の二倍の白米が食べられそうだった。特捜本部を支える警務課は、どこからこういう弁当屋を探してくるのだろう。只で食べさせてもらっているので、文句を言うのは筋違いだが。

「ガンさん、お疲れ様でした」

「どうも」近づいて来た安原に向かって頭を下げる。目が赤い……この課長も何だかんだで苦労している、と同情した。「まだ手がかりらしきものは出てないですね」

「被害者の足取りがはっきりしていないのが痛いですね」

「防犯カメラに映っていたのも、今のところは一ヶ所だけですか」

雑色駅にある防犯カメラが、午後十一時過ぎに改札を出る光山の姿を捉えていた。しかし彼がその後どこへ向かったかは、分かっていない。そもそも、彼が遺体で発見された現場の最寄駅は隣の六郷土手である。それに、防犯カメラが彼の姿を捉えてから遺体発見までに、四時間近い空白がある。

「ドライブレコーダーの方はどうですか？」

「まだ反応はありません。でも、諦めたわけじゃないですよ。これから確認する運転手もいるでしょうから」

岩倉は弁当を片づけて立ち上がった。安原に身を寄せ、「少しは休んだ方がいいぜ」と小声で忠告する。

「今日は署に泊まりますよ。帰るとかえって疲れそうだ」安原が溜息をつく。「ガンさんこそ、気をつけて下さい。一日、長かったですからね」

「俺のことなら心配いらないよ。完璧に元気だからさ」

この元気の九〇パーセントは、実里のおかげだろう。

しかし、午前三時に叩き起こされたダメージは、確実に岩倉の体を蝕《むしば》んでいた。こういう時はやはり、実里にエネルギーをもらうに限る。十時過ぎか……岩倉は実里の携帯に電話を入れた。今日も稽古が続いているはずだが、もしかしたらもう家に戻っているかもしれない。

実里の声には、背後に雑音があった。

「今、東急の蒲田駅に着いたところ」

「ああ……今日、泊めてもらえるかな？　それとも明日も早い？」

「私は大丈夫だけど、どうしたの？」実里が疑わしげに言った。舞台稽古中はなるべく会わない——それが二人の間の無言の了解だった。実際、実里は本番中よりも稽古の時期の方が集中しており、話しかけても上の空、ということが多いのだ。これが本番になると、突然日常を取り戻す。

「十分後には駅へ行ける」

「じゃあ、待ってるわ」

電話を切り、早足で歩き出す。待たせるのは性に合わない……しかし、いつもよりも明らかにスピードが出なかった。五十一歳で午前三時起き、という今日の状況を嫌でも意識する。それでも意地になって歩調を緩めない。スマートフォンのストップウォッチを途中から作動させ、八分四十秒後に実里の姿を見つけた。

「ガンさん、大丈夫なの？　ひどい顔してるわよ」実里が右手を伸ばし、すっと岩倉の頬に触れた。「髭も……今朝、早かったのね？」

「朝の三時に叩き起こされた。ニュースは見てないか？」

「今日は時間がなくて」

「ちょっとややこしい事件が起きた。しばらく忙しくなると思う」

この手の事件は、犯人を逮捕したからといって終わるわけではない。後始末の裏づけ捜査に結構時間がかかることを、岩倉は経験から知っていた。

「あら。じゃあ、今回の舞台は見てもらえない？」

「……難しいかな。少なくとも初日は無理だと思う」

初日は一週間後に迫っており、それまでに特捜の仕事が落ち着くとは思えなかった。

　初日、中日、千秋楽と三回観るのがいつものパターンなのだが。

「残念ね。私、ガンさんが観てくれてる時は、普段よりいい芝居ができるのに」

実里がにこりと笑い、岩倉は叩きのめされた。このふわりとした笑顔にやられたんだよな……最初に彼女を「生」で見た時の衝撃は忘れられない。舞台で演じる姿は観ていたのだが、その女性が一人の人間に戻って目の前に現れた時、岩倉は人生における最大のショックを受けた。五十を前にして妻との別居が決まり、疲れてだらけた毎日が続いていたのに、一瞬で体にエネルギーが充塡《じゅうてん》されたように感じたのだ。

並んで歩き出すと、実里がすぐに腕を絡ませてくる。彼女の手の暖かい重みを前腕に感じながら、岩倉は疲れがじわりと抜けていくのを感じた。まったく、魔法のような力を持つ女性はいるものだ……。

駅から実里の自宅までは、歩いて五分ほど。最初のコンビニエンスストアの前で、実里が立ち止まった。

「今日は、ビールは？」

「そうだな……」アルコールが入らなくても眠れそうだが、今日は絶対に熟睡が必要だった。最近、夜中に一回か二回は必ず目が覚めてしまうので、朝まで完璧に寝たい時には、どうしてもアルコールの助けが必要になっている。もっとも、ビールのように弱い酒では、逆に眠りは浅くなってしまうのだが。自分でも理由は分からないが、本来の好みであるウィスキーを彼女の家に置くのは気が進まない。

二人で店に入り、実里が雑誌を立ち読みしている間にビールを買った。実里自身は、ほぼ酒を吞まない。これでよくガールズバーで働けると思うのだが、彼女曰く「私が吞んでたらお店は儲からないから」。劇団員というのはやたらに吞んで激論をかわしたがる人種だというのだが、そういう時も彼女は最初の一杯以外は口にしないそうだ。「酔っ払ってる人を観察するのは面白いでしょう？　そのためには、自分はシラフでいないと」というのも彼女の言い分だ。

何と言うか……彼女の魅力は、独特の浮遊感だと思う。ＣＭで見る姿は、生活感と生命力に溢れた素敵な母親なのだが、実際には捉えどころのない女性であり、どんなタイプの人にも見える。逆に、どんなタイプにも当てはまらない。長年堅い商売の同僚、それに犯罪者と被害者にばかり囲まれて暮らしてきた岩倉にとって、彼女のような人間の存在は新鮮だった。

「行こうか」岩倉は彼女の背後から声をかけた。

「ちょっと待って」

「何が？」

「誰かに見られてる」

「どこだ？」

「外。道路の向かいからずっとこっちを見てるの」

ストーカーか？　岩倉は、彼女の肩越しに外を確認した。窓ガラスに反射してはっきり見えない。しかし少し視線をずらしてみると、一人の男の姿が目に入った。

川嶋……。

川嶋？

あいつ、こんなところで何をしてる？　この辺に住んでいるのだろうか。個人情報をまったく把握していないので分からないが、どうもおかしな感じがする。まさか、俺をつけてきた？

これは、はっきりさせないと駄目だな。

対決を覚悟しながら、岩倉は実里に「ちょっとここにいてくれ」と声をかけてから急いで店を出た。しかし一瞬早く、川嶋は動き出していた。今朝、現場で足を挫いたと言っていた通り、足を引きずっている。声をかけて引き止めるべきか？　しかし、躊躇《ためら》われた。ここであれこれ攻めても、上手く言い逃れされてしまいそうな気がする。あの男は、軟体動物のような感じなのだ。いくらきつく摑もうとしても、するりと抜け出してしまう。

今夜はやめておこう。こちらにも、ややこしい話をするだけの余力がない。明日にでも厳しく突っこんでみよう。

岩倉は店に戻り、「帰ろう」と実里に声をかけた。彼女は雑誌——何故か男性向けのグッズ雑誌だった——をラックに戻し、「知ってる人？」と訊ねた。特に怯えている様子でもない。

「署の同僚だ」

「あら。私、挨拶しておいた方がいい？」

「冗談じゃない」岩倉は即座に却下した。「君には、一生会って欲しくないタイプだ」

「私、許容範囲は広いけど」

「そこにすら入らない人間だと思う」

川嶋は何を狙っているのだろう。非常に嫌な感じだ……あいつと直接話す前に、周辺情報を仕入れておく必要がある。

それにしても、こうやって呑気に彼女と街を歩くのも、そろそろ考えなくてはいけない。どこで誰が見ているか分からないから……彼女はまったく気にしないのだが、写真誌にでも狙われたら面倒なことになる。つまり「狙う価値がある」有名人になりつつあるはずだ。実里の認知度は、今回のCM出演でかなり高まったはずだ。つまり「狙う価値がある」有名人になりつつある。自分のように冴えないオッサンと一緒にいるのがバレると、彼女にとってはマイナスにしかならない。

それは自分も同じだ。警察官が誰とつき合おうと問題はないのだが、なにぶん自分は、まだ結婚している身である。普段は意識することはないが、これは立派な「浮気」なのだ。これによって離婚交渉が揉めることはないだろうが、もしも妻、そして娘に知れたらどうなることか……金の問題よりも、娘に蔑《さげす》まれることを考えるときつい。

とはいえ、実里の腕を振り解くことはできない。こうやって触れ合っているだけで体にエネルギーが満ち、気持ちが安定するのだ。

翌朝、岩倉は六時半に目覚めた。朝まで一度も目が覚めず、すっきりした気分だった。実里を早起きさせる気にはなれなかったので、朝食抜きでさっさと出るつもりだったが、実里は岩倉よりも先に起きて、朝食の用意をしてくれていた。トーストにゆで卵、果物と野菜をミックスしたジュース、そしてコーヒー。朝食を用意してくれるのはありがたい限りだが、彼女が作るこのジュースは未だに苦手だ。たぶん、パセリが入っているせいだろう。パセリの苦味は、他のあらゆる果物の甘みや酸味をぶち壊してしまう。

「悪いな」

小さなダイニングテーブルについて、岩倉は頭を下げた。

「私はもう一度寝るから。食べちゃって」

もう一度寝るというのは本気のようで、彼女はパジャマのままだったし、自分の朝食を用意していなかった。見られながら食べるのは何だかくすぐったい……急いで朝食を詰めこんだ。

その間、彼女が朝刊を広げて顔をしかめる。

「昨日の事件って、この件？」社会面を広げる。光山が殺された事件は、夕刊では社会面で四段見出しで扱われていたが、朝刊の続報はベタ記事になっていた。新たな手がかりが出ていないのだから、当然だろう。無視されていてもおかしくはなかった。

「嫌な事件ね」

「気持ちいい事件なんか一つもないけどな。この件は、ちょっと裏があるというか……背景が深い話なんだ」

「今話せないぐらい深い話？」

「来週の週刊文春を読んでもらった方が分かりやすいかもしれない」実際、週刊誌が喜んで飛びつきそうな事件ではある。

「ガンさんから話してもらった方が面白いんだけど」

「面白い？」

「週刊誌の記事を読むより、ずっと」

「当事者だからだろう。でも当事者だからこそ、話せないこともある」

「分かってるわ。ガンさんの話し方――話術の力かもしれないわね」

まさか。

刑事はコミュニケーションの達人であるべきだが、別に話術に長けている必要はない。だいたい、「話術に長けている」というと、お喋りを延々と続けて時間を無駄にする人、というマイナスの感じがする。

「もしかしたら、ガンさんの話を――声を聞きたいだけかもしれないけど」

ふわふわ。彼女がまとう浮遊感が、岩倉を柔らかく包みこんだ。

朝の捜査会議の席で、岩倉は川嶋の姿を探した。いない……怪我が悪化して休んでいるのか？　それともこの場所――俺がいるところにいられない理由があるのか？

仕事の割り振りが終わったところで、岩倉は花田に「ちょっと待っててくれないか」と声をかけた。

「何か？」花田が目を瞬かせる。

「電話を一本かけさせてくれ。すぐに済む」

会議室を出て、廊下の隅でスマートフォンを取り出す。呼び出した相手は、警部補以下の人事を担当する人事第二課の横山《よこやま》。岩倉にとっては頼りになる後輩だ。

「ああ、ガンさん」横山が明るい声で応じる。「そっち、大変でしょう。俺と話してていいんですか？」

「捜査よりも面倒なことがあるんだ。ちょっと助けてくれないか？」

「何でしょう」横山の声に、警戒する調子が滲む。

「今月から、うちに川嶋という刑事が来てるんだが」

「ええ」

「知ってるか？」

「いや、まさか」横山が苦笑した。「いくら何でも、全部の異動を把握しているわけじゃないですよ――その人がどうかしたんですか？」

「動きがおかしい」

「マジですか」

「ああ。狙いが分からないんだが……俺にあれこれちょっかいを出してくるんだ」

「サイバー犯罪対策課のスパイとか？」

「まさか」言ってしまってから、岩倉は「いや、まさか、とは言い切れないな」と言い直した。

「あり得る話だと思いますよ。ガンさん、未だにあそこに狙われているのは間違いないんだから」

「いい気分じゃないな……とにかく、本当にそうなのかどうか、確認したいんだ。奴に関する情報、何でもいいから手に入れてくれないか？」

「それはもう、ガンさんの頼みとあらば……でも、一回奢りぐらいはいいですよね？」

「それは分かってる。どこか美味い店を探しておいてくれ」

電話を切って、会議室に戻る。いつの間に出てきたのか、川嶋は呑気な表情でコーヒーを啜っていた。怪我は本当だろうか、と岩倉は訝った。

川嶋と目が合わないように気をつけながら、花田と合流する。花田は、読むのに虫眼鏡が必要なほど細かい字で、手帳に何か書きつけていた。

「もういいんですか？」

「ああ」

「じゃあ、行きますか」花田が音を立てて手帳を閉じ、顔を上げた。

岩倉は背広の上着を着こんだ。川嶋に背を向けて歩き出す……向こうはこちらを見ていないはずだが、何故か視線が突き刺さってくるのを感じた。

奴はいったい何者なんだ？

5

光山の交友関係の調査を続行——さらに範囲を広げることにした。大学の仲間たちの話はそれなりに役に立ったが、決定的ではない。

岩倉たちは光山の家族に面会して、さらに高校時代、中学時代の友人たちの名前を割り出した。依然としてショック状態にある両親とは、話をするだけで一苦労だったが……それで午前中がほぼ潰れてしまった。

家を辞した時には、肩と背中が凝り固まっていた。しかし休んでいる暇はない。二人は世田谷の西の外れに近い、京王線の千歳烏山駅へ急いだ。

今回は時間がかかりそうだった。昨日は京浜大とその近くで事情聴取できたので移動距離は短く、時間を無駄にせずに済んだ。しかし、高校時代の友人たちが進学した大学はバラバラである。東京中——一部は神奈川県だった——を歩き回って全員に話を聴くには、二、三日はかかるだろう。

遠いところを先に潰してしまうことにした。最寄駅は、京王多摩センター。四十年近く前、都心部の大学が一斉に郊外脱出を果たしたが、その一つである。電車の中で、岩倉は先ほど光山の両親から聞き出した友人たちの名前と連絡先を手帳に落とした。隣に座る花田が、怪訝そうに見つめているのに気づく。

「今メモしてるんですか？」

「そうだよ」

「七人分を？」

「そうだけど、何か変か？」

「自分なんか、相手が話してる先から忘れちゃいますよ」そう言えば花田は、いつもやたら忙しくボールペンを動かしている。「全部その場で覚えたんですか？」

「何だったら後で、間違い探しで君のメモと照合してもいいよ」

「岩倉さん、記憶力のバケモノって噂、本当だったんですね」

「バケモノはひでえな」岩倉は花田を軽く睨みつけた。

「警視庁の生きた伝説と一緒に仕事をしていると思うと光栄ですよ」花田がニヤリと笑う。

「馬鹿にしてるのか？」

「まさか」花田が思い切り首を横に振った。「俺にとって岩倉さんは、伝説の三人のうちの一人ですから」

「あと二人は？」

「捜査一課の大友《おおとも》さん――大友さんとは今一緒ですけど」

大友鉄《てつ》は取り調べの達人だ。達人というか、容疑者も参考人も、大友の前に座ると勝手に喋り出してしまう。あの能力は、岩倉には理解不能だった。妻を交通事故で亡くし、幼い子どもの世話をするために、捜査一課から時間に余裕のある刑事総務課に異動したのは、一課にとっては大きな悲報――子どもが高校生になったタイミングで十年ぶりに復帰してきたのは、朗報だった。

「もう一人は鳴沢《なるさわ》さんですね」

「あいつの話はやめておけ」声が震えるのを意識しながら岩倉は忠告した。「危険過ぎる」

「だけど……」

「あいつがいるだけで、すぐに消えそうなボヤが大火事になる。とにかく現場を引っ掻き回して、事を大袈裟にしてしまうんだ。だから仕事はできるのに、ずっと本部に上がれない」

「でも、興味はありますね」

「頼むから、俺を巻きこまないでくれよ」岩倉は本気で懇願した。

多摩センターまでは三十分ほど。やはりまだ寝不足で、うつらうつらしているうちに着いてしまった。

「ここから結構歩きますよ」花田は元気だった。

「十分ぐらいか？」

「そうですね」花田がスマートフォンをいじった。「バスもあるみたいですけど、どうします？」

「歩こう」岩倉は即座に判断した。昨日の雨が嘘のように今日は快適な青空だし、眠気を吹き飛ばすためにも歩く必要があった。

多摩センターの北口へ出て、モノレールの高架を横に見ながら、多摩センター通りを歩き出す。広々とした道路は、東京ではなく地方の都市をイメージさせた。車はやたら多く行き交っているが、歩道を歩く人の姿は見かけない。

途中で多摩センター通りを外れ、左折する。建物がほとんどなくなり、ますます地方都市感が強くなった。そのうち、学生が増えてくる。彼らもどこか純朴な雰囲気だと思った。都心部にある京浜大の学生の方が垢抜けた感じがするのだが、それは偏見だろうか……。

郊外の大学らしく、多摩中央大のキャンパスは異様に広い。ようやく正門にたどり着いて構内の案内図を見ると、駐車場が五つもあるのが分かる。車で通う教職員や学生も多いのだろうが、それにしても駐車場五つを抱える敷地の広さは、都心の大学では考えられない。

正門の左脇には警備員の詰所があるが、まったくノーチェックだった。どこの大学でもだいたいこんな感じなのだが、こんなに緩くて大丈夫なのだろうか？　それとも大学の警備員は、怪しい人間を一目で見極める特殊能力でも持っているのか？

正門を入ると、幅が三十メートルほどもある広い階段が正面で待ち受けている。そこを登り切ると、構内のメインストリートとでも言うべき広い道路に出る。先ほど見た案内図を思い出す。キャンパスがあまりにも広いせいか、正門以外にも四ヶ所、出入り口があった。学部によっては、一度も正門から出入りすることなく四年間を終える学生もいるかもしれない。

「ここ、広過ぎません？」唖然とした口調で花田が言った。「見つかるかな……」

「向こうの携帯の番号が分かってるから大丈夫だろう」ただし、今電話が通じても、落ち合えるのは二十分後ということも十分考えられる。

「しかし、親が息子の友だちのスマートフォンの番号を知ってるってのも、不思議ですよねえ。今はこんな感じなんでしょうか」言いながら、花田が自分のスマートフォンを取り出した。

「その辺の事情は分からないけど」自分は、千夏の友人の連絡先を把握していない。それを言えば、名前さえ知らないのだが……一緒に住んでいた頃——中学校二年までだ——はよく友だちの話を聞かされたのだが、名前さえ覚えていない。事件のことだと、何の努力もなしに頭に入ってくるのだが。

記憶とは、実に不思議なものだ。

「もしもし――はい、警視庁の花田と申します。今、大丈夫ですか？」電話がつながり、花田が話し始めた。「はい、ああ、そうですか。お父さんから連絡があった……そうです。今、大学の正門のところに来ています。え？　学食？　学食って……」

花田が近くにあった案内板に駆け寄った。指先でなぞりながら確認を続ける。

「ああ、正門に近い方の第二学食ですね？　今すぐで大丈夫ですか？　そうですか。では、すぐにそちらへ向かいますので」

電話を切り、花田は岩倉に向かって「ＯＫ」のサインを出して見せた。うなずき、岩倉も案内板を確認する。二号館の一階にあるようだが、この案内板を見た限りでは、何分かかるか分からない。

大学まで歩いて来るだけで、うっすらと汗をかいていた。岩倉は上着を脱ぎ、肩にかけて歩き出した。さすがに今日の陽気では、ネクタイは邪魔……とはいえ、これを外すわけにはいかない。ファッション的にどうこういうより、岩倉にとって、仕事に入るきっかけがネクタイなのだ。ネクタイを締めれば気合いが入る。実里がガールズバーのシフトにつく時、必ず髪を一つにまとめるのも同じ意味だろう。

学食には、昔ながらの雰囲気――だだっ広い割に混み合っている――が漂っている。

岩倉は入った瞬間、約束していた深沢《ふかざわ》を見つけた。立ったまま、緊張しきった様子で周囲を見回している。その動きの中で岩倉たちに気づいたようで――広い学食の中でオッサンは二人しかいないのだろう――さらに身を固くするのが分かった。

花田が先に立って歩き、「深沢さんですね？」と声をかけた。深沢はうなずくだけで精一杯の様子だった。まだろくに話してもいないのに、既に限界がきているようだ。

「取り敢えず、座りましょうか」

岩倉は近くの空いた席に深沢を誘った。座ってもまだ深沢の緊張は解けず、顔の筋肉は固まったままだった。岩倉は名乗り、軽くその場を温めることにした。

「今、三年生？」

「そうです」

「じゃあ、就活もそろそろ大変な時期だね」

「ええ、まあ」深沢はまったく話に乗ってこなかった。

「聴きたいのは、亡くなった光山さんのことです」前振りに効果がなかったので、岩倉はすぐに本題を切り出した。「最近、会いましたか？」

「会ってはいないですけど、連絡は取ってました」

「電話？」

「だいたいLINEです」

「どんな内容？　去年の事件のことや、今回の無罪判決のことも話題に出た？」

「まあ……そうですね」歯切れが悪い。弱気な性格が透けて見える顔には、血の気がなかった。

「例えば、どんな？　具体的には……無罪判決を受けた田岡さんのことは話題に出た？」

「出ました」

「どんな風に？」

「はっきりさせるって」

「どういう意味だ？」

岩倉は思わず声を荒らげた。その場の雰囲気が険悪になったのを察知したのか、花田が割って入る。

「その、ＬＩＮＥのやり取りを見せてもらうことはできますか」

「それはちょっと……」

「捜査に必要なことなんです。お願いします」

花田が丁寧に頭を下げる。岩倉は硬い表情で、腕組みしたままでいた。ここは「怖い警官、優しい警官」のコンビでいくのがいいかもしれない。しかし岩倉が脅しをかけるまでもなく、花田がなおも粘り強く説得を続け、とうとう深沢にスマートフォンを出させた。

まず花田がスマートフォンを見て、眉根を寄せる。しばらく操作していたが、やがて岩倉に渡した。

これはちょっと……光山は「本気」だったのだと岩倉は悟った。

「裁判官は買収されたんじゃないか」

「やったのにやってないって理屈が通るのはおかしい」

「俺が自分で白状させる」

「あいつ以外に犯人はいない」

「これじゃ彼女が浮かばれない」


深沢は、これらのメッセージに応答していなかった。いわゆる既読スルーだが、仕方がないだろう。どう反応していいか困るメッセージばかりではないか。

「一切反応しなかったんだね」岩倉は指摘した。

「そうだとも、そうじゃないとも言えないですよ。こうやって書くことで、少しはストレス解消になったかもしれないと思ったんですけどね。まさか本気じゃないでしょう」

「いや、本気だったんじゃないかな――本気で、無罪判決を受けた田岡さんに復讐しようとしていた」岩倉はスマートフォンを花田に渡した。

「それで返り討ちにあったんですか？」

「そうは思わないけど」個人的な考えを開陳するのはあまり気が進まないが、岩倉はつい言ってしまった。このままでは、田岡は様々な人に疑われてサンドバッグ状態ではないか。

「でも、そういう噂も聞きますけど」

「誰が言ってるんだ？」岩倉は声のトーンが二段ほど下がるのを意識した。

「ネットで」

「ネットで出てる話を、そのまま信じたんじゃないだろうな？」

「岩倉さん」

花田が小声で呼びかけ、スマートフォンを示した。小さな画面を覗きこんだが、岩倉の目ではきつい……受け取り、近くで確認して思わず目を剝いた。

「光山、返り討ちにされたらしい」

「恋人をどっちも殺した？　最悪じゃね？」

「何で危ないことしたんだよ」

「誰も止めなかったのか？」

グループLINEでのやり取り。つまり深沢は、自らこういう情報を広め、増幅させてしまったことになる。

「君ね」岩倉は深沢にスマートフォンの画面を示した。「噂の発信源になってるのは君じゃないのか？」

「そんな」深沢の顔に朱が差した。「勝手に見ないで下さいよ」と精一杯の抵抗を見せる。

「このグループLINEの連中にだけでも、否定しておいた方がいい」

「でも……だったら、誰があいつを殺したんですか？」

「それは今調べている」

「何か変じゃないですか？　無罪判決が出て、被害者の恋人は二度も心に傷を負ったんですよ」

「それは分かってる。警察にミスがあったのも間違いない」

「本当に、田岡って人が犯人じゃないんですか？」

「いや、無罪は確定した」

「裁判で無罪になるのと、実際にやっていないかどうかは別問題でしょう」

「今回に限っては、実際にやっていないという裁判所の判断だよ」

「……納得できないんですけど」

「その気持ちは理解できるけど、少し落ち着いてくれ。ここで余計な噂が広がったら、我々も捜査がやりにくくなる」

　こんなことをしている場合ではない……仲間の死に憤る若者を宥めているだけで、時間が無為に過ぎてしまう。しかし、収穫はあった、と言うべきだろうか。少なくとも光山が、本気で田岡の犯行を疑い、復讐しようという気持ちを持っていたのは間違いないのだから。

　同じ話の繰り返しになるな、と岩倉は覚悟した。おそらく光山の周りの人間は、全員が彼の気持ちを知っていた。しかしさすがに、復讐のために手を貸そうとする者はいないだろう。こんなことで危ない橋を渡る人間がいるとは考えられない。

しかし最終的に、この事情聴取は無駄にはならなかった。

深沢は、光山の「一番の親友」を教えてくれたのだ。

牧圭佑《まきけいすけ》は、渋谷リハビリテーション専門学校に通う学生だった。理学療法士を目指して四年制の専門学校に通い、現在三年目。学校の所在地は、京王線の初台駅近く……京王線を行ったり来たりで、岩倉は久しぶりに将棋の駒になったような気分を味わった。別れる直前、深沢は一つ忠告をしてくれた。サッカーの話は厳禁。牧は高校のサッカー部のエースで、プロも注目する選手だった。しかし三年生の夏に膝に大怪我を負って選手生命を絶たれ、それをきっかけにして、自分と同じように怪我や病気で体の自由を奪われた人の回復を助ける仕事を選んだのだという。その仕事には誇りを持っているが、サッカーをやめざるを得なかったことは未だに後悔している……確かに取り扱い注意、の人物だ。

光山との関係も、サッカーを通じてだった。二人は小学校の時に同じサッカークラブで知り合い、中学校では一緒にサッカー部に入った。光山は高校入学と同時にサッカーをやめてしまったのだが、その後もつき合いは続き、牧が練習や試合などで忙しい間を縫って、二人でJリーグや日本代表の試合を観に行くこともあった。

「大丈夫ですかね」電車の中で、花田が心配そうに漏らした。

「何が？」

「挫折した人って、扱いが厄介ですよ。若い人でも同じです」

「被害者支援課の村野って知ってるか？」

「いえ」

「一度会ってみろ。怪我で挫折することについてはよく知ってるから。ただ、会ったら支援課にしつこく勧誘されるけどな。あいつはリクルーターでもあるんだ」

「勘弁して下さい」花田が苦笑する。「あの仕事には興味がないですよ。というより、一番やりたくない仕事です」

「それを進んでやってくれている人がいることに感謝しないとな。村野は自分から進んで支援課に行ったんだ」

「そうですか……」

どこか釈然としない口調で花田が言った。自分以外の人間の仕事を想像できないようでは、いい刑事にはなれないのだが。

学校は、甲州街道沿いにある六階建てのビルだった。外観は地味なグレーだが、なかなか立派な建物……超高齢化社会を前に、リハビリ関係の仕事の重要性は増すばかりなのだろう。

専門学校へ捜査に来たことがあったかどうか……学校は、これまで見たことのない造りだった。甲州街道に面した正面の出入り口から中に入るとすぐに受付があり、明るい色合いのソファなどを配したホールがその横に広がっていた。エントランスの奥にはエレベーターホール。その前にある二つのゲートを突破しないと、エレベーターは使えないようだ。

「呼びますか？」花田がスマートフォンを取り出した。

しかし向こうで先にこちらを見つけた。予め連絡を入れておいたので、待っていてくれたらしい。一瞬、こちらが怯むような体格だった。身長百八十五センチぐらい。肩幅が広い逆三角形の体型で、グレーのジャージに明るい青のポロシャツという軽快な格好だった。おそらくこれは、実習用の服なのだろう。力強い顎、短く刈りそろえた髪、涼しげな目元と、非常に頼り甲斐のある第一印象である。

真剣な表情を浮かべたまま、大股でこちらに近づいて来る。途中で、首からカードをぶら下げているのに気づいた。立ち止まり、向こうが口を開く前に、カードの名前を読み取る。確かに「牧」とあった。

「牧さんですね」岩倉は機先を制して言った。牧はなかなか意思が強そうな顔つきで、こちらがリードするように意識しないと、事情聴取は上手くいかない気がしていた。

「牧です」

「南大田署の岩倉で――」

「警察に行きませんか」牧がいきなり切り出してきた。

「いや、しかし……」何を考えている？

「ここで話をしてると目立つんですよ。友だちに見られるのも嫌だし。すぐそこに、警察署があるでしょう？」

「いいのか？」

「構いません。友だちに見られるよりはましです」

そういう考え方もあるのか……しかし、警察署に入るところを誰かに見られる方が、厄介なことになるのではないか？

ともあれ、本人の希望なら聞き入れておこう。岩倉は、花田に目配せした。勘良く状況を察知した花田が、二人に背を向けて電話をかけ始める。この近くの署——渋谷西署に電話をかけて、部屋を貸してもらうように頼みこんでいるのだろう。

岩倉は雑談で時間を潰すことにした。牧は緊張した様子だったが、雑談に応じるぐらいの余裕はあった。

「今、三年生？」

「そうです」

「こういうところで勉強すると、就職先はやっぱり病院になるのかな？」

「そうですね。まあ、修業ですから、あちこちで働くと思いますけど」

「料理人みたいなものか……俺の知り合いも、事故に遭って膝を怪我して、ずっと理学療法士の世話になってるよ」村野のことだ。

「何歳ぐらいの人ですか？」

「三十代後半」

「事故に遭ったのは、いつ頃ですか」

「六年か七年前かな」

「うーん……」牧が眉間に皺を寄せた。「ということは、事故に遭ったのは三十代の前半、もしかしたら二十代後半の頃ですよね」

「そうなるかな」

「それだけ長い時間が経つと、普通は理学療法士の助けを借りないで、自分でリハビリができるようになるんですけど……本気で取り組んでいるかどうか、心配ですね」

「厳しいね」

「俺たちは、手助けをするだけなんで……本人がやる気を出してくれないと、できることには限りがあります」

　手取り足取りというのはこっちの勝手な思いこみなのか……返す言葉を失っていると、電話を切った花田が、「大丈夫です」と報告した。

「じゃあ、行こうか」

　牧が無言でうなずく。花田と牧が並んで歩き、岩倉は後についた。署までは数分なのだが、その時間を持て余してしまう。余計なことは言わず、急いだ方がいいだろう。実際、牧が歩くスピードはかなり速く、小柄な花田は早歩きになっている。

署に入った途端、牧が急に落ち着かなくなった。警察署というのは、普通の人にとっては「怖い場所」のはずだ。しかし岩倉に言わせれば、単なる「役所」である。制服ではなく、普通のスーツ姿の人間を配せば、小さな市役所などと印象は変わらない。花田は三階にある生活安全課の会議室をキープしていたので、さっさと階段を上がり始めたのだが、牧の動きは急に鈍くなっている。やはり一般人は、警察署に来ると威圧感を覚えるのだろう。

会議室は六畳ほどの部屋で、窓はあるものの、脚立がないと手が届かないような高い位置である。こういう窓を見ると不安になる人もいる。逃亡禁止のためではないのか――実際そうだ。任意であっても、ここで容疑者と対峙することもあるので、万が一を想定するのは当然だ。

椅子に座ると、牧はジャージのポケットからタオルハンカチを取り出して顔を拭った。拭ったそばから汗が流れて、頬に細い線を作る。このまま汗を垂れ流していたら脱水症状になる――岩倉は花田に目配せした。花田がすかさず立ち上がって部屋を出て行った。

「飲み物を用意するから」

「大丈夫です」しかし牧の声は嗄《か》れていた。

「飲んだ方がいいよ。緊張すると汗をかくから」

「別に緊張してません」

「それならいいけど、念のためだ」

牧がまた顔を拭った。先ほどの勢いは完全に消えている——いや、言葉は威勢がいいのだが、あくまで「虚勢」という感じだった。

花田が、ミネラルウォーターのペットボトルを二本持って戻って来る。一本を牧の、一本を岩倉の前に置いたが、岩倉は首を振って無言で「いらない」と告げた。取り調べや事情聴取をしている時は、なるべく飲み物を口にしたくないのだ。花田が素早く、ペットボトルを取って行った。

「光山さんとは、中学校からずっと一緒だったんだね」

「そうです」

「最近も会っていた？」

「会ってました。毎週木曜に」

「木曜？　どういう決まりで？」

「二人とも暇な木曜の夜にゲームをやるのが、最近の定番だったんです」

「ゲーム？」

「サッカーの」

「なるほど」岩倉はうなずいて腕組みした。膝を故障して自分ではサッカーができなくなっても、ゲームで楽しめるわけか。代替行為だが、他人がとやかく言うことではあるまい。

「最後に会ったのはいつですか？　先週の木曜日は？」

「会ってません」急に牧の声が低くなった。

「どうして」

「パスするって、あいつから連絡があったんです」

「理由は分かってますか？」

「裁判のことでしょう？　冗談じゃないですよね」

「何が」

「何がって」牧が目を細めた。「無罪になるなんて、おかしいじゃないですか」

「裁判っていうのは、起訴された罪状が正しいかどうかを審議する場なんだ。有罪前提で進むわけじゃない」

「だけど……あいつがきつい思いをしてたのは分かるでしょう」

「気持ちは分かるけど、そういう問題じゃないんだよ。とにかく、毎週恒例のゲームもできないほど、精神状態がひどかったんだね？」

「当たり前です」

「その集まりは、どこで？」

「だいたいあいつの家でした。一人暮らしだったから」

「あなた、光山さんの恋人——殺された石川春香さんと会ったこと、ありますか？」

「あります」

「二人の関係は、どんな感じでした？」

「仲よかったですよ。羨ましいぐらいで。石川さんもほっとしてたんじゃないかな」

「どういうことだ？」

「一人暮らしで東京へ出て来て不安だったのが、光山とつき合うようになって、ようやく安心できたって言ってましたから」

「光山さんの方はどうでした？」

「まあ……光山の方がベタ惚れだった感じはしました」

岩倉は一人うなずいた。相互依存関係……どちらの愛情がより大きかったかは数値化できるものではないが、もしもどちらかが殺されるようなことがあれば、残された人間が大きなショックを受けるのは当然である。

牧がゆっくりと息を吐いた。右の掌のつけ根を額に押し当て、ゆっくりと動かす。まるで凝った額をマッサージするようだった。右手をゆっくり下ろしてテーブルに置くと、「あの犯人――田岡っていう人が殺したんでしょう？」と低い声で訊ねた。

「そういう話は、今のところ一切ありません」岩倉は否定した。

「光山は、田岡を殺すって言ってたんですよ」

「それは初耳ですね」岩倉の鼓動が一瞬跳ね上がった。これまでに聞いた、光山の田岡に対する態度は「話を聞きたい」「真相を探り出したい」。殺そうとまで思い詰めていたという情報はなかった。しかし、田岡の家の前に居座っていたことを考えると、「話を聞きたい」以上の感情を持っていたとしてもおかしくはない。

「あなた、それを聞いてどう思いました？」

「本気だと思いました」

「それで？」

「やめておけって、ちゃんと釘を刺しましたよ。本当にやりそうだったから」

「どうして本気だと思った？　声の調子や顔でそう判断できた？」

「あいつ、石川さんが殺されて、壊れたんですよ」牧が打ち明けた。

「壊れた？　今は普通に就活もしていたようだけど」

「あれは、何ていうのかな……そうしないと、本当に壊れてしまうと思ったんじゃないかな」

「自分を現実につなぎ留めておくために？」

「そんな感じだと思います。俺、石川さんが殺された後、光山は自殺するんじゃないかと思ってたんですよ」

「そこまで落ちこんでいたんだ」

「一週間ぐらい、家――実家から出てこなかったんです。心配で何度か見に行ったんだけど、ろくに飯も食ってなかったみたいで。そういう自殺もあるでしょう？　ハンスト？」

「ああ」

「それが、一週間が過ぎてから突然電話がかかってきて、飯を食おうって……千歳烏山に、ハンバーグの店があるんです」

　話がどこへ流れていくか分からず、岩倉は黙ってうなずいた。

「俺たちが高校生の頃から、金がある時にはよく通ってた店で……量が多いんです」

「ガッツリ系ってやつか」

「そんな感じです」牧がうなずく。「そこで飯を食いたいって言ってきたから、何とか立ち直ったのかなとほっとしたんですけど、会ってみたらぎょっとしましたよ。一週間で急に痩せて、目なんか落ち窪んで。でも、飯は普通に食ったんですよ。三百グラムのニンニクソース……何でこんなことを覚えてるのか分からないけど」

　人間の記憶は未だに謎だらけだ、と言っていたのは妻だ。脳科学の研究者である妻に言わせると、人間の脳の機能は、実際にはほとんど分かっていない。こういう働きをする時に、脳のこういう部分が動く——そういう表層的なことは分かっても、「何故」という部分についてはほとんど解明されていない。例えば「感情」。あるいは「発想」。そういう脳の動きが、いかなる物理的な反応で生まれるのかは、今後の研究課題だという。記憶も同様だ。

「元気になっていた、と」

「違います」牧の顔はいつの間にか蒼くなっていた。「ハンバーグ三百グラムと大盛りライスをほとんど食べ終えたところで……あいつ、いきなりテーブルで吐いたんですよ。トイレに駆けこむ暇もなかった。その後、ソファに倒れて気を失って」

「無理して食べたわけか」

「一週間、ほとんど何も食べないで、たまに何か口にしてもすぐに戻していたそうです。それで突然、三百グラムのハンバーグを食べられるわけがないですよね。結局その後、一週間ぐらい入院して……あいつ、基本的に真面目というか几帳面というか、日常が変わるのが嫌いなんです。だから、いつも食べてるハンバーグを食べて、普段の自分に戻ろうとしたんでしょうけど、一週間もろくに食べてなかったら、胃が受けつけませんよね」

「それはそうだね……で、その後は？」

「病院で治療を受けて戻って来た時には、少し元気になってましたけど、あれは絶対、元気に見えるように振る舞っていただけだと思います。それは──表と裏って言うんですか？　本当は落ちこんで壊れていても、表面上はちゃんと立ち直ったみたいに振る舞う感じで」

「だから周りの人と同じように、就活も始めたわけだ」

「ですね。でも、そんなことをずっと続けていたら、本当に精神的に参ってしまうでしょう？　そんな時に、犯人だと思っていた人間が無罪判決を受けたから、完全に壊れたんじゃないかな。それで、田岡を殺そうとして、反撃されて殺されたとか？」

「今のところ、そういうことがあった証拠は一切ない」

「証拠、証拠って言われても……もう手遅れですよね。俺、後悔してるんですよ」

「光山さんを止められなかったことが？」

「もうちょっとつき合って、ちゃんと話を聞いてやればよかったですよ」

「そこまで背負いこむことは、誰にもできないよ」

「友だちなんですけど」牧が唇を尖らせて反論した。

「友だちだからって……いや、君を馬鹿にしているわけじゃないよ。誰だって、人の苦しみを百パーセント背負うことはできないんだ」

「分かってますけど、何かできたはずなんですよね」牧の声が沈みこむ。

「君を精神的に落ちこませるのは、我々の本意じゃないんだ……それはともかく、光山さんは、他に何かトラブルを抱えていなかったかな？」

「そんなの、あるわけないじゃないですか。学生がトラブルって……」

「そういうこともあるよ」

「ないです」牧が断言した。「あいつは普通の学生――恋人を殺されたのは普通じゃないけど、本人は普通の学生なんだから。殺されるようなトラブルを抱えてるわけがないでしょう」

「彼とは、週に一度会うだけだった？」

「そうですけど」牧が目を細める。「それが何か？」

「週に一回会うぐらいで、本音を読み取れていたかな」

「俺は――」牧が声を張り上げかけて、黙ってしまった。ぎゅっと唇を引き結び、組み合わせた両手に視線を落とす。「読み取れてなかったかもしれないですね」

「誰だってそうだよ」岩倉は同情をこめて言った。「他人は他人。親子だって夫婦だって、相手を完全に理解することはできないんだから」

「もしかしたら本当に、田岡さんとの間に深刻なトラブルがあったんじゃないですかね」牧を送り出した後、署の出入り口に立ったまま、花田が首を傾げて言った。

「そうだな」岩倉は反射的に同意してしまった。横を見ると、花田が目を見開いている。

「マジで同意するんですか？」

「君こそマジか」

「いや……否定はできないなと思って」

「今のところ、具体的な証拠はない。でも、これから出てくるかもしれない。川嶋がいきなりぶち上げたのも、他の刑事たちの頭には染みているのかもしれないな」

「そっちの方向に流れて行くわけですか……」

「こういうことがあったんだ」

岩倉は一度言葉を切り、伸びをした。爽やかな陽気で、空気には秋の気配が混じっている。甲州街道は銀杏並木で有名で、あと一ヶ月もすると、道路は金色の巨大な帯のようになる。そう、あれは、やはり銀杏並木が黄金色に染まった十一月後半のことだった。

「俺が一課にいた頃――もう十年も前だけど、池袋で殺しがあった。一軒家で、七十五歳の女性が首を絞められて遺体で見つかった。七十四歳の夫の行方が分からなくなっていたから、俺たちは当然、夫を容疑者と考えて行方を追っていた。ところがその夫は、翌日に荒川の河川敷で遺体で発見されたんだ。新荒川大橋の歩道から、下に身を投げたようだった」

「奥さんを殺して自分も自殺、のパターンですか？　間接的な無理心中みたいなものですよね」

「誰でもそう考えるよな。奥さんは交通事故の後遺症で、三年も寝たきりだった。認知症の症状も出てきて、介護は相当大変だったらしいから、殺す動機もあった。ただ俺は、何か引っかかったんだ」

「何か証拠があって？　それとも勘ですか？」

「勘だな」岩倉はうなずいた。「俺は勝手に、夫の行動を洗い直した。その結果、夫は妻が殺される前に、既に家を出ていたことが分かったんだ。夫の遺体が発見された荒川近くの駅——JRの北赤羽付近で、目撃証言が出た。その頃はまだ数が少なかった防犯カメラにも映像が残っていた。奥さんが殺されたとみられていた時間帯に、夫は家から離れた場所にいたわけで、アリバイ成立だ」

「それでひっくり返ったんですか？」

「ひっくり返った——というか、大騒ぎになったよ。被疑者死亡で書類送検して一件落着、解決率がアップして、幹部は上層部の覚え目出度くなる——誰も何も言わなかったけど、余計なことをしやがって、と思った奴も多かっただろうな」

「その事件、結局どうなったんですか？」

「犯人は、息子だった。別居していたんだけど、金の問題で親と対立していたらしい。事件が起きた日に実家を訪ねて行ったら、父親はいなくて母親だけ……認知症がひどくなっていた母親と話が合わずに、ついかっとなって首を絞めて殺してしまった……実は、俺が『夫は犯人じゃない』と言い出した翌日に、息子が自首してきたんだ」

「ああ……」脱力したように花田が言った。「そういうこと、ありますよね。それで、夫の方は？」

「本人が死んでしまったし、息子も詳しい事情は聞いていなかったから事実は分からないけど、介護疲れで家を出て、ふらふらしているうちに、発作的に自殺したんじゃないかと思う。周りには『もう限界だ』と漏らしていたし」

「岩倉さんが余計なこと——すみません、熱心に調べなかったら、大変なことになっていたかもしれないんですね。岩倉さん、そういう人なんですか？」

「そういう人って、どんな人だ？」

「その……天邪鬼《あまのじゃく》っていうか、仲間を信じないっていうか」

「俺は事実を信じているだけだよ。それに、警察は絶対に間違っちゃいけないと思うんだ。特捜本部の動きには、ある種の勢いもあるから、細かい矛盾を無視して、間違った方向へ突っ走ってしまうこともある。それはまずいんだよな。だから嫌われ者になっても、おかしいと思ったら言うことにしてる」

「最終防御ラインみたいなものですね。サッカーで言えばセンターバックですか」

「そんな感じかな……ちょっと待て」

岩倉は背広のポケットからスマートフォンを取り出した。登録した後、一度も通話していない電話番号。嫌な予感が走った。

田岡の友人、辻本だった。

第四章　襲撃

1

「ちょっと話したいことが……」

電話の向こうで、辻本が遠慮がちに切り出した。

「いいですよ。何ですか？」

「できれば会って……電話では話しにくいんで」

「今、どちらですか？　会社ですか？」

「ええ」

「じゃあ、近くまで行きますよ。会社は品川でしたよね」

「そうです」

「一時間以内にその近くまで行けますから。着いたら電話します」

簡単にOKしてしまったが、さて、どうしたものか……辻本に話を聴くのは、自分に任された今の仕事とは関係ない。だが、言われたことばかりをやっていればいいというわけではないのだ。取り敢えず会いに行ってみよう。しかし、花田は一緒でいいのか？

「誰ですか？」花田が聞いた。

「田岡さんの友だち――昔からの友だちだ。俺に何か話があるらしい。これから会いに行く」

「電話じゃ駄目なんですか？」

「電話では話しにくいみたいだ」

「じゃあ、行きましょう。品川って言ってましたよね？」

「ああ」

花田が腕時計を見て、さっさと歩き出した。「三十分ぐらいかな」とつぶやく。岩倉もすぐ後を追った。結局花田にペースを握られてしまった、と苦笑しながら。

辻本は、浅野に比べて少し面倒な男だ、という印象があった。浅野は基本、非常に協力的なのだが、辻本は初対面の時からいきなり食ってかかってきて、喧嘩腰だったのだから。それ故岩倉の方から電話することはなかったし、向こうからかかってくることもなかった。

それがいったい、どうしたのだろう。

品川までの三十分間、二人はほとんど話をしなかった。乗り換えた山手線が午後にしては混んでいて、話がしにくい状況だったからだ。

会社は、品川駅の港南口を出て一分ほど歩いたところにある、巨大なビルに入っていた。このビルだと、呼び出してから表に出て来るまで、最低でも五分はかかるのではないかと心配になったが、辻本は既に外に出て待っていてくれた。岩倉は半ば呆れて言った。

「着いたら電話すると言ったじゃないですか」

そこまで焦っているのか……辻本のせっかちさが心配になった。

「待てなくて」辻本が不機嫌な表情で言った。

「どこで話しますか？」

「そこに公園があるんですけど」

品川駅前に公園？　岩倉の頭の地図帳には入っていなかった。辻本に案内されて歩き出すと、すぐに公園に着いたのだが、「公園」という言い方は詐欺ではないかと岩倉は皮肉に思った。地面はコンクリートで覆われ、土はまったく見えない。岩倉が持つ公園のイメージは、土がむき出し、あるいは芝が張られた地面だ。この公園にも木立はあるが、岩倉の定義では「広場」である。昼飯時には、ちょっと休憩しようとする近所のサラリーマンたちで賑わうだろうが、午後のこの時間には人はほとんどいなかった。

辻本は公園の奥へずっと進むと、コンクリート製のベンチに腰かけた。岩倉は隣に座り、花田は辻本の前に立つ。辻本は一瞬鬱陶しそうな視線を花田に向けたが、すぐに目を逸らしてしまった。彼の存在は気にしないことにしたようだった。

「それで、話したいことって何ですか？」

「田岡に会ったんです」

「会ったって……」岩倉は目を細めた。小学校からの友人である辻本や浅野は、いつでも田岡に会えるはずである。二人が田岡の家に行きさえすればいいのだ。この二人なら、田岡も拒まないだろう。「家に行ったんですか？」

「いや、雑色の駅の近くで」

「いつですか？」

「先週の金曜」

「その日、あなたは雑色にいたんですね」

「雑色の駅の近くで会ったんだから、そういうことですよ」

辻本が、岩倉には馴染みの反抗的な態度を見せた。呼び出しておいて何なんだとむっとしたが、無視して質問を続ける。

「時間は？」

「十二時近く。夜の十二時です」

「あなたは、そんな時間に何をしてたんですか？」

「田岡のことを相談しようと思って、浅野のところにいたんですよ。いい加減、元気づけてやらないといけないでしょう？　昔の仲間を集めて、浅野の家で呑み会でもやろうかっていう話になったんですけど、連絡しても乗ってくる奴が少なくて……それでいい加減嫌になって、結局あいつと呑み始めて、気がついたら十一時半になってました」

「それで慌てて駅へ向かったわけだ」

「川崎行きの終電は十二時二十分ぐらいなんで……で、駅の近くであいつを見たんです」

「田岡さんは何をしてたんですか」

「歩いてました」

「声はかけたんですよね？」

「当たり前じゃないですか」むっとして辻本が言った。

「それで？　何て話したんですか？」

「何してるんだって言って……コンビニに行ってきたって」

「水門通り商店街にも、コンビニはありますよね」

「セブン－イレブンでしょう？　あそこよりもっと駅寄りです。聞いたら、駅前のファミリーマートへ行って来たって」

「第一京浜に面した方ですか？　駅のすぐ近くにある方ですか？」百メートルと離れていない場所に、ファミリーマートが二軒あったはずだ。

「いや、それは分からないんですけど、あいつはセブンよりファミマ派だから」

「なるほど……買い物ですか？」

「袋は持ってませんでした」

「じゃあ、時間潰しかな？」

「というより、あの空気を吸いに行ったんじゃないですかね。コンビニって、独特の空気感や匂いがあるじゃないですか」

「故郷の香りのような？」

「ま、そんな感じです」

田岡たちのような世代にとって、コンビニはまさにそういう存在なのだろう。生まれた時からごく身近にあって、いつでも何でも手に入る場所――岩倉は、コンビニには少しだけ距離感を持っている。人生の途中で出現した便利なもの、という程度の感覚しかなく、もしも明日この世から消えても、少し不便になった、ぐらいにしか感じないだろう。

「久しぶりにコンビニの感じを味わいたくなったわけだ」

「家に戻って来てから、ほとんど外出もしてませんでしたからね。いい加減、飽き飽きしてたんだと思いますよ。でもさすがに、大丈夫なのかって聞きましたけどね……外へ出るのを怖がってたのに、街をうろついてるなんて、やっぱりおかしくないですか」

「彼は何と？」

「夜中なら人に会わないからって言ってました。午前三時とか四時に散歩したこともあったそうです。その時間を段々早めてきたそうで、一種のリハビリですよ」

「なるほど」おかしい。兄の直樹は、田岡はずっと家に籠もったきりだと言ったではないか。狭い家に一緒にいれば、誰かが外に出て気づかないはずがない。

「……何かおかしいですか」辻本が探るように言った。

「あなたもおかしいと思ってるんじゃないかな」

「いや……」辻本が視線を逸らした。

「俺に教えてくれた理由は？　何かあると思ったからじゃないのか？」

「あいつが疑われたらたまらないですから」

「つまり、光山さん——石川春香さんの恋人が殺された件に関して？」

「警察は疑ってないんですか？」

「光山さんは何度か、田岡さんの家に押しかけていた」

「それだけで殺すと思います？　あいつ、警察に捕まって散々苦労してきて……一年間も自由を奪われて、やっと晴れて無罪になったんですよ。それなのにわざわざ、また捕まるような真似をすると思いますか？」

「冷静さを失うことはよくあるよ」岩倉は指摘した。「だからこそ、犯罪は起きるんだから」

「あいつはやってないですよ。そもそも、かっとなって何かやるような男じゃないから」

「しかし君は、わざわざ田岡さんのアリバイが危うくなるようなことを言っている——」

「どうせ、俺が何も喋らなくても、勇太が夜中に散歩していることは割り出すでしょう？　そうしたらあいつは、本当に容疑者にされてしまうかもしれない。それが嫌だから、先に言うんですよ」

「分かった。その件は頭に入れておくよ。わざわざありがとう」田岡には直接話を聴かねばならないな、と岩倉は決めた。

「それと、この話をした理由がもう一つ……あいつを疑ってる人は結構いるんですよ。ネットでは犯人だって名指しする人もいるし、街の噂も……浅野は結構、そういう話を聞いてるそうです。今までも嫌がらせがあったんだから、こんなことでまた疑われたら、何が起きるか分からないでしょう。だから警察には――岩倉さんには事前に情報を知っておいて欲しかったんです。勇太を守ってやって下さい。俺らにはできないこともあるから」

ちょっと計算が甘過ぎる――しかしこれも、友だちを心配するが故の行動だ。後で秋山や浅野にも相談して、田岡を守る手を考えよう。今のところ、あの街から一度外へ出てもらうぐらいしか考えられないのだが……そうだ、兄の直樹の寮に匿《かくま》ってもらうのはどうだろう。横浜の外れの方で、雑色からは結構離れているし、そこにいれば余計な噂やいたずら電話に悩まされることもあるまい。

後で直樹に連絡しよう。

まったく忙しい……しかし肝心の仕事――光山殺しの犯人には一歩も近づいていない。

捜査は壁にぶち当たった。

いや、様々な情報は集まっているのだが、犯人に結びつく手がかりが一切ない。こういう状態が一番苛々《いらいら》する……安原の顔つきも、目に見えて険しくなってきた。この男は分かりやす過ぎるというか、感情がすぐに顔に出てしまうし、精神的にも脆《もろ》い。これでよく警視にまで昇進して所轄の刑事課長になれたものだ、と不思議に思うこともしばしばだった。もうちょっとクールでいろよ、と声をかけたくなる。

事件発生から四日、ようやく事件前日の光山の足取りが明らかになってきた。「足取り班」に任命された五人の刑事が、防犯カメラなどの徹底的な調査で、彼の行動を明るみに出したのだ。

夜の捜査会議は、ようやく活気づいた。被害者の動きが明らかになれば、犯人に結びつく材料も出てくるはずだ。

光山が最初にその姿を確認されたのは、バイト先だった。就活が忙しくなっているはずなのによくバイトをする気になったものだ――岩倉は、牧の言葉を思い出していた。「本当は落ちこんで壊れていても、表面上はちゃんと立ち直ったみたいに振る舞う」それができるとしたら、かなりの精神力なのだが。

岩倉はメモを見直した。捜査会議で出た話ぐらいなら聞いているだけで頭に入るが、これだけ細かい情報だと、さすがに字に落としておく必要がある。

12：45　バイト先の塾に顔を見せる。ただしこの日は授業は受け持っておらず、来月のシフトの相談に行っただけ（塾の複数の人間に確認済み）。
13：25　塾近くの商店街の防犯カメラに映る。
13：30頃　商店街の中の「アソート」というカフェに入ったものと推定される（店の前にある防犯カメラの映像分析から。ドアを開けているところが映っていた）。ただし店では確認取れず（店員の記憶、支払いの記録なし）。
14：00　大学近くの商店街の防犯カメラに映る（この日大学に行った証拠はなし。祝日なのでそもそも休み）。
19：10　自宅近くの商店街の防犯カメラに映る。
19：27　同じ防犯カメラに再度映る。ただし方向が逆（この時は右から左へ歩いていた）なので、一度自宅に戻ってまたすぐ出かけたと推測される。
19：38　自宅近くの商店街の銀行ＡＴＭに立ち寄り、現金二万円を下ろす。
23：02　雑色駅近くの防犯カメラに映る。

駄目だな……足取り班の苦労はよく分かる——防犯カメラのチェックに集中していると、てきめんに目をやられるのだ——が、まだまだ穴が多過ぎる。

これだと、午前中、それに午後二時から七時過ぎまで、さらに七時半過ぎから十一時までの足取りがまったく分からない。午前中は家にいた可能性もあるが……本格的な穴埋め作業はこれからだ。誰か光山と会っていた人間がいないかどうか、確認が必要になる。

しかし最大の問題は、午後十一時過ぎからの行動だろう。これ以降、光山は遺体で発見されるまで、誰にも姿を見られていない。

特捜本部の中では、第一発見者を疑う者もいた。川崎市に住むサラリーマンなのだが、発見の状況が不自然だったのだ。

この日、休日出勤で、蒲田駅近くにある会社でずっと仕事をしていて、午前零時五十分過ぎの京浜東北線の終電を逃してしまったという。歩けば自宅まで四キロほど……開き直って午前一時頃まで仕事を続け、自宅までの一駅分を歩いて帰ることにした……会社から遺体の発見現場までは三キロほどで、午前二時過ぎに遺体を発見したのはおかしくない。しかし蒲田から川崎まで歩いて帰ろうとしたら、普通は第一京浜を使うものだ。本人は「交通量が多いので裏道を歩いた」と言っているが、さすがに午前二時から三時になると走る車も少なくなる。そもそも、午前一時まで仕事をしているのも、最近では異様ではないか……彼が勤めているのは小さなIT系の制作会社で、業務内容からしてそんなに遅くまで残業する必要はないようだ。仕事が残っても、自宅からリモート作業ができるので、会社としてもできるだけ残業しないようにと指導している……。

第一発見者からの事情聴取は間隔を置いて三回行われたが、証言に変化はなかった。

しかし三回目、警察に疑われていると怖くなったのか、彼はとうとう「残業」の理由を明かした。同僚の女性との関係——会社をラブホテル代わりに使っていたという。

「そろそろ限界っすかねえ」

声が頭上から降ってきた。人の集中を邪魔しやがって……と睨みつけると、川嶋がニヤニヤしながら立っている。

「何が限界なんだ」

「いや、田岡ですよ」川嶋が傍の椅子を持ってきて、背もたれを前にして浅く腰かける。両手を背もたれに載せて、だらしない姿勢で話し始めた。「いい加減、奴に事情聴取して、何をやったか確かめるべきですね。回りくどいことをやってる暇はないでしょう」

「彼は容疑者じゃない」

「でも、被害者が田岡と接触しようとしてたのは事実じゃないですか。それに、被害者が田岡に強烈な恨みを抱いていたのも間違いないでしょう……それを調べていたのは岩倉さんですよ」

「俺は、田岡さんが容疑者だなんて、一言も言ってないぞ」

「ま、容疑者かどうかは本人に聴いてみないと分かりませんけどねえ」

「お前、余計なこと言うなよ」岩倉はすかさず釘を刺した。

「ああ、そういうの、キャラじゃないんで」川嶋がひらひらと手を振った。「自分で先頭を切ってやるなんて、面倒臭いだけじゃないですか」

しかし、特捜で最初に「田岡犯人説」を言い出したのはこの男である。信用するな――できれば排除すべきだと岩倉は真剣に考え始めた。その材料として必要なのは……。

「あのな――」どうして俺を尾行した？　その質問がぐっと喉元に上がってきた。

「はい？」

「――いや、何でもない」岩倉は言葉を呑んだ。この男が特捜本部の中で騒ぎ始めたら、面倒なことになる。この件はいずれ、何らかの形で決着をつけよう。

「変ですねえ」川嶋がニヤニヤ笑った。「岩倉さん、何だか歯切れが悪くないですか？この件について、何か含むところでもあるんですか？」

含むところがあるのは、お前に対してだ。

岩倉はまた、言いたいことを我慢した。


川嶋と話しているうちに、田岡に会っておかないといけない、という気持ちが急に膨れ上がってきた。考えてみれば、彼が無罪判決を受けて解放されてから、一度もちゃんと顔を見ていない。秋山や浅野、兄の直樹ら周辺の人間から話を聴いたぐらいである。自分にとって田岡という人間は幻かもしれない、とおかしな考えが頭に浮かんできた。

光山が殺されてから、特捜本部は一度だけ田岡と接触していた――まさに川嶋が。その時に、光山が家まで押しかけてきた事実を本人にしつこく確認して、田岡を不快にさせた。それがきっかけで川嶋は「田岡犯人説」に傾いたのだが、今のところそれを裏づける材料が出ていないので、二度目の直当たりは実現していない。一度でも接触しているなら、自分が会っても問題ないだろう。そもそも、家に戻って来た時点で会っておくべきだった、と悔いた。自分が会うことで何が変わるかは分からないが、田岡を立ち直らせる役にたっていたかもしれないし。

午後九時……家を訪ねるのにまだ遅い時間ではない。今日は覆面パトカーを使おうと立ち上がった瞬間、スマートフォンが鳴った。人事第二課の横山だった。

「今、川嶋さんは近くにいますか?」

「いや」答えながら、岩倉は周囲を見回した。川嶋はさっさと姿を消したようだった。

「じゃあ、いいですけど……川嶋って人、よく分かりませんね」

「おいおい」岩倉はつい非難するような声を出してしまった。「人事第二課の管理官が『分からない』って、どういうことだよ」

「うちで把握しているのは公式データだけですよ。賞罰は一切なし——珍しいタイプです」

「そんな奴、いるのか?」

岩倉はかねがね、警察というのは学校の延長のようなものだと思っている。学校では、何かあるとすぐに賞状が出る。警察も同じだ。それほど活躍している印象がないのに、何度も表彰を受けている警察官も少なくない。犯人を逮捕する時、たまたま応援に駆り出されて手錠をかけただけでも、賞状をもらえる。こうやって表彰を乱発することで、現場にやる気を出させようとするわけだ。昇任試験の際は、このようなデータも「内申点」として考慮される。

岩倉は、とうの昔にそういうことに興味をなくしてしまっていた。いつ頃からだろう……自分は犯人を目指して一直線に突き進むよりも、一歩引いて事件の全体像を俯瞰する方が得意なのだと自覚していた。その結果、他の刑事たちと対立し、彼らが進めてきた捜査をぶち壊してしまうことも少なくなかった。結果、罪を押しつけられて苦しむ無実の人が出ずに済んだりするのだが……そういうことは、特に表彰の対象にはならない。

「何だか、ずっと隠れてこっそりやってきたタイプみたいですね」

「じゃあ、毒にも薬にもならないか」毒になる寸前、というところだろうか。

「いや、ええと……警視庁には、エージェントってのがいますよね」

「ああ」すぐにピンときた。

「それらしいです。そっちに関しては、いろいろ噂があるみたいですよ」

「どういう人間に使われてたんだ？」

「いろいろですね。特定の派閥に入ることはなくて、ただ便利だということで使われてきたようです」

警察には様々な特殊任務がある。捜査だけではなく、問題ある人間の調査など――そういうことは本来、人事や監察の仕事なのだが、それ以外でも、調査の必要が生じる場合はある。上層部に対してやたら反抗的な態度を取る人間や、対立する派閥に属する人間の弱みを握りたい……基本的に、捜査能力に優れた刑事ならできる仕事だ。ただ「エージェント」の場合、使う側の動機が不純であることが少なくない。明らかな汚れ仕事だが、その機会を上手く利用する人間もいる。

俺も狙われている？

「ガンさん、サイバー犯罪対策課とはその後どうです？」

「相変わらずちょろちょろ接触してくるけど……」言いながら、岩倉はピンときた。以前、横山がそういう推測を披露していた。「川嶋の雇い主は、連中なのか？」

「推測ですけどね。弱みを握れば協力させられるとでも思ってるんじゃないですか」

「卑怯なやり方だな」

鼻を鳴らしながら、岩倉は急に不安を感じ始めた。実里の存在。彼女と不倫関係にあるのは間違いない。サイバー犯罪対策課がこの情報を握れば、チラつかせて岩倉に交渉を迫ることも可能だろう。

「ガンさん、何か後ろめたいことはありませんか？」

「ない」即座に言い切った。実里との関係を知っているのは、彼女を紹介してくれた大友だけである。信用できる男だから、絶対に何も言わないはずだ。しかし……今のところは上手く隠しているものの、誰かがその気になって調べれば、すぐにバレてしまうだろう。実際川嶋は、自分と実里がコンビニに一緒にいる場面を監視していたかもしれない。目端がきく男なら、写真ぐらい撮っているのではないだろうか。

あの男が、エージェントとしてそんなに優秀だとも思えないが。

「しかし、気にくわないな」

「エージェントは、思いもよらない人間と繋がっている可能性もありますから、気をつけて下さいよ」

「横山……」

「はい？」

「あいつの弱点を調べられないか？」

「反撃するつもりですか？　危険ですよ」

「違う。追い払うんだ。もちろん、奴がこの事件で何かヘマをして、勝手に自滅する可能性も低くはないけどな」

2

秋山をクッション役に使うべきかどうか、迷った。彼が呼べば、田岡は素直に出て来るだろう。まだ時刻も午後九時半。頼み事をするのに遅過ぎるわけではない。しかし今回は、秋山を頼らないことにした。代わりに、兄の直樹に電話をかける。彼と話すのは、田岡家の内部に直接電話を突っこむのと同じだ。団地の前に車を停め、エンジンをかけたままスマートフォンを取り出す。視線はドアの方に向けたまま——ドア横の窓は、まだ明るかった。

　直樹はすぐに電話に出た。

「今日は家にいますか？」

「ええ」訝しげな口調で直樹が応じる。

「ちょっとお願いがあるんですが……弟さんと話せませんか？」

「何か──その、話を聴かないといけないことでもあるんですか？」直樹は明らかに警戒していた。

「私が、光山さんが殺された事件を捜査しているのは事実です。ただ、それとは直接関係ない……ずっと、弟さんとは会わないといけないと思っていたんです。遠慮しているうちにあんな事件が起きたので、会う機会を失ってしまった……どうでしょう？」

「イエスとはいいにくいですね。あの事件が起きてから警察の人が事情聴取に来たんですけど、それ以来、弟はあまり精神状態がよくないんです」

「その件については申し訳ない」ドアを見上げたまま、岩倉は頭を下げた。川嶋というのはとんでもない間抜け野郎で──と言いかけた言葉を吞みこむ。内輪の恥をわざわざ打ち明けることはないだろう。「心配だったら、あなたも一緒でもいい。実は今、外にいるんです」

「え？」

「団地の前に、覆面パトカーを停めています」

「……ちょっと待って下さい」

　岩倉はスマートフォンを耳に押し当てたまま、パトカーのドアを開けた。外へ出てドアを閉めたところで、部屋のドアが開き、直樹が姿を見せる。灰色のジャージの上下というラフな格好で、サンダルを突っかけて階段を下りてきた。手にはスマートフォン。岩倉は彼の姿を見て、通話を終了させた。

「岩倉さん……」パトカーの前までやって来た直樹が溜息をつく。

「申し訳ない」岩倉は素早く頭を下げた。

「強引なんですね」

「もっと早く勇太君に会っておくべきでした。彼、まだ寝てないですよね？」

「起きてますけど、まともに話ができるかどうか、分かりませんよ。怯えてるんです」

「分かりますが、ほんの短い時間でもいいんです」

「……しょうがないですね。俺も一緒でいいですか？」

「もちろん」

「それと、家の中は勘弁して下さい。母親も落ち着かなくなりますから」

「だったら、このパトカーの中では？　狭苦しいけど、誰かに話を聞かれることもないので」

「あまりいい気分じゃないですね」直樹がきゅっと唇を引き結ぶ。

「他に適当な場所がないんだ」

「……分かりました。ちょっと待ってもらえますか？　時間がかかるかもしれません。これから話をしなくてはいけないので」

「待ちますよ」

岩倉は、直樹が階段を駆け上がるのを見送ってから車に戻った。しかしずっと運転席に座っているのが不安になり、少し経ってすぐに表に出る。ドアを閉め、車に身を預け、腕組みをした。電話で連絡がくる可能性もあるので、スマートフォンは左手に握ったまま。

五分ほど待った。涼しさが寒さに感じられるようになった頃、田岡の部屋のドアが開く。先に立って出て来たのは直樹。ジャージの上下というラフな格好から、下だけはジーンズに穿き替えていた。その後ろから田岡——初めて生で見る田岡は、ひどく頼りなく見えた。兄より一回り小さいひょろりとした体型で、背中も丸まっているせいか、風が吹けば飛ばされてしまいそうにも見える。兄によく似たグレーのトレーナーに、オリーブ色のコットンパンツという格好。髪が伸びて、耳を覆い隠していた。床屋にさえ行けていないのだろう。

田岡は、直樹の背中に隠れるようにして近づいて来た。岩倉の手前で直樹がすっと脇にどいたので、ようやく正面から見えるようになる。ややうつむいたままだったが、それでも目が落ち着かなく動いているのは分かった。顔を上げる直前に舌を出して唇をさっと舐める。

「どうも……すみません」一瞬目を合わせた後、田岡が頭を下げた。

「どうして?」

「え?」

「君が謝る理由が分からない」

「いろいろご迷惑をおかけしてますから」

「迷惑でも何でもないよ。俺は自分の仕事をしているだけだ」ちょっと格好つけ過ぎかもしれないな……岩倉は急いで「中に入ってくれ」と言った。すぐに「助手席に」とつけ加える。

田岡が歩道の側に回り、ドアハンドルに手をかけた。直樹には「後ろに座っていてもらえますか?」と頼みこむ。

二人が車に入ると、岩倉は運転席に座った。車内に街灯の光が射しこんできて、田岡の顔をうっすらと照らし出している。光が足りないせいか、顔色が悪く見える——いや、実際顔色が悪いのだ。この状況は失敗だった、と岩倉は悟った。田岡にとって警察の車は、逮捕された時の辛い記憶と結びついているはずだ。

「場所を変えようか?」

「……大丈夫です」かすれる声で言って、田岡が咳払いした。

大丈夫とは思えなかったが、適当な場所が思い浮かばない。まさか警察へ連れて行くわけにはいかないし、家に上がりこんで母親にショックを与えるのも駄目だ。田岡の緊張のせいでこの事情聴取が上手くいかないのを覚悟しながら、岩倉は切り出した。

「いろいろ大変だと思いますが、今日は一つだけ確認しておきたいことがあります」

「はい」

「光山さんとは接触していませんね」

「してません」即答。

「彼は何度か、家まで押しかけてきたけど」

「ドアは開けてないです」

「そうだったね……迷惑だったな。迷惑と言ったら、光山さんには申し訳ないけど」

「はい」田岡は素直だった。

「光山さんを生で見たことは？」

「あの、一度だけ……裁判で……」

横を見ると、田岡の体が震え始めていた。状況はすぐに分かった。検察側の証人として、光山が証言台に立ったのだろう。光山がどんな証言をしたかまでは調べていないが、恋人を失った悲しみを涙ながらに訴え、最後はパニック状態に陥ったかもしれない。彼のダメージはそれほど大きかったのだ。田岡は、裁判では終始毅然として無罪を主張していたのだが、さすがに光山や春香の両親の証言を聞いた時には、冷静ではいられなかっただろう。

「その時に、何を感じました？」

「可哀想だな、と」

「泣いてましたか？」

「ええ……でも、見ないようにしてました。それで心を動かされたら駄目だって……僕はやってないですから。事件には関係ないんです」

田岡の芯の強さを岩倉は痛感した。無罪を主張して裁判で戦うといっても、味方は弁護士だけ。様々な圧力もあっただろうし、世間から隔絶されて拘置所で暮らしているだけでも、心が折れそうになっていたはずだ。それでも人間らしい心を失っていなければ、被害者の恋人が泣くのを見て、主張を覆してしまったかもしれない。

光山の悲しみは分かる。それに耐えた田岡の気持ちの強さも理解できる。

「会いに来られても、どうしようもありませんでした」田岡がぽつりと言った。

「弁護士の堤さんとは相談した？」

「しました。でも、取り敢えず余計なことをして刺激は与えない方がいいって言われて……僕もその方がいいと思いました」

妥当な作戦だろう。弁護士に説得させる、警察に通報して排除させるなどの強硬策も考えられたはずだが、そんな目に遭うと、光山はさらに頑《かたく》なになり、田岡をつけ狙ったかもしれない。

「君としては、どうするべきだと思った？」

「どうしようもないです。僕は何もやってないんですから、何を言われても答えようがない。向こうが落ち着くのを待つしかないと思いました」

「君は、追い詰められているとは感じなかった？」

「怖かったですけど、彼の気持ちも分かりますから。可哀想ですよね。でも、本人が殺されるなんて……どういうことなんですか？」

「それが分からないから、調べているんだ。それで——君には、気をつけて欲しい」

「はい？」田岡が疑わしげな声を出した。「どういう意味ですか？」

「君が光山さんを殺したと思っている人間もいるんだ」

車内が一瞬で凍りついた。後部座席に座る直樹が体を動かし、「岩倉さん、それはちょっと……」と遠慮がちに抗議した。

「光山さんは周囲の人間に対して、君が無罪になったのを許せないと明言していた。その考えに、かなり強く取り憑かれていたのは間違いない。だからこそ、君と光山さんの間でトラブルがあったと考える人もいるんだ」

「冗談じゃないです」田岡の低い声に怒りが滲んだ。「僕は、警察のミスで一年間も自由を奪われたんですよ。それをまた……」

「分かってる」岩倉は急いで言った。「ちょっかいを出してくる人がいるかもしれないけど、絶対に相手にしたら駄目だ。困ったらすぐに俺に連絡してくれ」

「そんなことになるんですか？」

「あくまで念のためだよ……なかなか自由になれなくて大変だと思うけど」

「早く、普通に働きたいです」田岡が溜息と一緒に言葉を押し出した。「前の勤め先にも挨拶には行ったんですけど、さすがにあそこでは無理で……他の働き場所も探してるんですけど、難しいですね。何ヶ所か、履歴書も送ってみたんですけど、名前で分かっちゃうみたいです。無罪判決を受けても、逮捕されただけで犯人扱いなんですね」

「残念ながら、そういう傾向はある」否定しても仕方がないと思い、岩倉は認めた。「逮捕されると、裁判ではそのまま有罪になる確率が高いからだけど」

「早く働きたいです」田岡が繰り返した。「兄貴にも母親にも、いつまでも迷惑をかけてるわけにはいかないので」

「俺は別に迷惑じゃないよ」直樹が優しい声で言った。

「でも、ここにいたら仕事も大変じゃないか」田岡が反論した。「横浜で仕事に打ちこんでもらわないと。兄貴は優秀なんだから」

「よせよ」直樹が顔をしかめる。

「いや、マジで……母さんの面倒は俺が見るから。本当に、そろそろ戻ってくれてもいいんだ。後は俺が何とかする――」

「駄目だ！」直樹が声を張り上げる。「落ち着けよ。とにかく今は我慢しろ。そのうち必ず、静かになるから。普通に仕事もできるようになる」

「それがいつになるか分からないから困るんだよ！」田岡も対抗するように声を張った。

「二人とも、その辺で」岩倉は割って入った。「ここで言い合いをしても何にもならない。とにかく、もう少し様子見をするということで……もう一度言うけど、何かあったらいつでも連絡してくれ」

「警察も、僕を疑ってるんじゃないですか」田岡が低い声で訊ねた。

「申し訳ないけど、現段階ではあらゆる可能性を排除していない……それともう一つ、確認させてくれないか？」

「何ですか」緊張した口調で田岡が訊ねる。

「君は、家へ戻ってから、まったく外へ出ていないんだな？」

「いや……」

否定しなかったので、岩倉はむしろほっとした。ここで否定されたら、彼は嘘をついていることになり、一気に疑いが膨れ上がってしまう。

「夜中に一人で出歩いてるね？　街の人に見られてるぞ」辻本の名前を出すわけにはいかなかった。「家にずっと籠もっていたら気が滅入るだろうけど、気をつけた方がいい。何が起きるか分からないから」

「……分かりました」

「こういう生活はいつまでも続かないから。だからといって、いつまでと言われても答えられないけど……無責任ですまない」

「……いえ」

これで田岡は納得してくれただろうか。素直な男のようだから、反発することもないだろうが……しかし岩倉の胸のざわつきはどうしても鎮まらなかった。

　光山が殺されてから十日が過ぎた。十月も後半、岩倉は毎日の仕事に追われて衣替えをする余裕もなく、仕方なしに毎日薄いコートを羽織って出勤するようになった。いい加減に、しっかり冬の準備をしないと……破綻してしまった結婚生活が懐かしくなるのはこういう時だ。妻とは決定的に性格が合わずに別居に至ったのだが、こういうことはきちんとやってくれていた。

「岩倉さん、何だか冴えないですね」

　朝の捜査会議が始まる前、花田が声をかけてきた。

「冴えない？　オッサンを摑まえてそれを言うなよ。落ちこむから」

「いや、そういう意味じゃないです」花田が慌てて言い訳した。「元気がないなって思って」

「寒いだけだよ」

　こういう時は、特捜本部で用意されている温かいコーヒーがありがたい。ブラックで啜っているうちに、捜査会議が始まった。情報の確認と新たな指示。新たな――いや、新しい部分は何もない。これまでと同じように聞き込みを続け、同じように防犯カメラの画像を分析し……事件発生以来、ずっと同じようなことをしている。

　岩倉もずっと、光山の周辺捜査を指示されていた。とはいえ、この捜査はすぐに行き詰まった。岩倉の感触では、光山はほぼ丸裸になっているのに、今回の犯行につながるような材料が何もない。

岩倉は、偶発的な犯行を可能性の一つとして考えるようになった。たまたま出会った人とトラブルになり、橋の上で揉み合いになって殴られ、突き落とされた——よくある、喧嘩の最悪の結末である。あるいは路上強盗。捜査会議が進行していく中、岩倉は急速にこの考えに囚われ始めていた。

三十分ほどで会議が終わると、岩倉は花田を摑まえて「ちょっと話をしよう」と持ちかけた。

「いいんですか？　聞き込みにいかないと」

「少し頭を整理したいんだ」岩倉は手首のつけ根で耳の上をコツコツと叩いた。「気になってることもある。つき合えよ」

「いいですよ」

二人は会議室の片隅に陣取り、新しいコーヒーを飲みながら話し始めた。

「俺が考えてるのは、単純なトラブルか、あるいは強盗の線なんだ」

「ああ……」花田がうなずく。「その線は、最初からないでもなかったですね」

「可能性が低いから、これまできちんと捜査してこなかった。でも、どうだろう？　ここまで何の手がかりもないんだから、今から洗い直してみるのも手じゃないかな」

「うーん……」一声唸って、花田が腕を組んだ。「あの、死亡推定時刻は午前二時前後、ですよね」

「ああ」

「光山さんの姿が最後に確認されたのは、雑色駅前です。そこからあの現場までは、歩いても三十分もかからないと思いますけど……どうしてあそこへ行ったんでしょうね？わざわざ行かなければならない場所とは思えません」

確かに。あの辺は、昼間はゴルフの打ちっ放しや草野球をする人たちで賑わうものの、夜になると暗く広い、ただの河川敷になるのだ。少し前までは、ホームレスの人たちが雨露をしのぐための場所だったのだが——名残の小屋は今も残っている——今は追い払われてしまい、夜間は無人である。歩く人すらほとんどいない。

「誰かに連れていかれたということは？」

「雑色から？拉致ということですか？いやあ、それは……相手は大の大人ですよ？犯人が複数いないと無理でしょう」花田が首を捻り、岩倉の説に難色を示した。

「違うか……ただ、所持品が一切なかったのは気にかかるんだ。強盗の可能性もあるんじゃないかな」

「自分はやっぱり、被害者の身元を分からなくするために持ち去ったんじゃないかと思いますね」

一理ある……岩倉は天井を仰いだ。この線も行き止まりか。

現場は、夜中でも交通量の多い幹線道路である。しかし、目撃者がまったく見つからない。タクシー会社には協力を依頼し、事件発覚の前にあの辺を走っていた車両のドライブレコーダーを確認してもらうように頼んだのだが、捜査に役立ちそうな情報は入手できていなかった。一週間ほど前には、夜中に検問が行われ、一般車両のドライバーにも協力を依頼したのだが、こちらも空振りに終わっていた。何というか……絶対に認めたくはないが、既に手詰まり状態である。

会議室の前方では、幹部が顔をつき合わせるように何か相談している。その中に川嶋の姿を見つけ、岩倉は違和感を抱いた。何であいつが幹部連中と話してる？　エージェントの仕事でもあるのか？

「君、川嶋のことは……知らないか」岩倉は花田に話を振った。

「知らないです。一緒になったことはないですからね」

「エージェントらしいんだ」

「マジですか」花田が目を見開く。「そういう人がいるっていう話は聞いたことがありますけど、実際に見るのは初めてですよ。何か、汚れ仕事でもしてるんですかね」

「この捜査で、汚れ仕事なんかないだろう」幹部連中が何らかの悪さを企んでいれば別だが。捜査の失敗を誤魔化すための隠蔽工作とか……そういうことは、昔から隠密裏に行われていた。

話し合いが終わったようで、川嶋がぶらぶらとこちらに近づいて来る。

「夜の捜査会議を楽しみにしていて下さいよ」と突然宣言した。

「何言ってるんだ？」

「まあ、それは夜のお楽しみで」

それ以上の説明をあっさり拒否し、川嶋はぶらぶらと会議室を出て行った。

「何か、変な感じですね」花田が顔をしかめる。

「ああ」

「夜の会議で何をするつもりなんでしょう」

「田岡さんを引っ張るように進言するつもりだと思う」

「まさか」

「いや、あいつは事件発生直後から、田岡さんの関与を疑っていた。それを公言してもいた」

「でも、以前の捜査会議では一蹴されたんですよ」

「とはいえ、これだけ進展がないと、幹部もいろいろ考えるさ。奴も説得してたんじゃないかな」川嶋は先頭に立って攻めるタイプには見えないのだが。

「何か新しい材料でも摑んでいるんですかね」花田が目を細めた。

「それはないだろう。硬直した事態を打開するために、取り敢えず呼んで話を聴く――そういうことじゃないかな。もしかしたら、プレッシャーに負けて喋り出すかもしれないと考えてもおかしくはない」

「行き当たりばったりの作戦ですね」

「こういうのはよくあるよ……まあ、その辺は夜になって様子を見よう」

「岩倉さん、また防御壁になるんですか？」

「必要だと思えば」

しかし岩倉自身、自信がなかった。法的には完全に無罪になった田岡は、本当に何もしていないのか……信じたかったが、百パーセントというわけにはいかない。それほど、現段階ではこの事件の捜査は不透明、手探りのままなのだ。


夜の捜査会議で、「田岡を呼ぶ」方針が幹部から発表された。理由は「光山が押しかけてきた」件について事情を聴くため。幹部連中は決して田岡を容疑者扱いしてはいなかったが、それでも会議室にいる刑事たちは、方針の変更を敏感に感じ取ったはずだ。田岡を容疑者として扱う――。

岩倉は反対しようかとも思ったが、上手く理論武装できなかった。「呼んで事情を聴くだけ」なら、強引に止める理由もない。せめて自分が事情聴取に立ち会い、おかしな方向へ流れ始めたら引き戻そう。

それにしても、この流れは釈然としない。会議が終わると、岩倉はすぐに安原を摑まえて、無人の刑事課で追及を始めた。

「この件は川嶋の提案だな？」

「ええ」

「本部の係長も管理官も、どうして奴の提案を呑んだんだ？」

「捜査が行き詰まってますから、何らかの打開策が必要……こういうことはあるでしょう」安原は腰が引けている様子だった。おそらく彼は、川嶋の提案に対してフラットな姿勢で臨んだはずだ。しかし本部の幹部連中が乗ってしまったので、反対することもできなくなり、方針が決まった——そんなところではないだろうか。

「気をつけないと、冤罪が生まれるぜ」

「そこは十分、気をつけますよ」

「明日、俺も事情聴取に入ろうかと思うけど」直属の上司には、早めに打ち明けておいた方がいいだろう。

「ガンさんなら、そう言うと思ってましたけど……もしもそのつもりなら、いきなり突っこんで下さい。取調室じゃなくて普通の会議室を使うはずですから、割りこむスペースはありますよ」

「これで、南大田署刑事課長のお墨つきを得た、と言っていいんだな？」

安原が顔をしかめ、「俺の名前は出さないで下さいよ」と懇願した。

岩倉はうなずいたが、何も言わなかった。余計なことを言って、言質を取られたくない。もう一度うなずくと、さっさと刑事課を出て行く。

勝負は明日。

自分が防御壁になる。

芝居の上演中、実里は規則正しい生活を送る。毎晩、舞台がはねるのは午後九時ぐらいで、そのまま酒も呑まず、食事もせずに真っ直ぐ帰宅するのだ。そして必ず自炊し、遅い夕飯を食べる。「フィリー」でのバイトは休み。地方公演でない限り、こういうペースを絶対に崩さない。

「マラソンみたいなものだから」と、彼女が説明してくれたことがあった。「同じペースで続けることが大事なの」と。

役者は当然、芝居の出来を重視する。しかし彼女曰く、それよりも大事なのは「きちんと舞台を務めること」だ。病気や怪我で穴を空けることだけは絶対に避けたい。そういうことになっても干されるわけではないが、自分の中では大きな穴が空いてしまう――彼女の言い分はよく理解できる。岩倉も、できればルーティーンは崩したくない方だ。

今夜は、実里の方から誘われていた。家でご飯でも食べない、と……さすがに、彼女が帰って食事の用意をするのを待っていたら遅くなってしまうので、食事はいらないと断ったのだが、家には行ってみることにした。彼女が食べるのを見ているだけになるが、せめてお土産を持って行こう……昼間の外回りの途中、蒲田で評判の和菓子店に寄って、名物の豆大福を買っておいた。実里は洋菓子よりも和菓子が好きで、中でも豆大福には目がない。粉で唇を白くして、笑みを浮かべながら豆大福を頬張る姿を見るのが岩倉は好きだった。

十時に実里のマンションに着いた。外から見上げると、三階の彼女の部屋の窓には灯りが灯っている。劇場のある下北沢からJR蒲田駅までは、何度か乗り換えをしなくてはいけないのだが、意外に時間はかからない。せいぜい四十分ほどだろうか。

合鍵を取り出してオートロックを解除しようとした途端、嫌な雰囲気に気づく。

誰かにつけられている。

川嶋だ、とピンときた。実里と一緒にコンビニにいる時、張り込みされたのを忘れていた。このまま家に入るわけにはいかない……彼女の家を川嶋に知られてしまったのは仕方ないが、これ以上の証拠を押さえられるとまずい。

岩倉はマンションの前を通り過ぎ、ゆっくりと歩き始めた。振り返って確認はできない……何とか逆襲できないだろうかと考えながら、狭い路地に入りこんだ。

この辺の道路のことなら、川嶋よりも自分の方がよく知っている。途中、歩調を早め、行き止まりになる小径に入って、電柱の陰に身を隠す。

来た。

岩倉はすぐに飛び出し、川嶋の腕を摑まえた。その拍子に、持っていた豆大福の袋を落としてしまう。しかもバランスを崩した川嶋が、袋を踏んでしまった。

「うえ」川嶋が奇妙な悲鳴を上げる。豆大福のぐにゃりとした感触を足裏に感じたのだろう。

「何のつもりだ」

岩倉は彼の腕を摑む手に力を入れた。そのまま自分の方を向かせる。川嶋は無精髭の目立つ顔に、呑気な表情を浮かべていた。まるで、たまたま岩倉に会ったような態度だった。

「何って、何がですか？」

「俺を尾行してたな？　これが二度目だろう」

「何の話ですか」川嶋がとぼけた。

「お前、エージェントだそうだな。誰に頼まれて俺の周りを嗅ぎ回ってる？　サイバー犯罪対策課か？」

「意味が分かりませんが」

「とぼけるな」

岩倉は川嶋の胸ぐらを摑んだ。ぐっと顔を近づけたのだが、この男の顔を至近距離から見ているのは辛い……結局、胸を平手で押して突き放した。

「何のつもりでやってるのか知らないが、この仕事、いくらで引き受けた？　それとも別の取り引き材料があるのか？」

「エージェントが存在するなんて、本気で思ってるんですか？　あれは都市伝説ですよ」

「否定するのか？」

「否定するも何も」川嶋が肩をすくめる。「少なくとも俺は、エージェントじゃないので」

「だったらどうして俺をつけ回す？　何が知りたい？」

「何を教えてくれるんですか？」

「お前に言うことは何もない」

「そうですか」

川嶋が地面を見た。屈みこんで、潰れた大福の袋をひょいと取り上げる。

「和《わ》漢《かん》堂《どう》の豆大福じゃないですか。もったいないなあ。こういうのは、ちゃんとバッグに入れて持ち歩かないと」

川嶋が、無様に潰れた袋を差し出したが、岩倉は手を伸ばさなかった。

「いらないんですか？」

「潰れてあんこがはみ出した大福に何の意味がある？」

「味に変わりはないでしょう」

「お前が踏んだと考えただけで、食欲がなくなるんだよ」

「ひどい言われようですねえ」苦笑しながら川嶋がうなずいた。「じゃあ、俺が捨てておきますよ」

「勝手にしろ」

川嶋が岩倉の顔を一瞬凝視した。しかし何も言わず、うなずきもせず、踵《きびす》を返してさっさと歩き出してしまう。岩倉の怒りは膨れ上がる一方で、両手を拳に握って何とか抑えこんだ。ここで川島を殴っても何にもならない。

あんな奴は、裏から手を回してさっさと潰してしまうのが一番だ。その方法を考えよう。

3

深夜の電話……岩倉はいつもと違う方向から聞こえてきたスマートフォンの着信音に戸惑った。しかも布団がいつもより暖かい——実里の家に泊まり、彼女のベッドに潜りこんでいたのだと思い出す。

慌てて手を伸ばし、スマートフォンを摑む。安原か……俺も大変だがあいつも大変だ、と同情しながら、ベッドを抜け出した。実里の体温を身近に感じながら、生々しい事件のことを話したくない。

隣のリビングルームに入り、寝室のドアを閉める。そうしながらも、小声で話すように心がけた。

「はい」

「ガンさん、遅くにすみません」

遅くって何時だ？　闇の中、目を凝らして壁の時計を確認する。午前二時。寝てからまだ一時間も経っていないではないか。

「また事件か？」

「田岡さんが襲われました」

「何だって！」思わず声を張り上げてしまい、慌てて寝室のドアを見やる。実里が起き出す気配はない。それでも不安になって、岩倉は玄関に向かう短い廊下に出た。途端に足先が冷える。「どういうことだ」

「先ほど――午前一時頃に、自宅近くの路上で襲われたんです。病院に搬送されましたが、容体は不明です。今、当直の連中と機動捜査隊が現場に出ています」

「分かった……俺はどうする？　現場か？」

「病院の方をお願いできますか？　容体を確認して下さい」

「もしも怪我がひどかったら……今日の事情聴取は当然中止だな？」

「軽傷でも中止にします。こんなことがあった直後に事情聴取はまずいですよ」

「当然の判断だな……状況が分かったら電話する。お前、家か？」

「当たり前じゃないですか」安原が暗い声で認めた。「このところ、夜中の仕事ばかりで嫌になりますよ」

安原が文句を言うのも当然だ。彼は岩倉と同じように結婚が遅く、二人の子どもはまだ中学一年生と小学五年生なのだ。まだまだ手がかかる年で、専業主婦の奥さんも不機嫌な時が多い――と何度も愚痴を零《こぼ》されていた。夜中に家を出て行くだけでもへそを曲げるのは、簡単に想像できる。

病院の場所を聞き出し、岩倉はすぐに着替えた。実里の家に置いてある服の中から、厚地のコットンのシャツに薄いセーターを選ぶ。そしてウィンドブレーカー。これで寒さを気にせず、動き回れるだろう。

出かける時、実里には声をかけない。彼女はとにかくよく寝る――一度眠ると、まず朝まで目を覚まさないタイプだ。しかも今は、舞台の最中で疲れてもいるから、絶対に起こしたくない。まあ、俺が抜け出しても問題ないだろう。メモだけ残して夜中に出かけたことは、過去にも何回かあった。

これが妻の場合、電話が鳴ると岩倉よりも先に目覚めてしまう。しかもその後は絶対に眠れなくなる……そういう神経質なところがどうしても合わなかった。

メモを殴り書きし、ダイニングテーブルに置く。寝室のドアを開けて、暗がりの中に静かに溶けこむ実里の顔を一瞥した。

幸運な男だ、と自覚する。


病院は、京急蒲田駅の近くだった。岩倉はタクシーを呼んで急行した。

運びこまれたのは一時間以上前なので、既に緊迫した気配は薄れている。夜間通用口から入るとすぐに、警戒していた制服警官を見つけた。地域課の若手で顔見知りだった。

「どんな具合だ？」

「まだ治療中です」

「まずいな」無意識のうちに言ってしまった。運びこまれてから一時間以上。もしかしたら、頭を強打して緊急手術でも受けているのではないだろうか。

「場所は？」

「この先の緊急治療室です」

「ここでちょっと待っててくれ」

肩を一つ叩いて、岩倉は彼を追い越した。「緊急治療室」の看板がかかっているのを確認して、ドアを押し開ける――その瞬間「治療中です！」と鋭い声で怒鳴られた。こっちも仕事なんだと抗議しかけたが、治療中では話も聴けないだろう。仕方なく一歩引いて、廊下の向かいの壁に背中を押しつけた。近くにはベンチもあるのだが、座る気になれない。座ったら、すぐに寝てしまいそうだった。

眠気覚ましに濃いコーヒーが欲しいな、と思いながら、両手を擦り合わせる。寒いわけではないが、どうにも手持ち無沙汰だった。ただ待つだけでは、嫌な予感が広がるばかりだ。よほどの重傷なのか？ 治療が間に合わなかったのではないか？

突然ドアが開く。反射的に壁の時計を見上げると、先ほど怒鳴りつけられてから五分も経っていなかった。

すぐに、ストレッチャーに載せられた田岡が出て来た。これはひどい……頭はネット型の包帯に覆われ、顔にも傷がある。特に右目の下の絆創膏が痛々しかった。非常に危険——あと数センチずれていたら、失明していたかもしれない。

「田岡さん」近づいて声をかけたが、反応はない。見えている顔の部分は蒼白で、生きているのかどうかも分からなかった。

「警察の方ですか？」

最後に出て来た医師が声をかけてきた。四十歳ぐらいだろうか……堂々とした体格で、いかにも頼りになりそうだったが、同時に、明らかに疲れてもいる。長年の勤続疲労、しかも今日は夜勤——自分も同じようなものだ。しかし、同情したり気を遣ったりしている暇はない。バッジを示し、すぐに「容体はどうですか」と訊ねた。

「ひどい状態ですよ」

「一番危ないのは？」

「頭ですね」医師が耳の上を人差し指で突いた。「裂傷で十五針縫いました。それに脳《のう》震盪《しんとう》の恐れもあるから、しばらく経過観察が必要ですね。後は顔の怪我……これは、後で整形外科の処置が必要かもしれません」

「目のところの傷ですか？」

「二センチずれていたら失明でした。それと、肋骨にも二本、ヒビが入っています。本人は、そこが一番痛いと言ってます」

「言っていたということは、ここへ来た時にはちゃんと意識はあったんですね？」

「いや、せん妄状態でした。ただ、肋骨の骨折は相当痛いですからね。無意識のうちに痛がることもあります」

「他には？」

「現状、把握しているのはそれぐらいです」

「頭と顔と肋骨ですか……」

顔面を殴られ、頭を鈍器で痛打され、倒れたところを足蹴にされる——それでこの怪我のセットは完成だ。嫌な感じがする……殺された光山も、顔面を強打された上に、橋から突き落とされたことが分かっている。

「話はできますか？」

「麻酔が効いているから、しばらく無理ですよ。少なくとも朝までは」

「待ちます。ご家族は？」

「私は把握していません」医師が首を傾げる。「看護師に確認してもらえますか？」

「分かりました」

岩倉は、先ほど会った制服警官に、田岡が担ぎ込まれた病室の前で警戒するようにと指示した。そのまま立ち去りかけて慌てて振り向き、「君一人なのか？」と訊ねる。

「ええ」若い警官が緊張しきった表情で答える。

「すぐに応援を貰え。人手が足りないとか言われたら、近所に住んでる奴を全員叩き起こせ——俺にそう命令されたと説明していいから」

「分かりました」

真顔で答える制服警官をその場に残し、岩倉は駆け出した。病院の中で走ると怒られるのだが、こんな時間だ——そして緊急時である。

途中、廊下で出会った女性看護師に、田岡の家族の居場所を訊ねる。

「ロビーにいらっしゃいます。今、呼びに行くところでした」

「まだ会えないのでは？」

「私は、呼んでくるように言われただけなので」女性看護師が、低い声でむっとしたように答えた。

岩倉はすぐに踵を返し、また走り始めた。予想通り「走らないで下さい！」と後ろから声をかけられたが、無視する。

緊急治療室は一階にある。ロビーも当然このフロア……岩倉は、照明が半分ほどに落とされた廊下を走りながら「待合室」の案内を探した。あった——矢印が前方を向いている。

息が切れかけた時、ようやくロビーに突入した。ベンチが狭い間隔でずらりと並び、照明はほぼ落とされている。自販機の灯りが、頼りなく一角を照らし出しているだけだった。岩倉が駆けこんで来たのに気づいた直樹が立ち上がる。隣にいた女性も——田岡の母親だ。岩倉は、まず二人を安心させようとした。

「治療は終わりました。今、眠っています」

緊張が切れたのか、母親が力なくベンチに座りこむ。直樹が手を貸して助け、辛うじてきちんと座ることができた。

「命に別状はないようです。今は会っても話はできませんが」岩倉は母親に向かって語りかけた。彼女が背負う重荷を、少しでも取り除いてやらないと。「朝になってから話されるのがいいと思います。一度、家に戻って休まれたらどうですか？」

「ここにいます」母親が消え入りそうな声で答えた。

「母さん……」直樹が力なく声をかける。「家で休んでた方がいい。最近、体調もよくないんだから」

「ここにいるから」

母親も強情だった。後で病院にかけ合い、空いている部屋を貸してもらおう。病室で一泊するのは気が進まないかもしれないが。

「ちょっといいかな」

岩倉は直樹にうなずきかけた。彼が硬い表情のままうなずき返したので、その場を離れる。自販機のところまで誘導すると、缶コーヒーを二本買って一本を渡した。そろそろ温かい缶コーヒーが欲しい時期だが、まだ冷たい。切り替わるタイミングはいつなのだろう。

直樹が遠慮せずに受け取り、すぐにプルタブを押し上げた。缶を傾けて半分ほどを一気に飲むと、小さく息を吐く。その様を眺めながら岩倉は言った。

「こういう時は、糖分を取った方がいいそうだ」

液体を胃に流しこむ気にはなれなかった。

「落ち着くから」

また無言でうなずき、直樹がコーヒーを飲んだ。自分で買ったものの、岩倉は冷たい液体を胃に流しこむ気にはなれなかった。

「弟さんは、出歩いてたんだね？」

「すみません……俺たちが気づかないうちに外に出ていたんだと思います」

「今日、襲われたのは午前一時ぐらいだと思うんだ。その時刻に家を出ても、気づかないかな」

「まったく知りませんでした」直樹が力なく首を横に振った。「もしかしたら、今日だけじゃなかったのかもしれません」

「毎晩出歩いていた？」結局田岡は、自分の頼みを完全に無視していたわけだ。彼のことが分からなくなってくる。

「ストレスもあったんですよ」直樹が庇うように言った。「仕事探しも上手くいってなかったし、外へも出られない。あの団地、中は狭いんですよ？　ずっと籠もっていたら、いい加減、息が詰まるでしょう」

「しかし、危険なことは分かっていたはずだ。俺は忠告した――」岩倉は言葉を呑みこんだ。事が起きてしまってから文句を言っても、何にもならない。「とにかく、彼は夜になると外出していた、しかも今日だけじゃなかった、そういうことだね？」

「たぶん、です。確認したわけじゃないですけど」

「今日は、どこから連絡が入った?」

「救急車から……隊員の人からです」

「財布か何か持っていたのかな」

「そうだと思います。免許証が入っているはずなので……それで、あいつの携帯から電話が入ったんです」

「なるほど」

岩倉たちも、被害者の家族に連絡を取る際、被害者のスマートフォンを利用することはよくある。だいたい「自宅」などの名前で電話番号が登録されているので、いちいち調べずとも連絡をつけられるのだ。もちろん、ロックされている携帯電話の場合は、解除できたことが前提になるのだが。

「それで慌てて病院に来た、と」

「そうです」

「最近、特に変わったことはなかった?」

「たまにいたずら電話はかかってきました。『お前がやったんだろう』って言って、いきなり切れるんです。多分、かけてきたのは同じ人じゃないかな。毎回同じような声でしたから」

「男?」

「男の声でした」

そいつが田岡を襲ったのかもしれない。動機が今ひとつ分からないのだが……もしかしたら光山の友人たちの誰か？　友だちが殺されたので、その復讐として田岡を殺そうとした？　自分が面談した一人一人の顔を思い浮かべてみる……そういう暴力的な手段に出そうな人間は、一人もいないと思う。もちろん見かけと中身は違うことも多いのだが、岩倉は実際に彼らと話している。話せば、だいたい本性を読み取ることができるのだ。

誰もが光山の身を案じ、彼の死を悼んでいた。

しかし、本気で復讐を企てるような人間がいたとは思えない。「田岡が犯人だ」と信じている人間はいたものの、それは光山の言い分を代弁していたに過ぎない。

「他には何か？　直接的な嫌がらせはなかった？」

「それはない……と思います」自信なげに、直樹が目を逸らした。

「誰かが家を見張っていたりとか、呼び鈴を鳴らしたりとか」

「そういうのはなかったです」

偶発的なトラブルの可能性もある。散歩していて、たまたま酔っ払いに絡まれ、こういう目に遭ったのかもしれない。

そう言えば、現場はどこなのだろう。直樹に訊ねたが、彼もそれは確認していなかった。

いつの間にか女性看護師が待合室に来ていて、母親に手を貸して立たせた。

「取り敢えず、病室の方へ行こうか」岩倉は直樹を促した。

「分かりました」蒼白い顔で直樹がうなずく。

病室の前では、制服警官が立っていた。母親と直樹を中へ通すためにすっと横にどくと、岩倉に向かってうなずきかける。部屋へ入るとすぐに、母親の泣き声が聞こえてきた。こういうことにはいつまで経っても慣れない……岩倉は唾を呑み、制服警官の腕を摑んで、病室から少し離れた場所まで連れて行った。

「現場がどこか、押さえてるか？」

「南六郷二丁目です」

「二丁目か……具体的には？」頭の中で管内南東部の地図を思い浮かべながら、岩倉はさらに訊ねた。

「南六郷緑地の中です」

「なるほど」岩倉はスマートフォンを取り出して地図を表示させた。それで場所がはっきり確認できた……六郷水門のすぐ近くにある、細長い緑地である。敷地内には浅いものの水路が流れこんでいて、船も係留されているはずだ。ちょっとした都会のオアシス的な場所と言うべきだろうか。周辺には巨大な団地やマンションがある。当然、六郷水門の向こうは多摩川だ。田岡の家からは数百メートルというところだろう。夜中だったことは別にしても、散歩には程よい距離だ。田岡にすれば、子どもの頃に遊んで慣れ親しんだ場所ではないかと岩倉は想像した。

「応援は？」

「頼みました」

「俺はちょっとここを離れる。君は、この病室をしっかり守ってくれ」

「守るというのは……」

「襲われた人がいて、犯人がまだ捕まっていないんだから、事態はまだ動いてるんだぞ。もしかしたら犯人が、トドメを刺しに来るかもしれない。蟻一匹通すな」

制服警官の喉仏が大きく上下した。岩倉は、先ほど買った缶コーヒーを、彼の手に押しつけた。

「いや、自分は勤務中なので」当然ながら遠慮する。

「交代してから、眠気覚ましに飲めよ。今夜は長くなるぜ」


午前四時。岩倉は南六郷緑地にいた。

昼間ならばいい場所……下はコンクリートとタイル貼りだが、木々が豊かに生い茂り、敷地内には池もある。夏のクソ暑い時期、外回りで疲れた時に一休みすると、気持ちいいだろう。

しかし今は、鑑識の連中がブルーシートを張って作業の最中だった。中に照明が持ちこまれ、灯りが外に漏れている。ブルーシートの外でも、鑑識課員たちが這いつくばる

ように して、何か手がかりになるものが落ちていないかと調べていた。

「ガンさん」

少しだけ懐かしい声。振り向くと、伊東彩香が立っていた。濃紺のスーツの左腕には「機捜」の腕章。まだ板についていない感じだが、岩倉は頬が緩むのを感じた。

「当番か?」

「ええ」彩香の顔は緊張で強張っていた。

「事情は分かっている?」

「いえ、初動に対応するだけですから……複雑な事件なんですか?」

「ちょっとややこしい」

岩倉は簡単に事情を説明する。彩香の表情が暗くなった。

「うちは現場付近を捜査して、すぐに引き上げることになりそうですね」機動捜査隊は、事件発生の際に真っ先に現場に入り、初動捜査を担当する。聞き込みや検問などが主な仕事だが、すぐに犯人逮捕に至らなければ、所轄や本部の当該部署に捜査を引き継ぐ。

「君がさっさと犯人を見つけてくれれば、万々歳なんだけどな」

「今の話を聞いた限り、そう簡単にはいかないと思いますが」

「突発的な事件の可能性が高いと思うんだが……機捜の仕事はどうだ?」

「まだ慣れないですね」彩香が肩を上下させる。「シフト勤務はきついです」

「そのうち慣れるよ……慣れなければうちへ戻ってくればいい」

「何ですか、それ」

「いや、君の後任がとんでもない野郎で……そのうちじっくり話してやるよ」

「ええ――それでは」

さっと一礼して、彩香が離れていった。慣れないながら、なかなか頼もしい。若い刑事が成長する過程を見るのはいいものだ。さて、こちらも仕事にかからないと……岩倉はすぐに、安原を見つけた。

「課長」

「ガンさん」安原が右手を上げた。気楽なジェスチャーだったが、表情は暗い。特捜本部の仕事が続いて、精神的・肉体的に疲労が溜まっているところへもってきて、今回の一撃である。そろそろ蓄積した疲れで倒れてもおかしくない頃だ。

それを言えば自分もそうだ。実里と出会って以来、気持ちは若々しくなったと思っているが、肉体は間違いなく年齢を重ねている。

「容体は安定しているようですね」安原が言った。

「先ほど報告した通りですけど、いつ話が聴けるかは分かりません。脳震盪の恐れがありますから、朝になって目が覚めても、はっきりと話ができるかどうかは……何とも言えませんね」

「それは待つしかないですね」

「目撃者は？」

「今のところは、まだ」

そもそも、ほとんどの人が寝静まっている時間帯に起きた事件であり、目撃者が見つかる可能性は極めて低い。しかもこの時間帯だと、近所の団地の人を叩き起こして聞き込みをするのも無理だ。今日の朝一番——数時間後に一斉にやることになるだろう。

「防犯カメラが役に立つかもしれませんよ。公園の近くに四ヶ所あります」安原が親指を折り畳んだまま、四本の指を立てた。「もう解析を始めていますから、そこから何とかなれば……」

「期待しましょう」自分が防犯カメラの分析班に入れられていないことを感謝した。単に、年寄りは当てにならないと思われているのかもしれないが。

「ガンさん、取り敢えず朝からの聞き込みをお願いします」

「分かりました」

ということは、これから二時間から三時間、どこかで時間を潰さなければならない。家や署に戻るのも中途半端だし、現場を調べる訳にもいかない——ここはプロである鑑識に任せるべきだ。せいぜい、彼らの邪魔をしないで現場を観察するぐらいにしておこう。

現場は、緑地の西側だった。車止めのある出入り口から中に入り、アスファルトの通路が南の水門へ向かって続いている場所……細い道路の両側は鬱蒼とした木立になっており、外からは中が見えにくい。一度外へ出て確認してみたが、木の陰で何かが起きても、はっきりとは見えないだろう。明るければともかく、事件の発生は真夜中である。

ブルーシートでできたテントの中に入ると、ナンバーを打たれた小さなカラーコーンを辿った。慣例的に、「1」が置かれた場所が、遺体の発見現場である。

そこのアスファルト部分は、まだ血で黒く濡れていた。量はそれほどでもない。田岡は助かる、と岩倉は自分に言い聞かせた。

そう言えば、第一発見者は誰なのだろう。ここは、午前一時に人がいるような場所とは思えない。引き返して安原に確認した。

「通報者は？」

「ああ、近所の人です。団地の住人ですね」

「目撃ですか？」

「悲鳴を聞いたと……それで怖くなって、一一〇番通報してきたんです。で、当直の連中が出動して、倒れている被害者を発見した」

「通報者への事情聴取はどうなってるんですか？」

「もう、済ませています。何も見ていないようですね。声に怯えて電話してきただけなので」

「団地のどこに住んでいる人ですか？」

「緑地に面した棟の三階の住人です」

ということは、他にも何か聞いている、あるいは見ている団地の住人がいるかもしれない。しかし、聞き込みは相当大変だろう。そもそもかなり大きな団地で、中にはそれなりの規模の商店街があるぐらいだった。

「聞き込みは七時スタートでいいと思います。ガンさん、署に戻って少し休んだらどうですか？　ここでは取り敢えず、やることはないでしょう」

「そうですね……」本当は、こういう時はファミリーレストランが一番だ。少しだけ体を休めて、たっぷりの朝食を食べて気合いと体力を奮い立たせることができる。岩倉は去年異動してきてからすぐに、管内の食堂の事情を調べたのだが、残念ながら二十四時間営業のファミレスは一軒もなかった。いつでも開いているのが常識だったファミレスも、最近は営業方針を変えてきているようだ。

いや――逆に、早朝から開いている店もある。確か、糀谷《こうじや》駅前にあるマクドナルドは、午前五時から営業しているはずだ。ここからだと距離は二キロぐらい……今、午前四時半。ゆっくり歩いて行けば、ちょうど開店時刻になるのではないだろうか。

今は、誰かと一緒にいる気になれない。本格的に捜査が始まる前に、一人で頭を整理しておく必要があった。

岩倉は誰にも告げずに現場を離れた。まだ暗い街中を、普通のペースで歩き始める。この辺りも、いかにも大田区南部らしい生活感溢れる街なのだが、午前四時半という時間帯では生活感もクソもない。街灯も暗く、ただただ闇に呑みこまれそうな街を一人歩いていると、まるで世界が滅びてしまったような感じさえした。

歩き始めてすぐ、二十四時間営業の牛丼店を見つけた。この店の情報はインプットしていなかったな……この時間帯にもかかわらず、店内には客がいた。思わず立ち止まって、店内を見やってしまう。大学生に見える客は、のろのろと、いかにもつまらなそうに箸を動かしていた。Tシャツ姿で、上半身の発達ぶりをアピールしている男は、丼を手で持ち、ものすごい勢いでかっこんでいる。テーブルについた中年のサラリーマンは、丼を脇によけ、突っ伏して寝ている。

道路を挟んだ向こう側には、コンビニがあった。駐車スペースもあるコンビニ……この街辺りが、都心部と郊外の境目だろうか。都心部のコンビニには、まず駐車場がない。郊外だと車が必須なので、大小の差こそあれ、コンビニにも駐車場があるものだ。

ふと、牛丼屋で何か朝食メニューを食べ、このコンビニでコーヒーを買って飲みながら時間を潰そうか、とも思った。それでもだいぶ暇を持て余してしまうだろうが……それに、牛丼屋の朝食はかなりボリュームがある。今は、それほどしっかりと食べたい気分ではなかった。マクドナルドのホットケーキぐらいでちょうどいい。

頭がはっきりしない。

こういう時はとにかく歩くことだ。岩倉は、街に灯りを投げかけている二軒の店を後に、歩調を速めた。自分が闇の中に呑みこまれていくような恐怖が、静かに湧き上がってくる。

4

予想通り、ホットケーキとコーヒーの朝食が、今朝の岩倉には適量だった。コーヒー二杯のおかげで眠気も吹き飛んだ。これでよし……いざ聞き込みへ出かけようと腰を上げた瞬間、スマートフォンが鳴った。安原の呼び出しだろうと想像したが、予想もしていなかった相手──辻本だった。

「岩倉さんですか?」

電話の声は、今まで聞いたことがない、不安そうなものだった。

「ちょっと待ってくれるか?」岩倉は電話を耳に当てたまま店を出た。目の前の商店街の名前は「おいで通り」。親しみやすい賑やかな商店街なのだが、さすがにこの時間だとほぼ無人である。それでも新聞を配達する人、犬の散歩をする人などはいる。空気はひんやりしていて、店の暖房に慣れた岩倉は、フードを被りたくなった。しかしフードを被った人間というのは、いかにも怪しく見えるのだ。日本ではそれほどではないかもしれないが、アメリカではパーカーのフードをすっぽり被った若者を、「フーディ」と呼んで犯罪者予備軍と見なすこともあるそうだ。

「田岡が襲われたそうですね」

「誰に聞いた」さすがにまだニュースにはなっていないはずだ。

「兄貴から電話がかかってきたんですよ」

直樹か……余計なことを。弟の友だちを大事にしているのかもしれないが、何も自分で教えなくてもいいのに。いずれはニュースで流れる話だ。

「何なんですか」辻本は、いきなり不平をぶちまけた。「警察は、田岡を守ってくれるんじゃなかったんですか」

「それは……こういう事件が起きてしまったことは申し訳なく思う」言い訳を潔しとせず、岩倉はすぐに謝罪した。

「謝って済む問題だとは思えませんけど」

「まったくその通りだ」

「あいつ、大丈夫なんですか？」

「命に別状はない」

電話の向こうで、辻本が盛大に溜息をついた。

「そうですか……」

「今はきちんと警備がついているから、心配いらない」

「誰がやったんですか？　あいつを犯人だと思っている連中？」

「まだ分からない。でも、文句があるにしても、直接手を下すような人間はいないはずだ。ネットで悪口を言って、皆と一緒になって叩いて、それで終わりだろう」

「殺された光山っていう人の友だちじゃないんですか？　復讐とか」

「彼の友だちの中には、そういうことをやりそうな人はいないんだよ」少なくとも岩倉が会った範囲では。

「ちゃんと調べて下さいよ。冗談じゃない」

辻本はいきなり電話を切ってしまった。相当怒っている……それに対して言い訳もできず、ただ謝ることしかできなかった自分が情けない。

今、自分にできるのは一つだけ。田岡を襲った犯人を捕まえることだ。そして晒しあげる——勝手な理屈で起こした行為が、どれほど重い意味を持つか、思い知らせてやる。そうすることで、不穏なことを考えている連中の動きも止められるだろう。

一罰百戒。

世の中には、自分のやっていることが法律に違反しないと甘く考えている連中が多過ぎる。あるいは、警察はそんなことまで捜査しないと舐めているのか。

そんなことはない。警察は、その気になればどこまでも細かく、厳しく突っこんでいくのだ。

目撃証言は得られぬまま、夕方……今回の事件では新たに特捜本部は作られず、現在の特捜本部が同時に捜査を進めることになった。そのため、最初の捜査会議は、定例の夜の捜査会議に組みこまれる予定になっている。今夜は、田岡襲撃事件の話が中心になるだろう。それぐらい、光山の件は手がかりに乏しいのだ。

署に戻って、刑事課で一休みしていると、卓上の電話が鳴った。当直——既に署は夜の勤務時間に入っている——の交通課の人間からだった。

「面会の人が来てますよ」

「面会？」

「浅野さんとおっしゃってます」朝は辻本に責められ、夜は浅野か……しかし無視していい相手ではない。岩倉は立ち上がり、階段で一階に降りた。

浅野は、交通課の前にあるベンチに浅く腰かけていた。落ち着かない様子で、周囲を心配そうに見渡している。岩倉を見つけた途端にほっとした表情を浮かべ、立ち上がる。

「すみません、お忙しいところ」丁寧に頭を下げた。

「いや……」丁寧に言われると戸惑ってしまう。

「朝、辻本が電話しましたよね？　あいつ、無礼なこと、言ってませんでした？」

「別に無礼な電話じゃなかったよ」岩倉はすっと息を呑んだ。「君たちが怒るのも当然だと思う」

「さっき、辻本と一緒に病院へ行って来ました」

「どうだった？」そう言えば、最後に田岡の顔を見てから十数時間が経っている。あの時はまだ意識がなく、静かに寝ているように見えた——。

「ちょっと話はできましたけど、まだ呂律《ろれつ》が回らない感じで……直樹さんは大丈夫だって言ってましたけど、心配です」

「そうか」直樹は会社を休んだのだろうか……捜査会議が終わったら家を訪ねてみよう。

「お袋さんも入院しちゃったんですよ」

「何だって？」初耳だった。病院で休んでいるとは思ったが……。

「過労みたいです。元々体調がよくないのに、昨日はほとんど徹夜だったから。精神的にもダメージを受けたんでしょう」

「そうか……今回は申し訳なかった」岩倉は思わず頭を下げた。

「いや、そんな……」

「君も、俺に文句を言いにきたんじゃないのか」

「そういうわけじゃないです」浅野が慌てて、顔の横で手を振った。「ただ……犯人、まだ捕まってないんですよね」

「ああ」

「お願いします」浅野が、膝にくっつきそうな勢いで頭を下げた。顔を上げると、目に涙が浮かんでいるのが見える。「早く犯人を逮捕して下さい。そうじゃないと、あいつはまた同じような目に遭うかもしれない」

「もちろん、そのつもりだ」

「お願いします」浅野が繰り返す。「何であいつだけがこんな目に遭うのか……このまじゃ、一生浮かばれませんよ」

「全力を尽くすよ」こんなことしか言えないのが情けない。しかし、他に適当な言葉も浮かばないのだった。

浅野を見送り、気持ちがずっしりと沈みこんでいるのを意識する。

岩倉は、自分を典型的なディフェンダー体質だと意識している。自ら攻めこんで得点を稼ぐのには向いていないが、体を張って相手の攻撃を食い止め、失点を防ぐ能力には長けていると自負していた。しかし今回は、何の役にも立っていない。春香が殺された事件に関連して、恋人は殺され、容疑者とされた男は襲われて大怪我を負った。どちらも、岩倉が気をつけていれば防げたのに、やられっぱなしだ。

連続失点。

クソ、ここからだ。タイムアップのホイッスルはまだ鳴らない。

これ以上の犠牲者は出さない。二つの事件の犯人をできるだけ早く逮捕すること――そうしないと、さらに被害者が出るような気がしてならなかった。


捜査会議は荒れた。「荒らし」の中心にいたのが川嶋である。彼は妙に積極的に手を上げ、「できるだけ早く田岡への事情聴取をすべきだ」と訴えたのだ。それがきっかけで、全体の空気が自然にそちらの方向へ向かいつつある――岩倉は思わず、発言を求めて立ち上がった。

「その件は、今は考えないでいいと思います。田岡さんは、生死の境を彷徨《さまよ》ったんですよ？　そういう人間に対して事情聴取を強行するのは、人権問題にもなります。田岡さんを襲った犯人を逮捕する方が急務でしょう」

ざわついた空気が流れる。あんた、この場の雰囲気に逆らうつもりか？　誰も何も言わないが、非難するような視線が突き刺さってくるのを感じた。

しかし最終的には、岩倉が放った矢が、特捜本部の一体感にヒビを入れた。幹部たちはしばし相談した後、「事情聴取は当面見送り」の方針を示したのだ。

ほっとしたものの、捜査会議の終わりに、岩倉は冷たい空気をはっきり感じていた。またやってしまった……捜査会議で自分が発した一言が、全体の流れを引き戻してしまう――これまで何度も経験している。悪いことではないのだが、その都度敵を作ってしまうのは困ったものだった。しかしどうしようもない……誰だって、自分がやってきた仕事を否定されれば腹がたつ。

その伝で言えば、一番怒っているのは川嶋だろう。しかしちらりと彼の様子を見ると、薄ら笑いを浮かべて他の刑事と談笑していた。エージェント……本当なのだろうか。ただ、神経が一本抜けている男のようにしか思えないのだが。

岩倉はそそくさと会議室を抜け出した。やることは山積みになっている。今朝、声もかけずに別れた実里とも話さなければならないが、これは後回しだ。彼女はこういうことでは怒らないし、この時間はまだ、下北沢で舞台に立っているだろう。

結局、そのまま田岡の自宅へ向かうことにした。田岡も母親も入院中だが、直樹には会えるのではないだろうか。

敢えて電話はしなかった。電話で話している時間さえ惜しい。覆面パトカーを借り出し、雑色方面へ向かって走り出した。窓を開けて、冷たい風を導き入れる。完全な寝不足で、こうでもしないと運転しながら居眠りしてしまいそうだった。

直樹は家にいた。呼び鈴を鳴らし、さらにノックすると、すぐにドアが開く。目が赤い。髪も乱れていた。寝ていたのか……だが寝間着を着ていないので、本格的に布団に入っていたわけではないようだ。

「ああ、どうも……」声も不明瞭に掠れている。

「遅くに申し訳ない」岩倉は頭を下げた。「お母さんも入院したと聞いたんだけど」

「ああ……はい。でも、大丈夫です。点滴を受けましたけど、病院で少しゆっくりしていれば大丈夫だろうって、医者は言ってました。それに、勇太の近くにいた方が安心だろうし」

「ちょっといいかな？　話がしたいんだ」

「どうぞ」

直樹がドアを押し開ける。岩倉はさっと一礼して玄関に入った。小さなダイニングテーブルが置かれた部屋に落ち着くと、岩倉はまず、かすかなアルコールの臭いを嗅ぎ取った。これのせいか……テーブルには口の開いたビールの缶が一本置いてある。

「何か飲みますか？」

「いや、俺はいい」

うなずくと、直樹は冷蔵庫を開け、ミネラルウォーターのペットボトルを取り出した。キャップを捻り取ると、ごくごくと一気に半分ほどを飲んだ。口元を手の甲で拭うと、はあ、と溜息をつく。ずいぶん美味そうに飲むものだ。

「結構呑んでた？」岩倉はビールの缶を指差して訊ねた。

「あ、いや、ちょっと」まるで悪さを見つけられた子どものように、直樹の耳が赤く染まる。「さっさと眠ろうと思って、ビールを……呑みますか？」

「やめておくよ」岩倉は苦笑した。「まだ勤務中だし、今日は呑んだら五秒で意識を失いそうだ」

「一日、長かったですよね……あの、犯人は……」

「申し訳ないが、まだ何も分からない。現場は南六郷緑地で住宅地の中だけど、あの時間だと起きている人も少ないだろうからな。目撃者探しが難しそうだ」

「そうですか……南六郷緑地の辺りでは、昔はよく遊びました。南六郷公園でも。あそこ、桜が綺麗なんですよ」

「そうか……勇太君にとっても、よく知った場所なんだね。夜中に散歩したくなるようなー」

「だと思います。だけど、あいつも馬鹿なんですよ。何で出歩こうとしたのか……」

「家に籠もったままだと、ストレスが溜まるのも分かるよ」

「だけど、こんなことになっちまったんだから……俺も甘かったです。ちゃんと監視しておくべきでした」

「そんなに責任を感じる必要はないよ。責任を感じなければならないのは、俺たちだ。極論かもしれないけど、二十四時間、この団地の前にパトカーを待機させておけばよかった」

「でもそれじゃ、何だか勇太が悪いことしてるみたいじゃないですか」直樹が唇を尖らせる。

「それはそうだけど……」

会話が空回りしている。二人とも疲れ切っているのだ、と岩倉は意識した。朝早く――夜中から動き始めて長い時間が経っているし、互いに精神的なダメージもある。

「ちょっとすみません」

直樹が、使いこんだブリーフケースを床から持ち上げてテーブルに置き、乱暴に手を突っこんだ。スマートフォンを摑んで取り出すと、あまりの勢いに中の物が外に飛び出してしまった。画面を見つめた直樹が、目を細める。

「いいですか？」ちらりと岩倉の顔を見て訊ねる。

「ああ」

直樹がスマートフォンを耳に押し当て、隣の部屋に消えた。ドアを閉めたわけではないので、彼の声は丸聞こえである。

「はい、田岡です。あ、はい、そうですね。すみません……いや、データは共有フォルダにバックアップしてあります。ええ、昨日の十七時現在のバージョン7で。そうです。それが最新版です。はい、申し訳ありません。ええ、明日は出社予定です。本当に、どうも……ええ。はい」

慌ただしい口調で喋り終えると、戻って来た。スマートフォンの画面を確認すると、溜息をつく。

「会社？」

「ええ」

「土日は休みじゃないのか？」

「しょうがないです。急ぎの仕事ですから……他の人も働いていますし」

「それにしても、こんなに遅くまで追いかけられるのも大変だな」研究職の仕事というのは、どういうものだろう。残業、残業で休日もないぐらい忙しいのか。働き方改革が浸透しない業界はいくらでもあるのだろう。「この時間まで、まだ仕事している人がいるんだ」

「実験の都合もあるので……昼間だけで終わるものでもないんです。大学の研究室の延長みたいな感じです」

「なるほど」何を研究しているかにもよるだろうが……岩倉の妻も理系の研究者ではあるが、それほど遅くなることはない。むしろ岩倉の方が仕事が不規則で、家事や子育てにはほとんど参加できなかった。「変な話だけど、仕事に差し障りはないか？　一年前の事件の時から……会社ってところは、いろいろあるだろう」

彼は相当居辛い思いをしていたのでは、と岩倉は想像した。家族が犯罪に走って逮捕された時、民間企業の対応は様々に分かれる。すぐに馘にするようなことはなくとも、辞める方向で追いこんでしまうとか。一方、「家族に責任はない」と、温かい目で見守ってくれる会社もあるはずだ。直樹が働く会社は、後者ということか……。

「たまたま上司も同僚も理解がありまして、あの事件で仕事に影響が出ることはなかったんですけど、今回はちょっときついですね」

「君一人で家族二人の面倒を見ているようなものだからね」

「こういうことがいつまで続くか、ちょっと心配になってきました」

「そうか……」

直樹が、テーブルに散らばった中身をバッグに戻し始めた。手帳、ノート、スリーブに入ったタブレット、スマートフォン。スマートフォン？　二台持ちなのだろうか。彼のように、研究室に籠もり切りで仕事をしている人に、スマートフォンが二台も必要とは思えないが。タブレットも持っているのだし……スマートフォンは、だいぶへたっていた。画面には細かいクラックが入り、筐体《きょうたい》にも大きな傷がついている。かなり手荒く扱ってきたようだ。普通はここまで傷つけば買い替えだろう。

そのスマートフォンのことを聞こうと思った瞬間、今度は岩倉の電話が鳴った。こんな時間に何だ……。

「ちょっといいかな」岩倉は背広のポケットからスマートフォンを取り出し、顔の横で振った。

「あ、どうぞ。外しましょうか？」

「いいよ」岩倉は苦笑した。「やばそうな電話だったら、俺が外へ出るから」

安原だった。ということは、「やばそうな電話」である可能性が高い。しかし、すぐに外へ飛び出す気にはならず、岩倉は椅子に座ったまま「通話」をタップした。

「ガンさん、今どこですか？」

「ちょっと人と会ってる」直樹の名前は伏せた。説明が面倒臭い。

「署の近くですか？」

「まあまあ近く——どうした？」

「車のナンバーが割れました。これから事情聴取に行きます」

「分かった」

岩倉は立ち上がった。電話を切り、直樹に「手がかりが出たかもしれない」と告げる。

「犯人ですか？」直樹の耳が紅潮した。

「まだ何とも言えない。何か分かったらすぐ連絡するよ」

「お願いします。何時でもいいです」

直樹の眠気はすっかり吹っ飛んだようで、目には生気が戻っていた。被害者家族にとって、犯人逮捕こそ、何よりの良薬になるのだ。

5

初めての手がかりらしい手がかり——防犯ビデオの解析班は、捜査会議にも出席せずに画面を睨み続け、ついに一台の怪しい車を割り出したのだった。

岩倉は署に戻らず、そのまま車の持ち主の家まで向かうことにした。東急池上線の久が原駅近く。環八経由で、田岡の襲撃現場まで車で二十分もかからない。近いから疑わしいというわけではないのだが、偶然とも思えない。

家から少し離れた路上に、既に一台の覆面パトカーが停まっている。岩倉がすぐ後ろに停めて外に出ると、覆面パトカーの助手席から安原が、運転席から花田が出て来た。

「配置はどうなってます？」岩倉は安原に訊ねた。

「二人、家の前で待機してます」

「ちょっと一回りしてきます」

安原がうなずく。岩倉が歩き出すと、花田がついて来た。

「ずいぶん頑張った連中がいるんだな」

「ですね……ビデオ解析の仕事は疲れますからね」

「ああいうのこそ、ＩＴ化できないのかな」

「それは無理でしょう」花田があっさり言った。「二枚の写真を比べた間違い探しならできるかもしれないけど、『何か変なポイント』っていう曖昧な探し方は難しいんじゃないですか」

「君、ＩＴ関係には詳しいのか？」

「いえ」怪訝そうな声で否定する。「でも、それぐらいは常識だと思いますけど」

「ああ、まあ……そうかな」岩倉は言葉を濁した。花田は子どもの頃からインターネットや携帯電話に馴染んできた、デジタルネイティブの世代である。自分とはそもそも感覚が違うのだろう。岩倉にとっては、パソコンもインターネットも、人生の途中で突然現れた存在である。

　覆面パトカーは、問題の家から徒歩で三分ほど離れたところに停めてあったと分かった。もう少し近くても、特に問題はないはずだが。後で接近するように安原に進言しよう。

「ずいぶん洒落た家だな」岩倉は思わず感想を漏らした。

　白をベースに、ところどころ濃い茶色が入ったレンガの壁。傾斜の大きい屋根は薄い緑色、ドアは濃い緑色だった。優しい感じも与えつつ、緑の部分は重厚なイメージである。

「車の持ち主の素性は分かってるのか？」

「いかにも怪しいですね」花田が断じた。「結構なワルみたいですよ。高校の時に補導歴が二回、成人してからも、繁華街でトラブルになって、告訴されています。後で取り下げられたようですが」

「ワルが住むような家には見えないけど」

「問題は息子です。父親は、一部上場企業の部長です」

「そんな息子がいたんじゃ、部長の地位も危ういな」

告訴を取り下げた話は、もしかしたら金で解決したのかもしれない。家族に問題があると、自身も迷惑を受ける――今の直樹のように。

それにしても、贅沢な家だった。車が二台停められるカーポート。横にはそこそこ広い庭があった。一面が芝生で、木が何本か植えられている。

肝心のカーポートには、車は一台しか停まっていなかった。ベンツのEクラス……こちらは、問題の車ではない。このクラスの車に乗る部長というのは、どれぐらいのレベルの会社に勤めているのだろう。東証一部上場といっても、給料はピンキリのはずだ。

「家族には接触したか？」

「してません。安原課長の判断です」

この判断は難しいところだ。問題の車の主は、今夜は帰って来ないかもしれない。無為にここで徹夜してしまうよりは、家族に事情を聴いて居場所を確認した方がいいかもしれない。とはいえ、家族が居場所を知っているとは限らない。成人した息子の行動など、親は把握しているわけではあるまい。

取り敢えず待つのが無難な判断だ。警察には交代要員はいくらでもいるし。

「日付が変わるまでは、俺たちも我慢だな」

「ですね」花田が暗い声で答える。

家の近くで張っている二人の刑事の姿を認め、岩倉は順番に黙礼した——無視。先ほどの捜査会議での一言に、悪い印象を抱いたままなのだろう。まあ、これは仕方がない……二人が見逃しようのないポジションを取っているので、余計な口出しをすることもあるまい。

「それで……この今宮《いまみや》という男は、どんな人間なんだ？」

「記録を見た限りでは、中途半端なチンピラみたいですね」花田が即座に答えた。

「暴力団との関わりは？」

「今のところは出ていません。まあ、今時、暴力団に関わろうとする若い奴なんていませんよね」

確かに……岩倉はうなずいた。変な話だが、「若者の暴力団離れ」は深刻で、高齢化が進んでいる。今は、四十代後半になってもまだ下っ端、というのも珍しくないぐらいなのだ。警察は、一気に暴力団を壊滅に追いこめているわけではないが、長期的視野で見れば、確実に戦力を削いでいる。

「息子は、頭痛のタネだろうな」

「でしょうね」花田は同意しただけで、会話は転がらない。彼も疲れているのだ、と可哀想になる。

昔は……三十代の頃は、後輩が弱音を吐く度にきつく指導していたのだが、今はそういうこともない。面倒になってきてもいるし、若い連中は若い連中で大変なのだと分かってもいる。

「ちょっとここにいてくれないか？　車を持ってくるから。もっと近い方がいい」

「分かりました」花田があくびを嚙み殺す。夫が、こんなに長時間家を空けているようでは、三人の子供の面倒を一人で見ている彼の妻も大変だろうな、と岩倉は同情した。

車のところまで戻ると、安原が前に停まっている覆面パトのドアを押し開ける。

「もう少し近くに行かないか？　万が一の時に出遅れる」

「そうしますか」安原もあくびを嚙み殺した。誰もが疲れ切っている……。

岩倉は、安原に続いて車を出した。今宮の家の少し手前に停める——岩倉は思いついて、安原の車を追い越し、先の方でUターンして、安原と向かい合うように停車した。こういう風に配置していれば、向こうがどんな動きをしても対応できる。

シートに座り直し、腕組みをした。背もたれを少し倒して休みたいところだが、熟睡してしまいそうで怖い。とにかく今は我慢、我慢だ。

何も起きぬまま、時間は無為に過ぎていった。夜遅い住宅街……歩いている人もほとんどいない。岩倉はハンドルを両手で抱え、前屈みの姿勢を取った。シートに背中を預けているより、この方が眠気と戦える。

どこかから、低い音が聞こえてきた。低いというか、空気を震わせるような重低音……それが徐々に大きくなってくる。おいおい、こんな時間の住宅街で、大音量でカーステレオを鳴らしている馬鹿がいる？　岩倉は窓を少し開けた。何の曲か分からないが、ゆったりしたミドルテンポで英語の歌詞が乗っている。

それがぷつりと消えた。

ヘッドライトの光が、正面から迫ってくる。すぐにでも車を降りたいという誘惑と戦いながら、岩倉は待った。外で待機している三人の刑事が、今宮の家のカーポートに近づいて行く。あまり急いで動くと怪しまれる――実際、怪しまれた。

車はカーポートの前でスピードを落とした。これから三点ターンして、バックで駐車しようという感じ……しかし急にスピードを上げると、また走り出した。岩倉は反射的にシフトレバーを「D」に入れ、アクセルを踏みこんだ。さらに思い切りハンドルを右へ回す。車線を塞ぐ格好になり、向こうは急ブレーキをかけて、衝突寸前で停止した。ちらりと左を見ると、運転席の男が激怒して、何かわめいている。左ハンドル――車はカマロだった。堂々としたフルサイズのクーペボディで、直線を生かしたデザインは独特の迫力がある。薄いヘッドライトが特徴のフロントマスクは、凶悪な面相。しかもボディカラーは、いかにも悪そうなマットなブラックだった。

三人の刑事が殺到し、車を取り囲んだ。花田が運転席のドアに手をかけたが、ロックされているようでびくとも動かない。花田はすぐに、ウィンドウを激しくノックし始めた。まるで、素手で叩き割ってやろうとでもいうような勢いで……。

岩倉も、車を斜めに停めたまま、外に出た。一車線を完全に塞いでしまっているので通行の邪魔になるのだが、車もほとんど通らないから大丈夫だろう。

「ちょっと開けてもらえませんか」花田が声を張り上げる。怒っているわけではなく、うんざりしている感じだった。眉は八の字になり、唇は尖っている。面倒かけるなよ……とでも言いたげだった。

別の刑事が助手席の窓を叩く。完全に囲まれて逃げようがない状況だ。今宮の表情が見る間に強張っていく。

そんなに凶悪な男だろうか、というのが岩倉の第一印象だった。それほど大柄でもなく、ほっそりした体型……ごついダブルのライダースジャケットを着ていてもそう感じるほどだから、脱いだらかなり貧相だろう。

短く刈った髪を金色に染め、両耳には小さなピアス。ライダースジャケットの胸元に、シルバーのチェーンネックレスが覗いている。ハンドルを摑む両手は強張り、小刻みに揺れていた。

二人の刑事が両側のウィンドウを叩き続ける——結局今宮は、そのプレッシャーに負けた。運転席側のウィンドウが下がる。

「何すか」

「警察だ」花田がすかさずバッジを示す。

「警察って……」

「ちょっと話を聴きたい。署まで来てもらおうか」

「俺は何もやってない」

「それは署で聴く。このままだと、他の車の邪魔になるんだ」

「邪魔してるのはそっちじゃないか」

確かに……実際、カマロの背後で停車した車が、クラクションを連打している。刑事が一人、気を利かせて誘導したが、いつまでもこのままではいられないだろう。

「とにかく車を置いて、出て来い」

「任意だろう？　降りる義務はないよな」

「義務はない。しかし俺たちは、何度でも来るぞ」

「喋ることなんかないって」

今宮の声に、次第に焦りが滲む。何の容疑か告げられれば、対応しようもある。しかし何も言われないままだと、どんどん不安になってくるものだ。余計なことを言えば、尻尾を摑まれる可能性もある——何度か警察の世話になっている今宮は、その辺の機微をよく知っているだろう。

しばらく押し引きが続いた。岩倉は、家のドアが開き、今宮の母親らしき女が顔を見せているのに気づいた。不安そう……すぐにでも駆けつけて事情を知りたいだろうが、何とか自分を抑えているようだった。今までにも何度か、こういうことがあったに違いない。

「ほら、ご家族が心配してるぞ」

花田の一言に、今宮は首をめぐらしてちらりと家の方を見た。それで一気に緊張がほどけたようで、盛り上がっていた肩ががくりと落ちる。ダッシュボードに手を伸ばすと、小さく「かちり」と音がして、ドアロックが解除された。

花田がすかさずドアを開け、今宮の腕を掴む。今宮は特に抵抗もせずに出て来た。

それからの動きは急だった。今宮は、安原が乗った覆面パトに押しこまれる。覆面パトカーは急発進し、不安げに状況を見守る今宮の母親だけがその場に残された。花田が事情を話しに行って、すぐに戻って来る。おそらく、向こうが納得するような説明はしていないに違いない。残っていた刑事にカマロのキーを預けた。車は、「証拠品」として署に持っていくことになる。

岩倉の車に乗りこむと、花田が溜息をついて両手で顔を擦った。

「分かりやすいチンピラだな」岩倉は軽口を飛ばした。

「まあ、そうですね……」疲れがピークに達したのか、花田は話に乗ってこなかった。

「行きますか」

「家族の方、いいかね」

「放っておきましょう。こういうのにも慣れてるみたいですし、後で説明すればいいんじゃないですか」

本当はここで、ある程度事情を明かしておいた方がいいのだが……一刻も早く今宮の話を聴きたいのは岩倉も同じだった。

署に着くまで、花田は終始無言だった。目を閉じ、頬杖をついて、左肘はドアに預けている。本当に寝ているのか、事情聴取の手順を頭の中で繰り返しているのか。

到着すると、花田は再起動した。「よし」と自分に言い聞かせるように気合いを入れ、ドアを押し開ける。あまり無理して欲しくはないが、今夜中に決着をつけたいと思っているのだろう。その気持ちを折るようなことを言ってはいけないと、岩倉は無言を貫いた。

先行した今宮は、既に取調室に押しこめられていた。花田が取り調べをすることは事前に決まっていたようで、彼は大股で取調室に入って行く。もう一人、一課の刑事が記録係で入った。これでは、岩倉が入る隙間はない。仕方なく、安原と一緒に隣の刑事課で待機することにした。

安原は自席に着くと、だらしなく椅子に腰かけて天井を仰いだ。

「へばってるな」つい同情して言った。

「お互い様じゃないですか……いや、ガンさんは元気ですよね」安原が羨ましそうな視線を向けてくる。「元気というか、若いですよね。何か秘密でもあるんですか？」

「いや、別に」若い恋人の存在が、最大の栄養になっているのだが、当然安原に実里の話はできない。

二人はだらけきったまま、報告を待った。喉が渇いているのだが、自販機がある一階まで足を運ぶのも面倒臭い。今夜は長くなる——覚悟し始めた瞬間、花田が薄い笑みを浮かべて刑事課に入って来た。

「吐きましたよ」

「ああ？」岩倉は、椅子を蹴飛ばしそうな勢いで立ち上がった。壁の時計を見ると、取調室のドアが閉まってから十分しか経ってない。こいつ、魔法使いか？　それとも、大友並みの取り調べの名人なのか？

「弱い奴でした」花田が、空いている椅子に腰を下ろした。煙草を吸う人間なら、ここで一服というところだろう。

「一人か？」

「いや、共犯がいると言ってます」安原に視線を向ける。「どうですか？　今夜中に逮捕しますか？」

「ちょっと相談するよ。一応、特捜本部の関連だから、本部の係長にも聞かないと……しかし、焦ることはないと思う。奴も、共犯者に連絡を入れる余裕はなかっただろう？」

「そうですね。超過勤務が過ぎると、上もいい顔しませんし……それに、この件は必ずしも優先順位が高いわけじゃないですよ。殺しとは直接関係ないから、捜査一課の担当とも言えませんし」

「そうだな」安原がうなずく。

「いや、待ってくれ」岩倉は、呑気な方向に流れつつある二人の会話に割って入った。

「本部の捜査一課にとっては大した事件じゃないかもしれないけど、所轄にとっては大《おお》事《ごと》なんだ。使える奴がいなければ、俺一人でも行く」

「ガンさん、それはちょっと……」安原が遠慮がちに言った。「一人は駄目です。田岡が襲われたことに責任を感じているのは分かりますけど、逮捕の時に単独行動はご法度ですよ」

「責任は――俺だけじゃなくて署全体、特捜全体にもあるんだぜ？」

「ガンさん、走り過ぎです」安原が釘を刺した。「まずは今宮の逮捕、それに事情聴取で容疑を固めなければいけません。共犯の逮捕はそれ以降です。ガンさんだって、見た目は元気ですけど、疲れてるでしょう？　そういう時はミスを犯しがちです」

「俺はミスなんか――」

「ガンさん」急に安原の声が尖った。「こんなことは言いたくないですが、課長命令です」

「……分かりました」

安原が自分に対して向ける、初めての管理職としての顔と言っていい。あまり追いこんではいけないな、と岩倉は自戒した。こいつだって苦労しているのだ――俺のように面倒な、先輩かつ部下を抱えこんで。

午前六時半。自宅のベッドで朝を迎えた岩倉は、さすがに疲れを覚えた。最近、睡眠時間は短くなってきているのだが、前日の夜中に叩き起こされ、きつい仕事が続いたので、疲れていないわけがない。

それでも何とか気合いを入れてベッドを抜け出し、冷蔵庫からミネラルウォーターのペットボトルを取り出して直に口をつける。冷たい感触が喉から胃にかけて伝わり、それで目が覚めた。腹が減ったな……賞味期限が今日までの卵を二つ茹で、トーストを二枚焼き、野菜ジュースをコップに注ぐ。本当はコーヒーが欲しいのだが、準備するのが面倒臭い。後で何とかしよう。

簡単な朝食をガツガツと食べ、ようやく人心地がつく。昨夜飛ばしてしまったので手早くシャワーを浴び、ようやく生き返った気分になった。気になるのは実里……昨夜も連絡しなかったので、そろそろ心配しているかもしれないが、電話をかけるには早過ぎる。実里は絶対に、毎日八時間睡眠を欠かさないのだ。まるでそれが、役者を続けるために必須の条件であるかのように、意地になっている。それは舞台に立っている時、バイトをしている時も同じで、その結果、彼女が寝ている時間帯は毎日のように変わる。舞台がある時は、だいたい午前一時ぐらいに寝るから、起き出すまでにはまだ二時間もある。

昼間、時間を見つけて何とかしよう。

濡れた髪をざっと乾かし、家を出る。一刻も早く署に着きたくて、今日は久しぶりに自転車に乗って出た。風を切る快感はいつも通りだったが、そろそろ冷たさが気になる。

署では、花田や安原が顔を揃えていた。二人とも家が遠いので、昨夜は泊まると言っていた……自分は気楽なものだと思う。この歳になって久々の一人暮らしで、どこへ住もうが自由なのだ。次に異動する時は、また職場の近くを選ぼう。実里と離れてしまうことは大きな問題だが、そのタイミングで一緒に住むように持ちかけることもできる——いやいや、それは俺の一方的な希望か。

二人とも、いかにも元気がなかった。岩倉は花田に声をかけた。

「朝飯、食ったのか？」

「食べましたけど、ここの食堂の飯にも飽きましたよ。ドーナツが欲しいな」

「アメリカじゃないんだぜ」アメリカの警官は、朝食、あるいは休憩時間にドーナツばかり食べていると聞いたことがある。映画でも、そういうシーンを観たことがあった。だから皆、太っているわけだ……。「糖分不足か？」

「そんな感じですね」

「買ってきてやろうか？」JR蒲田駅の近くに、朝から開いているドーナツ屋があったはずだ。自転車を飛ばせばそれほど遠くないし、自分も美味いコーヒーが欲しい……。

「まさか」花田が苦笑する。「先輩にそんなこと頼めませんよ」

「俺は別にいいけどね」

「外回りの時にでも奢って下さい」

朝の軽いやりとりを終え、岩倉は昨夜花田がまとめた調書を見直した。問題はない……今宮はネットを見ていて、光山が殺されたことを知った。一年前に恋人を殺された男……その事件の容疑者は、裁判で無罪判決を受けた。いや、こいつがやったに決まってるじゃないか。ネットでは「たまたま裁判で無罪になっただけ」と犯人扱いだし。こういう奴が俺たちの近くに住んでるのは、気持ち悪くね？　少し痛い目に遭わせてやれば、出ていくだろう。お前も一緒にやろうぜ。

短絡的というか、単なる馬鹿だ。ネットの噂を鵜呑みにして、勝手な思いこみで人を襲う――厳罰必至だ、と岩倉は怒りがこみ上げてくるのを感じた。

そうだ、直樹に連絡しないと。時刻は七時半。今日は出社予定のはずだ。会社まで結構遠いから、もう家を出てしまったかもしれないが……岩倉はスマートフォンを取り出し、彼の番号を呼び出した。まるでこの電話を待っていたかのように、直樹が出る。

「弟さんを襲った犯人を捕まえました」

「本当ですか？」

「自供も得ている」

「ああ……」直樹が息を漏らした。「よかった。これでもう、大丈夫ですね」

「これは内密にして欲しいんだけど、共犯がいる可能性がある。事件の全容が分かるまでは、誰にも言わないでもらえますか？　ご家族にも」

「どうしてですか？　勇太と母親を安心させてやりたいんですけど」

「情報が漏れると困るから、しばらく黙っていて欲しいんだ。何か動きがあったら、すぐに連絡するから。そんなに時間はかからないよ」

「……分かりました」不満そうな声だった。

「早く二人を安心させたい気持ちは分かるけど、病院には人がたくさんいるからさ。誰かに話を聞かれる恐れもあるんだ」

「そうですね」

「じゃあ、また連絡します。今日は、これから会社？」

「そうですけど、遅刻します。午前中、病院へ寄って二人の様子を見てきますから」

「あまり無理しないように……あなたもだいぶへばっているでしょう」

「俺が頑張らないと、頑張る人がいないでしょう」

ここまで家族のことを思いやれるものだろうか。この三人の結びつきの強さに、岩倉は改めて感心した。家族とはいえ、普通はこれほど献身的になれるものではないだろう。

「被害者家族への通告は終わりましたね？」安原が確認する。

「ええ」

「じゃあ、捜査会議の準備をしましょう。今日の午前中には絶対に決着をつけたいな……それで本筋の仕事に戻らないと」

これだって本筋の仕事なのだが……とはいえ、もう一件は殺人事件であり、より重みがあるのは間違いない。

一つ片づいたらすぐ次へ。

「一段落」がないのが警察の仕事なのだ。

捜査会議はすぐに終わった。今宮が共犯だと証言した男の確保が最優先事項になったが、それは南大田署の刑事課に任されることになった。本部のやり方は何となく無責任な感じもしたが、これは大勢でかからなければならない案件でもない。岩倉は志願して、今宮が共犯だと自供した長尾《ながお》という男の逮捕に向かった。

今宮は六本木にあるクラブに出入りしてＤＪの真似事のような仕事で小遣いを稼いでいた。長尾は、同じクラブに頻繁に出入りする大学生。家が近いということもあって親しくなったようだが、こちらは今宮と違ってこれまで警察と関わりになったことがない、一応は「普通の」人間だった。

前夜も遅くまで遊んでいたようで、自宅を急襲した時にはまだ寝ていた。動揺する母親を説き伏せて玄関まで呼び出した時にはまだ寝ぼけ眼で、事情がまったく理解できていない様子だった。外見は今宮そっくり――特に刈り上げた金髪にピアスというスタイルは、そのまま今宮のコピーのようだった。ただし、背は長尾の方が十センチほど高い。

パトカーに押しこめられた時には早くも泣き出しており、岩倉はこれでこの一件は解決だ、とほっとした。警察に対して反抗的な態度に出られるようなタイプではなさそうだ。

予想通り、取調室に入った瞬間、長尾はまた涙を流し始め、しばらくはまともに話もできないほどだった。しかし、諭すように取り調べを始めると、間もなく自供を始めた。今宮にそそのかされ、二人で田岡を襲ったことをあっさり認めた。

問題が少し残った。長尾は今宮に誘われたと主張したのに対し、今宮は二人で話しているうちに自然に話が決まったと言い張った。嘘をついているのはおそらく今宮だ。自らを主犯ではないと主張して、少しでも罪を軽くしようという計算だろう。しかし、それは些細な問題に過ぎない。実行犯は確保できたのだから、後はじっくり調べればいい。

安原は、担当に川嶋を指名した。他に、若い刑事を一人つける。刑事課で指示を終えた後、特捜本部のある会議室へ向かうために、岩倉と一緒に廊下へ出る。

「奴に任せて大丈夫か？」岩倉は思わず安原に確認した。

「むしろ、これで特捜からは外しておけるでしょう」安原が小声で答える。「どうも、あいつの動きはおかしい。何かありそうなんですよね」

誰かの意を受けて、エージェントの川嶋が俺のことを調べている——安原には言わなかった。これ以上、心配を抱えこんだら倒れるだろう。

「後は、本件の事件ですね」

「上手くいくかどうか……」岩倉は思わず弱音を漏らした。十一月も近い。ここまで何の手がかりもないまま時が流れてしまうと、事件は凍りついてしまう可能性が高いことを、岩倉は経験から知っていた。

しかし、突然「ツキ」が生まれることがあるのも捜査である。特捜本部へ行くと、妙に活気づいていることに岩倉は気づいた。その中心——数人の刑事が固まり、誰かから話を聴いているのが見えた。

「何でしょう」安原が不安げに訊ねる。

「さあ——」

安原が、部屋の前方にいる本部の係長の下へ向かった。ここも難しいところ——特捜本部の実質的な指揮を執るのは、本部の係長か管理官である。係長は警部、管理官は警視。今、安原は自分より階級が下——年齢も下だ——の係長に向かって頭を下げている。何もへりくだる必要はないのだが、所轄にいると、どうしても本部の人間に対して頭が上がらなくなるものだ。馬鹿馬鹿しい限り——次の異動では立場が入れ替わるかもしれないのに。

安原の顔色が変わった。すぐに岩倉のところへ駆け戻って来ると「目撃者が出ました」と告げた。

よし——話を聴いてみると、正確には「目撃者が出た」わけではなく、「ドライブレコーダーに怪しい人物が映っていた」だったが、大きな前進には違いない。ずっとタクシー協会を通じて協力を呼びかけていたのだが、今になって個人タクシーの運転手が、映像を確認したのだという。というより、以前も観ていたのだが、気になって確認したところ、現場の状況を「発見」したのだ。今、数人の刑事に取り囲まれて話をしているのが、その運転手らしい。映像自体は既に提出を受け、現在、大人数で確認するために加工中のようだ。

岩倉は、瞬時に血液が沸騰するような感覚を味わった。これが初めての、はっきりした前進と言える。これまでずっと足踏み状態だったが、ようやく動き出せるのだ。

捜査の「ツキ」。岩倉はこれまで何十回となくこういう局面に遭遇している。そこで得た教訓——これで絶対大丈夫と安心するな。ツキは一瞬輝いただけで、すぐに消えてしまうこともある。

しかも、ツキはコントロールできない。刑事にできるのは、それが消えないように祈ることだけだ。

第五章　あと一つの真相

1

すぐに「試写会」が開かれた。会議室にプロジェクターが持ちこまれ、ドライブレコーダーに記録された映像を大画面で観たのだが……観始めた瞬間、岩倉は早くもツキが逃げてしまった、とがっかりした。鑑識の連中が精一杯画面を鮮明にしてくれたものの、決定的な証拠にはなりそうになかったのだ。

六郷橋は東京の大動脈の一つなのだが、やはり夜間は灯りに乏しい。最近はドライブレコーダーの性能も上がっているものの、昼間と同じというわけにはいかない。それでも、運転手が見つけたという異変には、岩倉もすぐに気づいた。第一京浜の上り線、六郷橋の東京都側のたもと——特徴的な船のモニュメントが載った手すり部分が映っているから、場所は間違いない。このモニュメントはおそらく「六郷の渡し」をモチーフにしたのだろう……まさに光山が落とされたと見られているポイントで、そこに二人の人影が映っていたのだ。人影は最初は一人に見えたが、ほどなく二人がくっついていると分かる。

ただし、それだけだ。急に画面が爆発するように明るくなり――対向車のライトがもろに当たったようだ――画面が元に戻った時には、車はもう側道に入っていた。高速道路のインターチェンジのような周回道路になっており、下り切ると道路は複雑に分岐する。運転手は、左に折れてすぐ先にある交差点をさらに左折した、と証言している。実際、映像を見ると、岩倉にも記憶のある光景だった。この先で六郷土手駅にぶつかるはず――実際そうだった。

映像はそこで終わっていた。観ていた刑事たちの間から溜息が漏れる。

「もう一度」

誰かが声を上げ、同じ映像が繰り返された。岩倉は身を乗り出して画面を確認したが、やはり二つの人影が一瞬見えただけだった。

この映像に関する議論が始まったが、岩倉はそれには参加せず、そっと会議室を抜け出した。解像度の低い映像を大きな画面で観ても画面はざらざらで、細部を見逃してしまう恐れがある。この映像は、刑事課の共有ファイルに保存したというから、自分のノートパソコンで確認してみるつもりだった。

画面が小さくなると、ぐっと鮮明に感じられる。しかし夜中に録画された暗い映像なので、二人の人影を見極めるのはやはり難しい。だいたい、二人がしっかり映っていたのは、時間にして二秒か三秒である。斜め前方に近づいてきて、あっという間に消える感じ。静止させても何も分からない。

クソ、やはりツキは一瞬だったか……しかし岩倉は、何とか気を取り直した。こうやって時間が経ってから映像が出てきたということは、他にも映像が存在している可能性がある。いや、それは無理か……ドライブレコーダーの、というよりも記憶媒体の容量には当然限度がある。この映像を提供してくれたタクシーの運転手は非常に慎重で、勤務が終わると、一日分の映像を自分のパソコンに保存し、一ヶ月はそのまま残しておくという。事故があった時の対策だが、ここまでしているドライバーはまずいないだろう。普通は、録画時間をオーバーすると、新しい映像で上書きされるままにしておくはずだ。

岩倉は何度も映像を見直した。最終的に二人の姿が一番大きく映ったところで、一時停止する。二人の体は重なり合ってしまい、それぞれの服装ははっきり見えないが……いや、車の方を向いているのは光山ではないか？　現場で発見された時に着ていたベルトつきの短いコートに、色合いとシルエットが似ている。おそらくこれが光山で間違いないだろう。

問題は、車の方に背中を向けているもう一人の人物だ。体つきから男だろうとは分かる。何かブルゾンのようなものを着ていて、非常にがっしりしている。身長も、光山より高い。体格で圧倒している人間が、腕力に物を言わせて光山を殴りつけ、転落させた——この見方は外れていないはずだが、いかんせん、犯人につながる材料は見つかりそうにない。

いい加減、目が疲れてきた。やはり最近、視力ががっくり落ちているのだ。近眼と老眼が同時にやってきた感じ……眼鏡が欲しいところだが、今までの人生、一度も眼鏡をかけずに過ごしてきたので、どうしても抵抗感がある。

会議室に戻ると、刑事たちが鳩首《きゅうしゅ》会談していた。若く目のいい刑事が何かを発見したかもしれないと期待したが、どうやら新しい情報はなかったようだ。

花田を摑まえて話を聞く。

「どうだった？」

「一人は光山だと思いますが、もう一人は顔が見えませんね」

「今、小さい画面で確認したけど、右に同じくだ」

「そう簡単に手がかりは見つかりませんねえ」花田が溜息をつく。

「しょうがないな」何か慰めの言葉を、と思ったが、何も浮かばない。

ツキは来ては去って行く。問題は、二回目のツキが来るかどうかだ。期待してはいけない。諦めてもいけない。常にフラットな精神状態で——しかし五十を過ぎても、そういう風ではいられないのだった。自分はいったいいつ、泰然自若とした大人になるのだろう。

その日の夕方、岩倉と花田はもう一度現場に赴いてみた。秋というより冬を思わせる寒さに驚く。元々橋の上というのは吹き晒しで風が強く、体感温度は実際よりもぐっと下がるのだが。

「相手は、よほどの力だったんですかね」手すりに背中を預けたまま、花田が言った。

「これだけの高さがあると、何かの拍子に落ちることはあり得ませんよ。それこそ、プロレスラーとか」

「そうだな。これぐらいだとどうだ？」

岩倉は花田の肩を押してみた。しかし彼の体は、背後から手すりに支えられてびくともしない。表情一つ変わらなかった。

「今、どれぐらい危ないと思った？」

「ゼロですけど、来ると分かっていたからかもしれません」

「不意打ちされたら……」

「踏ん張れるとは思います。たとえ、顔面を殴りつけられても」

「ということは、ここから落とすには、相手の体を持ち上げなければならない。そうするには、相手が抵抗できない――気を失っている状態じゃないと無理だろう」

「でしょうね。極端に背が高い人間なら、バランスを崩して、ということもあるかもしれませんが」

「君、身長は？」

「百六十八センチです」

「光山は百七十八センチだった。君より十センチ高いけど、どうだろう」

「それは……もしかしたら、ぐらついて落ちるかもしれません」花田がうなずく。

「足腰が弱い人間で、不意打ちされれば、な」

「ですね……ただ、あくまで仮定の話ですけど」

現場百回とよく言う。岩倉も、現場を見る大切さは十分承知していた。ただし現場が外の場合、どんどん状況が変わるので、常に犯行当時と同じ条件で見られるわけでもない。

「行くか」

「病院ですか？」

「ああ。田岡さんのお兄さんと会う約束をしている」

「そこまで面倒を見る必要があるんですか？」少なくとも俺には関係ない、とでも言いたげだった。田岡襲撃事件の捜査は所轄に任されているから、実際、花田にはもう関係ないのだが。

「ついでだ。飯を奢るからつき合えよ」

「まあ、いいですけど……」

「トンカツでもどうだ？　蒲田には名店がいくつかあるぞ」

「トンカツか……ちょっと重いですかねえ」花田が掌で胃の辺りをさすった。

「調子でも悪いのか？」

「何となく、ですけどね」

「だったら胃カメラ、飲んでおけよ。子どもが三人もいるんだったら、体のケアはちゃんとしておかないと」

「岩倉さんは、胃カメラの経験はあるんですか？」

「ない」

「何だ」呆れたように花田が言った。「だったら勧めないで下さいよ。本当の恐怖も分からないでしょう」

「分かってたら、もっとベラベラ喋ってるよ。胃カメラや大腸の内視鏡を経験した人間は、必ず事細かに喋りたくなるもんだ」

二人は病院に転進した。昼間のうちに直樹に電話はしておいたのだが、詳細はまだ話していない。夜に病院で会う時に詳しく話す、と約束していたのだ。

午後七時。面会時間は八時までだが、直樹はまだ到着していなかった。昨夜の様子だと、仕事がだいぶ滞っている様子……なかなか会社を離れられないのかもしれない。

この機会に、田岡本人と話しておくことにした。

田岡は急速に回復しており、今日は普通に話ができた。頭の包帯、顔の絆創膏は痛々しいが、それでも話す障害にはならないようだった。

「二、三日で退院できるそうです」

「脳振盪は？」

「それは心配ないようです。今は、肋骨の方が痛いだけです」

「肋骨はすぐ治るよ。それより、お兄さんには話したんだけど、君を襲った犯人が二人とも見つかった」

「そうですか……え？　一人じゃないんですか？」田岡が目を見開く。

「それは、お兄さんから朝聞いた話だろう？」直樹は午前中も病院に寄ると言っていた。本来は面会時間ではないのだが、病院側も特別に配慮したのだろう。

「そうです」

「あの後、共犯の男を逮捕したんだ。二人がかりの犯行だったよ」

「二人がかりじゃ、どうしようもないですね」横たわったまま、田岡が首を横に振る。

「それも全然覚えてないのか？」

「いきなりだったんです。人の気配がして振り返ったら、いきなり頭を殴られて……倒れてすぐ顔を庇ったんで、相手が何人いたかも見てないんです」

「災難だったな。でも、これで一安心だ。逮捕されたことはちゃんと発表するから、馬鹿なことをしようとする人間もいなくなるだろう。新聞やテレビには、上手く報道してもらうよ」

「すみません、迷惑ばかりかけて」

「これが俺たちの仕事なんだよ」岩倉は笑みを浮かべて見せた。我ながらぎこちない笑顔だったが……こういうのは、いつまで経っても苦手だ。「お兄さんも大変だよな」

「迷惑ばかりかけて、兄貴にも申し訳ないです」田岡の目が潤んだ。「昔からずっと……俺が悪いんです」

「今は、そういうことは考えずに怪我の治療に専念した方がいいよ。治るスピードは、精神状態によっても違ってくるそうだから。早く治して、早く働きたいだろう？」

「そうですね。母親にも申し訳ないですから」

「今は、ちゃんと体を休めることだ。若いんだから、すぐに回復するよ」

「兄貴は……」

「直樹さんが何か？」

「いえ」田岡が舌を出し、素早く唇を舐めた。「何でもないです」

「気になることがあるなら言ってくれよ。相談ぐらいには乗れるから」

「大丈夫です」

大丈夫には思えなかった。何か言えないことがあるような感じ……しかしこの状態で突っこむと、回復の邪魔になってしまいそうだった。

「取り敢えず、何も考えずに楽にしていてくれ」

「母が心配なんですが」田岡の眉間にシワが寄る。

「ああ、会ってないんだ」

「まだ動けないので」

「今日まで病院にいると聞いてるけど……確認しようか？」

「いや、とんでもないです」寝たままの田岡が首を横に振った。「そんなことまで、警察の人に頼めないです」

「いや、気になることがあるなら言ってくれ。できる限り力になるから」

「気になるのは……むしろ、兄貴のことなんですけど」

「分かるよ。大変だよな」岩倉がうなずいた。「実家から会社へ通うだけでも大変だろう？　時間もかかるし、今は仕事も忙しそうだ」

「それはそうなんですけど、最近、ぼうっとしていることが多いんですよ」

「疲れてるんだろう。無理しないように言っておくよ」

「疲れてるんじゃなくて、何か心配事があるみたいなんです。夜中にうなされてることもあるんですよ」

それは心配もするだろう……言いかけて、岩倉は黙りこんだ。直樹の最大の心配事が、目の前で横たわっている。しかし田岡の顔をもう一度見た瞬間、何か別の話なのだな、と気づいた。

「思い当たる節、あるか？」

「それは分からないですけど……」田岡が唇を嚙む。

「ちょっと聞いてみるよ。無理しないように忠告するぐらいはできる」

「すみません」

病室を出ると、妙に肩が凝っているのに気づいて、ゆっくりと上下させた。普段、こういうことはあまりないのだが。

「疲れてますね」花田が同情したように言った。

「言うなよ。そう言われると、ますます疲れる」

「すみません……母親の方にも会いますか？」

「それはやめておこう」さらに疲れそうだから、とは言わなかった。岩倉にとって、あの家族で一番疲れる相手は母親なのだ。何というか、あまりにも多くの物を背負い過ぎている……。

病室の前のベンチに腰かけようとした瞬間、直樹が駆けこんで来た。右手には、昨日テーブルに置いてあったブリーフケース、左手には何か白い袋を持っている。

「あ、どうも、すみません」直樹が急停止して頭を下げる。顔色が悪く、やけに汗もかいている。「遅くなってしまって」

「相変わらず忙しいみたいだね」

「仕事がどうしても……いろいろスケジュールが狂っているんです。土日もないんですよ」

「会うのは、今日じゃなくてもよかったんだけど」

「いや、早く聞きたいですから」直樹がベンチにバッグをおろし、うっすらと額に浮いた汗をハンカチで拭った。外は寒いぐらいなのだが、もしかしたら走って来たのかもしれない。「あの、これを先にいいですか？」直樹が白い袋を顔の高さに持ち上げた。

「シュークリームです。京急蒲田の駅前にある店で、昔から勇太も母親も大好きなんですよ」

「ああ……何だい？」

「どうぞ、待ってますから」

一礼して、直樹が田岡の病室に入る。すぐに出て来ると、「母親の病室に行って来ます」と告げて、小走りに去って行った。

「えらく忙しいんですねえ」呆れたように花田が言った。

「研究職の人っていうのは、俺たちとは異質の忙しさみたいだな」

「実際、体調も悪そうですよね。いや、精神的にかな？　田岡さんも言ってたでしょう」

「ああ」

「倒れないといいですけどね。あの人が田岡家の大黒柱なんでしょう？　今倒れたら、大変なことになりますよ」

「ケアしてやらないとな」

「本当はこういうのは、初期支援員の仕事なんでしょうけど」

「まあな」

しかし今回は、支援員には任せておけない。この一家については、何かが気にかかる……自分で面倒を見なければならない気がしていた。義務感や罪の意識を持つ必然性はないのだが。

　五分ほどして、直樹が戻って来た。まだ白い紙袋を持っている。岩倉は立ち上がって彼を迎えた。

「お母さん、具合はどうだ？」

「あまりよくないです」急に厳しい表情になった。顔色が悪いだけに、彼自身が倒れてしまいそうに見える。「一通り検査をしたんですけど、血液検査の結果があまりよくなくて……肝臓ですね。念のために入院を延ばして、もう少しちゃんと検査をすることにしました」

「体のためにいい機会だと考えればいいよ。君は大変だろうけど」

「でも、勇太は二、三日で退院できそうですから」

「ああ、彼から聞いた。それほど心配はなさそうだな……ここじゃ何だから、ロビーで話そうか」

　午後八時近いロビーには、まだ人がいる。見舞客が帰る前に一休みしていたり、病室にいるのに飽き飽きした入院患者がぼんやりと時間潰しをしていたり……この時間帯のロビーにはよくある光景だ。

「あの、こんなところで何ですけど、シュークリーム、食べませんか？　多めに買ってきちゃって……弟も母も一個しか食べなかったので」

「ああ……」

岩倉は助けを求めるように、花田の顔を見た。何個行ける？　花田が絶望的な表情を浮かべて首を横に振ってから、膝の上で人差し指を一本立てて見せる。一個が限界か……ドーナツを奢ってくれと言っていたのに、シュークリームは苦手なのか？　意味が分からない。例によって「勤務中」を理由に断ることもできるのだが、今夜は少し事情が違う。せっかく犯人を二人とも逮捕したのだから、本当なら直樹と祝杯を上げてもいいぐらいなのだ。彼の好意を無駄にするわけにはいかないから、とにかく一個は頑張ろう。

花田と一緒に一個ずつ受け取った瞬間、後悔した。でかい……岩倉がイメージするシュークリームの二倍はある。ごつごつしていて、しかもずっしりと重い。中に入っているクリームの量を考えただけで、鼻血が出るようだった。意を決してかぶりつくと、一瞬で口中にクリームの甘さ——想定したより甘い——が広がり、かすかに頭痛がしてくる。こういう時は、一気に食べてしまうに限る。罰ゲームをしているような気分になりながら、岩倉は無言でシュークリームと格闘し続けた。ちらりと横を見ると、花田も目を白黒させている。甘さもボリュームも規格外だ。

何とか食べ終えた時には、口が自分のものでないような気になっていた。この甘さを洗い流すには、ダブルのエスプレッソが二杯は必要だろう。一方直樹は、アルコールだけではなく甘いものも大丈夫なタイプのようで、嬉々として食べ続けている。立ち上がった花田が、助けを求めるように自販機に突進し、ブラックの缶コーヒーを三本買って来た。一気に半分ほど飲んで、ようやく甘味地獄から解放される。

「シュークリームって、こんなに甘かったかね」岩倉は顔をしかめたまま直樹に訊ねた。

「ここのは、特に甘いので有名なんですよ」直樹はまだ嬉しそうな表情を浮かべたまま、シュークリームをじっくり味わっていた。

「成人して以来、こんなに甘いものを食べた記憶はないな」正確には、千夏がまだ幼かった頃以来、だ。小さな子どもは、自分が甘いものを食べていると、親にも食べさせたがる。小さく、ぷっくりしていた彼女の指でチョコレートを食べさせてもらったことが何度あったか。そう言えば昨年、千夏が作ってくれたドーナツも異常に甘かった。

岩倉はコーヒーを飲み干し、何とか一息ついた。こういう甘い物を食べた直後に事件の話をするのもおかしなものだが……周囲を見回し、近くに人がいないことを確認してから、犯人逮捕の様子を直樹に説明する。シュークリームですっかり緩んでいた直樹の表情が、次第に引き締まってきた。

「ありがとうございます」説明を終えると、直樹が深く一礼した。顔を上げた時には、まだ目に不安そうな色が宿っていた。「でも、これで完全に安心、というわけにはいかないでしょうね」

「いや、こういう話は意外に早くネットで拡散する。それが、おかしなことを考えている連中のブレーキになるはずだ。余計なことをすれば逮捕される――当たり前のことなんだけどね」

「そうであって欲しいですね」

直樹がすっと目を逸らす。警察を信用していないのか……情けない話だが、ここまでひどい目に遭うと、こちらがどれほど真摯《しんし》に対応しても、信頼関係は築けないかもしれない。

「あなたはどうですか？」岩倉は静かに訊ねた。

「どうって？」

「だいぶ参ってませんか？　勇太君が心配していた」

「俺は別に……」直樹が顎を撫でる。髭の剃り残しが目立った。きちんとカミソリを使っている暇もないのかもしれない。

「実際、疲れているように見えるよ。精神的なダメージは、自分でも気づかないうちに蓄積するんだ」

「ここが踏ん張りどころですから。俺が家族を守らなくちゃいけない」

三人だけの小さな宇宙。彼らは一家の大黒柱を亡くして以来、固く結束して生きてきたのだろう。互いに対する思いが強過ぎるが故に、無理してしまう。かといって、互いを思いやることを強制的にやめさせるわけにはいかないのだ。直樹を、温泉かどこかに一週間ぐらい隔離できれば別だが、仕事に追いまくられている現状を考えると不可能だろう。

ゆっくりと日常を取り戻してもらい、その中で回復を待つしかないか……。

事件の被害者は、いつも重荷を背負いこむ。誰かが肩代わりするのは不可能なのだ。犯罪被害者支援課はそれを軽減するのが仕事なのだが、限界はある。

「この件はこれで終わりですね？」

「いや、完全には終わりにならない。きちんと立件するためには、勇太君からも話を聴かないといけないから。最終的には被害者の調書も必要なんだ」

「まだ無理でしょう」

「でも、二、三日で退院できるだろう？　その後に……もちろん、無理はさせないように十分気をつけるから」

「なかなか終わらないんですね」直樹が溜息をついた。

「捜査というのは、結構面倒臭いものなんだ。犯人を逮捕して終わり、じゃない。あなたにも、一度詳しく事情を聴く必要がある」

「今、この状態は違うんですか？」直樹が目を見開いた。

「違う、違う」岩倉は苦笑した。「これは単なる雑談だから。嫌な感じはすると思うけど、警察署でちゃんと記録を取りながら話を聴く必要があるんだ。最後に署名捺印ももらって」

「そんなことが必要なんですか？」直樹の顔が引き攣る。

「決まった手順なんだよ」

「それは……困るな」

「どうして」

「いや、だって、警察が好きな人なんかいないでしょう」

「警察官を前にそんなことを言われても、反応に困るよ」

「あ、すみません」

謝ったものの、直樹の表情は依然として硬かった。警察署に足を踏み入れるのを、そんなに嫌がるのはどうしてだろう。十年前の事件——勇太が逮捕されたことがきっかけになっているのかもしれない。警察に散々事情を聴かれ、それで嫌悪感を抱くようになってしまったとか。

あり得る話だ。

「仕事の方は？　やっぱり大変なのか？」

「たまたま忙しい時期にぶつかってしまったので……しょうがないですけどね」

「今回の件で、会社の方はどうなんだ？　居心地悪くなってないか？」

「それは何とか大丈夫です。よく理解してくれているというか、上司ともちゃんと話したんですけど、俺には関係ないという話で……これが営業の人間なんかだと、そうもいかないんでしょうけど、研究職は外とつき合う仕事じゃないですから」

岩倉はうなずいたが、腹の底では不快感を味わっていた。被害者家族が、外で嫌な思いを味わう場面は、何度も見ている。本人にはまったく関係ないのに、「あの人の家族は……」と噂されて、仕事や人間関係が崩れてしまう。

「あ……ちょっとすみません」

直樹がブリーフケースを取り上げ、手を突っこむ。スマートフォンを取り出し、耳に押し当てて小声で話し出す。

「はい、ちょっと……ちょっと待ってもらえますか？　すぐかけ直します」

電話を切って舌打ちし、直樹が立ち上がった。岩倉に向かってスマートフォンを振って見せる。

「一度外します。会社に電話しないといけないので」

「大変だね」昨夜も同じことがあった。仕事でこんなに追いまくられて、さらに家族の面倒も見なければならないのは、地獄だろう。彼は、会社に対して「義理」を果たしているつもりかもしれないが。

小走りにロビーを出て行く直樹の姿を見送ってから、岩倉は無意識にベンチに置いたままの直樹のブリーフケースを見やった。ずいぶん使いこんで、あちこちがほつれている。もしかしたら、就職した時に買った物を、ずっと使っているのかもしれない。

ファスナーが開いているので、中が丸見えになっている。そこで岩倉はまた、スマートフォンを見つけた。昨夜も見た、画面にひびが入ったスマートフォン。

「スマホの二台持ちは、普通なのかな」岩倉は花田に訊ねた。

「ああ、会社から支給されたものと私用と二台、というのは珍しくないんじゃないですか」

「そうか……」

今、直樹が使っているのは、会社から支給されたものだろう。では、このボロボロのスマートフォンが彼の私用なのか。

岩倉は無意識のうちに、ブリーフケースに手を伸ばしてスマートフォンを取り上げた。

「岩倉さん」花田が低い声で忠告する。「勝手に触ったらやばいですよ」

「表に出てたんだからいいだろう」

これは絶対に、「現役」のスマートフォンではない。画面が割れているのもそうだが、背面のカメラレンズまで壊れている。かなり大きな衝撃を受けた様子——これだけ壊れてしまったら、普通は買い替えを考えるだろう。

そして……岩倉の頭に疑問が浮かんだ。記憶には自信があるが、念のために花田に助けを求める。花田が手帳を広げ、すぐに確認した。

「仰る通りですけど、それが何か？」

「こいつは、それと同じ機種だ」

「そうですか？」花田が顔をしかめる。「でも別に、そんなに珍しい機種じゃないでしょう」

「そうなんだけど、どうしてこんなに壊れてる？」

「いや、それは……」

「どこか高いところから落ちたみたいじゃないか」

「そうとも言えますけど、どうかな」花田は一歩引いていた。

岩倉は画面をタップした。反応なし。筐体横にある電源ボタンを押しても起動しない。完全に放電してしまったようだ。

直樹が戻って来た。岩倉は慌ててスマートフォンをブリーフケースに戻したが、一瞬直樹と目が合ってしまう。まずい――花田をちらりと見て「彼の尾行を手配してくれ」と指示した。

「岩倉さん、無理がありますよ」花田はまだ腰が引けていた。

「無理でも何でも、やってみるんだ」

花田が立ち上がり、渋い表情を浮かべたまま、ロビーから出て行った。

「どうもすみません」直樹がさっと頭を下げた。「あの、今夜はそろそろ実家に帰ろうと思います。二人ともまだ入院しているので、いろいろ手配が……」

「お母さん、肝臓が悪いんだよな？」花田が戻って来るまでは、何とかここに釘づけにしたい。岩倉は話を引き伸ばし始めた。

「ええ、まあ……肝臓はここ二、三年のことです。定期的に検査を受けて経過観察ということになっていたんですけど、このところのストレスで悪化したんだと思います」

「肝臓は厄介だよな」岩倉は同情の表情を浮かべてうなずいた。「弟さんの怪我は、あまり深刻に考えなくていいと思うけど、お母さんの方は心配だ」

「何とかしますよ」直樹が弱々しい笑みを浮かべる。

「この病院、内科系はちゃんとしてるのかな」

「ちゃんとしてるって……」

「いや、病院によって、特定の分野に強い弱いはあるだろう？」

「ずっとここで健康診断も受けて、お世話になっていますから」

「だったら、データもきちんと残っているわけだ……それなら、ここでお世話になるのが一番いいんだろうな」

花田はまだ戻って来ない。時間稼ぎにも限界がある……直樹は自分のスマートフォンをブリーフケースにしまった。

「一つ、忠告しておいていいかな」

「何ですか」立ち上がりかけた直樹がまた腰を下ろした。

「こんなことはあまり言いたくないんだけど、勇太君の事件を担当している男――南大田署の同僚が、ちょっと曲者でね」

「曲者って……何ですか」直樹の表情が渋くなる。

「君も会ってるだろう？　だったら分かってるはずだ」

「人の悪口は言いたくないです」その台詞だけで、川嶋に対する彼の印象が分かる。

「いい加減というか適当というか、人を怒らせるようなことを平気でやる男だ。こういうタイプはたまにいるんだけど……君の職場にはいないかな」

「うちは、人間関係は希薄ですからね。データで結びついているだけで……嫌な上司とか、性格の悪い同僚とかに悩まされたことはないかな」

「理想の職場じゃないか。勤め人のストレスの九〇パーセントは人間関係だって言うからな」

「うちには当てはまりませんね」

「……とにかく、その男には気をつけてくれ。名前は川嶋。見た目冴えないオッサンで、とにかく失礼な男なんだ」

「どう接したらいいですか」

「スルーでいい。失礼なことを言う可能性が高いけど、無視して構わないから」

「それで大丈夫なんですか?」

「中には、相手をカリカリさせて本音を引き出そうとするタイプの刑事もいるけど、川嶋は違う。考えていることがダダ漏れで、勝手に口から出るだけなんだ」こういう人間がツイッターでも始めたら、すぐに炎上するだろう。一歩引いて考えをまとめれば、言っていいことと悪いことぐらい分かるはずなのに。

「やりにくそうですね」

「スルーが一番だ。俺がこういうことを言うのも何だけど、気に食わなかったら何も答えなくていいから」

「変な感じですね」直樹が苦笑する。「あの……岩倉さん、その人と上手くいってないんですか?」

「排除したいぐらいだ。だから、この事件に関する捜査で、何かヘマしてくれないかと思っているぐらいだよ。そうしたら、堂々とケツを蹴飛ばして追い出せる」

「はあ……よく分かりませんが」

花田が戻って来た。急ぎ過ぎたのか、額には汗が浮かんでいる。

「とにかく、不快にさせるかもしれないから、予め忠告しておくよ」岩倉は念押しして言った。

「分かりました……何が分かったのかよく分かりませんけど」

「君のところには、明日にも連絡があるかもしれない。また仕事に不都合が生じるかもしれないけど……」

「何とかします」うなずき、直樹が立ち上がった。「それじゃ、そろそろ行きますから」

「明日は実家から出勤だね」

「ええ」

「定期を買わないといけないぐらいだな」

「そうですね。でも、まあ……何とか落ち着けたいと思います。落ち着くと思います」

「こっちもできるだけ協力するよ。家まで送ろうか？」

「いや、大丈夫です。夕飯を食べてないんで、途中、どこかで食べてから帰りますので」

「じゃあ、せめて京急蒲田駅まで送ろうか？」

「大丈夫ですよ……ここから歩いて五分じゃないですか」直樹が苦笑した。

「歩く気があるぐらいなら、結構元気じゃないか」

「五分歩くのは何でもないでしょう」

三人は連れ立って病院を出た。面会時間は間もなく終了。ロビーにも人気《ひとけ》がなくなっていた。病院から西へ二百メートルほど歩くと、第一京浜に出る。そこから北へ向かえば京急蒲田駅だ。

「やっぱり、家まで歩いて帰ります」直樹が急に切り出した。

「そうか？」

「ここからだと、十分ぐらいですから。駅まで行くのも馬鹿らしいし……電車に乗るのだって、タダじゃないですからね」

「飯は？」第一京浜から離れると、基本的には住宅街になる。

「途中で済ませます。七辻の近くに、何か店がありますから」

「ああ、七辻ね」

岩倉はうなずいた。文字通り、七本の道路が交わる複雑な交差点なのに、信号もない。しかし、信号で車の動きをコントロールするのは難しいだろう……都内でも屈指のややこしい交差点なのだが、車は互いに譲り合って何とかなっている。ある意味、隠れた蒲田名所だ。

「じゃあ、我々は車だから」

「ご面倒おかけして」直樹が両手に膝を揃えてつき、頭を下げた。研究職の人間というと、それこそ部屋に籠もり切りで、社会人としての一般常識に乏しいイメージもあるのだが、直樹の場合は、ごく普通のサラリーマンという感じだった。家族の問題で揉まれ続けているうちに、腰が低くなってしまったのかもしれない。

暗い道を歩き出す直樹の背中を見送りながら、花田に訊ねる。

「誰が来る？」

「川嶋さんです。あともう一人、若手が」

「マジか」岩倉は目の前が真っ暗になるように感じた。「あいつに、尾行なんかこなせるわけないだろう」実際俺を尾行して、二度も気づかれたのだから。「大丈夫かね」

「自分には分かりませんけど」岩倉の心配が、花田に戸惑いを呼んだようだ。「大丈夫かねしょうがない。もう一人の若い刑事に期待するしかないだろう。

「俺たちはどうします？」

「車で待機だ」

「岩倉さん……」花田がゆっくりと息を吐いた。「つまり、あのスマホが……疑ってるんですか？」

「もちろん、単なる偶然かもしれない。でも、気になるじゃないか」

「本人に直接確認すればよかったじゃないですか」

「否定されたら終わりだ」

「取り敢えず任意提出を求めて――」

「もっと周辺情報を固めてから追いこみたい」岩倉は花田の言葉を遮った。「追いこまれると、人間は本音を吐く」

「本気で言ってるんですか？」

「一気に解決するチャンスかもしれないぞ」細い線のつながりがある。いや、もしかしたら直樹にとっては、これ以上ない強い動機かもしれない。

「ま、つき合いますけど……」

「所轄に振り回されるのは嫌か？　俺はただ、真相を知りたいだけなんだ。ちょっと我慢してつき合ってくれよ」

2

川嶋からは逐一報告が入った。ハンズフリーのスマートフォンで話しながら、花田が覆面パトカーをゆっくりと走らせる。川嶋たちは歩いて尾行しているが、直樹がタクシーでも拾ったら見失う恐れもある。

事前の宣言通り、直樹は七辻の近くにあるラーメン屋に入った。特に焦ってはいない様子……岩倉はその報告を聞いて首を捻った。先ほど直樹は、岩倉がブリーフケースに手を突っこんでいる場面を目にしたはずである。当然、壊れたスマートフォンを見たと悟ったはずだ。もしもあのスマートフォンが本当に重要な証拠なら、一刻も早く処分しようと考えるだろう。しかし、のんびり夕飯を食べているとは……それほど事態を深刻視していない証拠か。

「やっぱり、違うんじゃないですか」ハンドルを握る花田が疑わしげに言った。苛立ちを隠そうともせず、しきりにハンドルを指先で叩く。

「様子見だ」

花田のスマートフォンが鳴った。相手の報告に耳を傾け、短く「了解」と告げる。

「ラーメン屋を出たそうです」

「分かった」

すぐには動き出せない……岩倉はシートに背中を強く押し当て、前方を凝視した。ここから直樹が見えるわけではないが……さらに五分ほど経った頃、もう一度電話が入る。花田が、いかにも面倒臭そうに対応した。

「はい……え？　分かりました。尾行を続行して下さい。こちらもすぐに向かいます」

「どこだ？」岩倉はすぐに訊ねた。

「自宅を通り過ぎたそうです。今、多摩川方面へ向かっています」

「何か捨てるにはいい場所だ。急いで――」

岩倉が言い終えないうちに、花田がアクセルを踏みこんでいた。細い道路を、制限速度を無視して突っ走る。まだサイレンは鳴らせない……岩倉は、握り締めた両手に早くも汗をかいていた。嫌な予感がする。一刻も早く追いつき、行動を確認しないと。

途中、直樹の実家の団地を通り過ぎた。今のところ、まだ直樹は先行しているようだが……団地を行き過ぎて少ししてから、花田が車を停めた。すぐに川嶋に電話をかける。

「どうですか？　はい……了解」すぐにまた車を出した。真っ直ぐ前を凝視したまま、「まだ多摩川方面に向かっています」と告げる。

「このまま行くと、田岡さんが襲われた現場だぞ」

「そこに何かあるんですかね」

「六郷水門——その先はもう多摩川だ。堤防道路の上から携帯を投げ捨てたら、見つけるのは難しいぞ」

「どのタイミングで摑まえるんですか？」

「何も決めていない。アドリブだ」実際、何のアイディアもなかった。早く声をかけ過ぎれば、直樹はいくらでも言い訳できるだろう。気晴らしに、ちょっと夜の散歩をしていただけだ、とか。何か上手いきっかけ——絶妙のタイミングを見つけなければならない。

花田はのろのろと車を走らせた。追い越してしまっては意味がない。すぐにまた電話がかかってくる。直樹は、南六郷緑地の脇を徒歩で移動中……花田は「分かりました」とだけ言って通話を終えた。

「緑地の東側というと、田岡さんが襲われたのと反対側ですね」花田が指摘する。

「そこまで行こう。その先はすぐ土手だから、車は捨てて歩いた方がいい」

「了解」

花田が一気に車を加速させた。あの辺からは、多摩川の堤防道路に出られる階段がいくつもある。南六郷緑地の先にも、そういう階段があったはずだ。

花田は迷わず車を走らせ、南六郷緑地の端――車止めがあって行き止まりになっているところで駐車した。岩倉はすぐに車から飛び出し、堤防道路に向かう急な階段を駆け上がった。

夜だが、水の気配はすぐ近くに感じられる。この辺りの多摩川は河川敷が広く、様々な施設が作られているのだが、土手のすぐ近くまで川が迫って来ている場所もある。階段の最上段まで達しかけたところで、岩倉は歩みを止めた。川嶋たちの姿も見えないということは、間違った場所に着いてしまったのか……。

思い切って土手に上がる。強い風が吹き抜け、岩倉は思わず首をすくめた。水門の向こうは、河原が抉られたような格好で細い水路になっており、そこまでは階段で降りられるようになっている。直樹は、人目につきにくい水辺近くまで降りていったのではないか……。

いた。

直樹はコンクリート製の水門のすぐ側に立ち、ブリーフケースに手を突っこんでいた。引き抜いた手を大きく振りかぶる――その瞬間、岩倉は反射的に「待て！」と大声を上げた。直樹が振り向く。岩倉の姿を認めると一瞬動きを停めたが、それでもすぐに、思い直したように右腕を大きく後ろに引く。

クソ、多摩川に水没したら、探すだけでも一苦労だ。それに、中に入っているデータは駄目になってしまうだろう。

「待て！」

岩倉はもう一度叫んで駆け出した。その瞬間、どこからか現れた花田が、直樹の背後から右腕を摑む。直樹が暴れたが、片手の自由を奪われてはどうにもならない。しかし花田も完全には制圧できなかった。花田よりも体格で優る直樹が暴れ続けたので、二人の体は離れてしまう。しかし直樹も、花田を振り払った勢いでスマートフォンを道路に落としてしまった。岩倉は、急いでスマートフォンを拾い上げた。

「これは誰のものだ？」顔の横で振りながら、直樹に訊ねる。返事はない。

「誰のものだ？」岩倉は繰り返した。「光山さんの携帯じゃないのか？」

暗闇の中、直樹の顔面がさっと蒼白になるのが分かった。明らかに尋常ではない様子で、岩倉は勘が当たった、と確信した。花田が素早く動いて直樹の腕を摑む。これで追い詰められる――しかし直樹は、思いもよらない反撃に出た。

花田の手を振り払うと、岩倉に突進してきたのだ。完全に虚を突かれた岩倉は、彼の体当たりを受けて道路に転がってしまった。直樹はそのまま馬乗りになり、岩倉が握っていたスマートフォンを奪おうとした。手首を摑み、ぎりぎりと締め上げ……がっしりした体格に見合った、強烈な力だった。顔は真っ赤になり、全力を振り絞っているのが分かる。岩倉は、このままだと手首が危ないと感じた。左手で彼の手首を摑んだものの、力が緩む気配はない。直樹が、空いていた左手でスマートフォンを摑んだ。このままだと奪われてしまう。こんな姿勢でも、腕をちょっと振れば、スマートフォンは水門の下――細い水路に落ちてしまうだろう。

その時ふいに、のしかかられた重さが消えた。直樹が短く悲鳴を上げる。慌てて身を起こすと、川嶋がそこにいた。堤防道路の上に転がっている直樹に手を伸ばし、腕を摑んで素早く立たせると、右のパンチを腹に叩きこむ。直樹が呻き声を漏らして、体をくの字に折った。川嶋は手慣れた感じで、表情すら変えていない。逮捕術ではなく、空手の技のような……川嶋は手を緩めず、直樹の左腕を脇に抱えこんだ。そのまま体重をかけて、じわじわと締め上げていく。直樹の体が沈みこみ、最後はうつ伏せに組み伏せられてしまった。川嶋は両手で左の手首もきつく固めており、直樹は完全に逃げ場を失っていた。

「川嶋！」岩倉は思わず叫んだ。このままだと、肩の関節が完全に破壊されてしまう。

「もういい！」

それでようやく、川嶋が立ち上がった。まったく平然とした表情で、埃を払うように両手を軽く叩き合わせる。直樹はうつ伏せに倒れたまま動かない。花田がすかさず右手に手錠をかけた。

「公務執行妨害の現行犯だ」花田が左手を突き出して腕時計を見た。「午後九時十五分」

岩倉はようやく立ち上がり、川嶋を見た。ワイシャツがズボンからはみ出し、ネクタイが曲がっているが、それ以外には格闘の形跡はまったく見当たらない。こいつ、何者なんだ？　のろまなデブかと思っていたら、音も立てずに動いて、あっという間に直樹を制してしまった——これが二回目だ。こういうところが、エージェントとして重宝される所以《ゆえん》かもしれない。人は、のっそりした見た目に騙されるのではないか？

「お前……」

「岩倉さん、鍛え方が足りないですねえ。それとも歳ですか？」川嶋がからかうように言った。

「お前……」岩倉は繰り返し言うことしかできなかった。

「じゃ、俺はこの辺で。もういいでしょう」あくびを嚙み殺しながら川嶋が言った。

「これ、手当は出るんですよね？」

知るか、と岩倉は腹の底で罵った。川嶋が笑みを浮かべて、ぶらぶらと去って行く。残された刑事は三人……川嶋と一緒に尾行を続けてきた所轄の若い刑事は、啞然とした表情を浮かべて立ち尽くしていた。

「どうします？」直樹を立たせながら花田が訊ねた。

「署に連行する」

「この時間から？　いいんですか？」

「緊急事態だ」

岩倉は、道路に落ちていたスマートフォンを拾い上げた。無事……とは言えない。そもそも壊れていたのだから。果たしてデータをサルベージできるかどうか、岩倉には予想もできなかった。

夜十時過ぎの取調室……冷えこみ、暖房が欲しいほどだった。岩倉はテーブルを挟んで直樹と対峙した。川嶋に組み伏せられた時に負傷したのか、右の頬が赤く傷ついている。

「怪我は？　手当の必要はないか？」岩倉はまず甘く出た。

「いや、別に……」

直樹は顔を上げなかった。岩倉は黙って、彼の次の言葉を待った。しかしいつまで経っても、彼は口を開こうとしない。

「今日はもう遅いから、できるだけ手短に行こう。あのスマートフォンは、殺された光山さんのものだな？」

バッテリーは完全に放電していたが、ケーブルをつなぐと無事に電源は入った。ざっと調べて、電話番号から光山本人のものだと既に確認できていた。

「黙っていてもいいけど、光山さんのものだということは分かっているんだ。どうして君がそれを持っている？　光山さんと面識があったのか？」

なお、沈黙。岩倉は両手を握り合わせた。直樹はうつむいたままで、唇を嚙み締めているようだった。

「どうしてあんな風に壊れたのかな。例えば、高いところから落ちたとか……最近のスマートフォンは頑丈になっているだろうけど、限度はある。落ちた——光山さんと一緒に転落したんじゃないか？」

急に、目の前の直樹が可哀想に思えてきた。岩倉の頭の中では、既にストーリーが出来上がっている。家族を守ろうとする気持ちが強いばかりに、こんな事件が起きた——とはいえ、まずは事実関係を明らかにしなければならない。

「君が光山さんを殴って、六郷橋から突き落とした。違うか？」

直樹は答えなかった。否定しないことは肯定——大抵の容疑者に通用する原則だ。肩が震えている。しかし直樹は突然顔を上げると、毅然とした表情——いや、怒りの表情を浮かべた。岩倉は椅子を少し引いて、彼との間に距離を作った。組み合わせた両腕は腹に置く。ここが勝負所——一気に攻めて落とさないと。

「光山さんは、弟さんが自分の恋人を殺したと最後まで思いこんでいた。無罪判決を受けたのが我慢できなくて、家にまで押しかけて話をしようとしていた。君たち一家にとっては、許しがたい相手だったんじゃないか？　せっかく無罪判決を勝ち取って、これから何とかやり直そうと思っている時に、横から突然因縁をつけられたようなものじゃないか。相手も頭に血が上っているから、冷静に話しても分かってもらえそうにもない。そういう状況で、君は何を考えた？」

「どうして自分たちだけが……」直樹がぼそぼそとした低い声で答える。

「自分たちだけが損をする？」

「だって、そうじゃないですか！」ようやく直樹が顔を上げ、叫んだ。「十年前の窃盗未遂……あれだって、巻きこまれただけなんです。でも、一度でもあんなことがあると、周りはいつまでもそういう目で見る」

「ああ」

「特にあの辺は、人の目がうるさいから。たぶん、田舎の街があんな感じですよね？誰もが顔見知りで、お互いに監視し合ってるような」

岩倉は無言でうなずいた。田舎特有の閉塞感は、十八歳で上京した岩倉もよく知っている。自分自身、それが嫌で田舎を離れたようなものだから。彼が指摘する通り、監視と言えば監視だ。「昨日、あそこで何してた」と突然言われて驚くことも多かった。悪意はなくとも、他人の行動をつい見てしまう。そしてそれを、自分の胸の中だけにとどめておくことができない。

「東京の下町も、こんな雰囲気だと思うよ」

「たぶん……自分はここと横浜にしか住んだことがないから、分からないけど」

「横浜は、また感じが違うんだ？」

「あそこは横浜と言っても外れも外れ……変な言い方ですけど、山の中ですよ。山を切り開いて作った新しい住宅地ですから。昔からの住人もいるんでしょうけど、基本的には新しく越して来た人ばかりが住む、新しい街です。それに俺は会社の寮に入っているから、近所づきあいがあるわけでもないし」

「会社の中でも、煩わしい人間関係はあまりないしな」

「楽な会社です」認めて直樹がうなずく。ほんの少し、顔から緊張感が抜けていた。

「でもそれが、一年前にひっくり返った」

「ああ……」直樹がうなだれる。涙がテーブルに零れた。「滅茶苦茶になりました。会社の人はフォローしてくれたけど、それが逆に辛かったんです。裁判のこともあったし、母親の世話で有休も使い果たして、身も心もボロボロになりました。でもそうなっても、誰も気遣ってくれませんでした」

「地元の友だちは？　浅野さんや辻本さんは、親身になって心配してくれたじゃないか」

「彼らは、いい子たちですよ。でも、自分の生活もあるじゃないですか。やれることには限りがあるし、迷惑をかけるわけにはいかないし」

「彼らは今回も、本気になって心配して、俺のフォローが足りないと抗議されたぐらいだ」

「でもこれは、あくまで家族の問題なんです。いくら親身になってくれても、裁判や生活は自分たちで何とかしなくちゃいけない」

「頼ればよかったんだよ。こういう時に、心配してくれる人がいるのは幸せなんじゃないかな」

「本音では……本当は誰だって、面倒なことには関わり合いたくないんじゃないですか」

「君は、彼らとじっくり話したか？　彼らだけじゃない。秋山さんとはどうだ？　彼は警察OBだけど、昔から君たち家族をよく知っているし、面倒見もいい。今はあそこの団地の自治会長でもあるし」

「迷惑かけられないじゃないですか」直樹が反論した。「秋山さんのことは、確かに昔からよく知ってます。いい人だってことも分かってます。でも、駄目なんです。頼れないんです」

「そこまで頑なにならなくても……俺は、この街にはいいコミュニティがあると信じてるよ。多少鬱陶しいかもしれないけど、頼りになるはずだ。甘えるべきところは甘えてよかったんじゃないかな。そうすれば……」岩倉は口を閉ざした。「こんなことは起きなかった」と結論を出すのは簡単である。しかし本当に起きなかったかどうかは、誰にも分からない。

「頼れない理由があったんですよ」

「どうして？」

「それは……」直樹が躊躇う。

「直樹君、君は取り敢えず、公務執行妨害で現行犯逮捕されている。それは、俺たちの捜査を妨害した——事情聴取を拒絶して、俺に突っかかってきたからだ」この容疑は非常に便利なもので、取り敢えず現場で身柄を確保する際によく使われる。それ故批判もあるのだが、この場合は仕方がない。「要するに君は、自由を奪われた。それに今後、それ以上の容疑がかかってくる。どういうことか、分かるな？」

「ちょっと待って下さい！」直樹が叫んだ。「家族に連絡を取らせて下さい！　母親も弟も入院中なんですよ。二人を放っておけないでしょう！」

「駄目だ」岩倉は敢えて冷たく言った。

「どうしてですか！」直樹の声がさらに甲高くなる。

「弁護士とは話していい。君の方で頼める弁護士がいないなら、当番弁護士を通じてにしてくれ。家族とは直接連絡を取れない決まりなんだ」落ち着けば接見も可能だが、ここは少し揺さぶってみよう。

「そんなの、おかしい！」

「こっちで連絡を取っておく」岩倉は譲歩した——譲歩するふりをした。いずれにせよ、警察からも家族には連絡を入れることになるのだ。

直樹の喉仏が上下した。目に見えて緊張し、寒いぐらいの取調室の中で、額には薄らと汗が滲んでいる。

「その件については、ちょっと後回しにしようか」直樹の言い分がどうにも気になった。「頼れない理由って何なんだ？」

直樹は口を開かない。話せば全てが崩れてしまうとでも考えているのかもしれない。

しかし岩倉も引かなかった。

「あのな、警察は常に厳罰を望んでいるわけじゃない。事件は、一つ一つ違うんだ。状況によっては、情状酌量をお願いすることもある。そのためには、背景を全て知らなければならないんだ。君たちがどうして周りの人に頼れず、自分たちだけで悩んでいたか……これは大事な要素なんだよ」

コミュニティから孤立していたとすれば、十分同情すべき要素である。岩倉は、その辺りを送検の時に上手く盛りこもうと考えていた。

しかし、直樹の口から出てきたのは、意外な真相だった。

「親父は……亡くなりました」

「十五年前だったね」岩倉は合いの手を入れた。

「どうして死んだか、知ってますか？」

「心筋梗塞だと聞いてる」

「違います」

「違う？」岩倉は思わず身を乗り出した。「どういうことだ？」

「自殺だったんです」

その一言で、取調室の温度がさらに下がったようだった……そんなことを秘密にしておけるのか？　いや、不可能ではあるまい。警察は調べたはずだが、事件性のない自殺だったら、「近所の人に教えないで欲しい」と家族が頼めば、口をつぐむだろう。

「心筋梗塞じゃなかった？」

「そうです……でも、そんなこと、言えないじゃないですか」

「言えないことは……言えないか」

「それこそ、隣近所に迷惑というか、みっともないじゃないですか。母親が、心筋梗塞ということにしようと言い出して、俺も勇太もそれに賛成したんです。あの頃はまだ未成年だったけど、やっぱり親が自殺したっていうのはショックで……誰にも言わない方がいいと思いました」

「分かるよ」

「それに、自殺の原因が……」

「何だ？」

「近所の人と揉めていたんです」

「団地の人？」

「違います。俺は詳しくは知らないんですけど、どうでもいいような、些細なことが原因だったようで……ただその人も、何年かして病気で亡くなったそうですけど」

「それでお父さんは心筋梗塞で亡くなったという、嘘の情報だけが残った」

「はい」直樹がうなずいた。「そういうことがあったので……つまり俺たちは、秋山さんたちにも嘘をついたことになります。だからずっと、後ろめたくて。俺は就職してから、引っ越そうと母親に提案したんです。研究所が横浜ですから、その近くに……あの辺だと、マンションも安く借りられます。でも母親が、どうしてもあそこから引っ越したくないと言い張ったので、結局駄目でした」

夫が自殺した家にずっと住み続けようとする気持ちは……分からないでもない。何だかんだ言って、思い出が詰まった部屋なのだろう。

「辛いことだったね」

「でも、近所の人たちに頼れない感じ、分かりませんか？　嘘をついてるっていうのは、嫌なものです。今さら本当のことは言えませんし」

「ああ」

それでも頼るべきだったと思うが……直樹は、あまりにも頑な過ぎたのではないだろうか。

「父親が自殺して、弟は逮捕されて――本当は、夜逃げしないといけないぐらいだったんです。それでも母親はあそこから動きたがらなかったし、弟を支えるためにも俺が頑張らなくちゃいけなかった」

「君は強いよ」

「強くないです。だって……」直樹が息を呑んだ。「耐えきれなかったんですから」

「弟さんが責められることに？」

直樹が無言でうなずく。既に目は乾いており、言葉もしっかりしていた。

「あれからずっと、きつかったです」

「分かるよ」人を殺して平然としていられる人間はいない。「でも、はっきり言ってもらえないかな。君が、光山翔也さんを殺したのか？」

直樹は無言だった。岩倉は、「君が光山さんを殺したのか」と繰り返し訊ねる。直樹が真っ直ぐ岩倉の顔を見つめた。突然、その目に涙が溢れ、震える声で「ああするしかなかったんだ！」と叫んだ。

「殺したんだな？」

「ああするしかなかったんだ！」

言葉を絞り出すように繰り返して、直樹がしゃくり上げ始める。岩倉は彼の動揺が収まるのを待った。ほどなく、直樹が「ああ」と溜息を漏らし、ハンカチを取り出して鼻をかんだ。目は真っ赤。呼吸が荒くなり、ひきつけを起こすのではないかと心配になった岩倉は、傍に置いてあったミネラルウォーターのペットボトルを彼に渡した。震える手でキャップを捻り取って、直樹が一口飲む。口の端からこぼれた水が顎を濡らした。

「よく認めてくれた。これでもう、肩の荷を下ろしていいんだよ。君が辛い思いをしたのは分かっている」

直樹は何も言わず、首を横に振るだけだった。言葉にしてしまったことで、罪の意識を実感したのかもしれない。

「あの日は、何があったんだ？　君たちはどうしてあんなところにいた？」

直樹がすっと息を呑んだ。一瞬目を閉じ、沈黙する。何とか落ち着き、冷静に記憶を整理しているように見えた。ほどなく、目を閉じたまま、話し始める。

「あの日の夜……十一時半頃に、ドアをノックする音がしたんです。無視してもよかったんですけど、それがずっと続いて……近所迷惑になるような音じゃなくて、静かに、でも延々と。母親が怖がってしまって、このままじゃいけないと思ったんです。あの男だということは分かっていましたから、何とか決着をつけようと決めました。弟が何もやっていないのは明らかなんですから」

「その件については、自信があったんだね？」

「はい。後で、もっと確実に、絶対の自信ができましたけど」

「どういうことだ？」

「順番に話していいですか？」わずかに抗議するような口調で直樹が言った。

「ああ、すまん……続けてくれ」岩倉はさっと頭を下げた。

「とにかく、一度きちんと話をして、それで追い払ってしまおうと思って……でも、家で話すわけにはいきませんから、外へ出たんです」

「それで、六郷橋へ？　結構離れてるぜ」

「静かに話ができるところへ行こうって誘ったんです。あの男も反対しませんでした。

それで、通りかかったタクシーを拾って、六郷土手の駅の近くでおりたんです」

うなずいたが、岩倉は嫌な気分を味わっていた。タクシーの運転手が、二人を覚えていた可能性もあるのではないか……もっと早く、直樹に辿りつけていたかもしれない。

「駅の近くっていうのは、具体的にどの辺だ？」この証言は重要だ。後で、タクシー会社に確認する必要がある。

「駅前……第一京浜を途中で左の側道に入って、駅前まで行けるんですけど」

「そこなら分かるよ」第一京浜の脇道をずっと走って、六郷土手の交差点を右折すると、すぐに駅前に出る。「でも、もう少し具体的な場所を教えてくれないか」

「第一京浜の、インターチェンジみたいな場所があるじゃないですか」

「宮本台緑地のところだね？」緑色の巨大な門があって、中は小さな広場になっている。

「緑地」というほど緑はないのだが……遺体発見現場のすぐ近くだ。「それから？」

「緑地の脇の細い道を通って、土手まで出ました」

「堤防道路のところだね？　でも君たちは、その上――六郷橋の手すりのところまで行った。どうしてだ？　あそこは交通量も多いし、話をするのにあまりいい環境とは思えない」

「それは何となく……あの、夜中の河川敷って気味が悪いんですよ。あんな広い場所に誰もいなくて」

「それが怖くて、上に行った？」

「そうだったと思いますけど、よく覚えていません。歩いていて何となく、だったと思います」

「それで、六郷橋のところで話し合いをした？」

「話し合いじゃないです。いきなり罵られて」直樹の顔が歪む。「それまで何も言わなくて、気味が悪かったぐらいなのに、急に……それで動転してしまって」

「向こうは何を言い出したんだ？」

「何で人殺しが無罪になるんだって……俺としては、裁判でそうなったんだからしょうがない、完全に無実と判断されたんだから、もう勘弁してくれと言うしかなかったんです。でもあの男は、弟が犯人だと頭から決めつけていて……冗談じゃないですよね」

「分かるよ」

「それで結局――」

「殴り合いになった？」

「殴り合い、ではないです。俺がついかっとなって、一発殴って」

「それで光山さんは橋から落ちたのか？」

「いえ、別に俺はボクサーじゃないですから。人を殴ったことなんか、あれが生まれて初めてだったし」

「それで？」

「たまたま急所に入ってしまったみたいで、ふらふらになって……それで胸を押したら、落ちてしまったんです。殺すつもりなんかなかった……たまたまなんです」

「押したら転落する——それで死ぬことは分かっていたんじゃないか」これは「未必の故意」が成立するかどうか、非常に重要なポイントだ。「死ぬかもしれない」と分かっていてやったとすれば、「過失」にはならない。

「あそこの手すりは結構高いじゃないですか。落ちるなんて思ってもいませんでした」

「殺すつもりはなかったんだね？」

「ないです。そもそも殴るつもりもなかった。あんまり弟のことをひどく言うから、つい手が出てしまっただけです」

「本当に、殺すつもりはなかったんだね？」岩倉は繰り返し念押しした。

「はい」直樹がうなずく。

ここは最重要のポイントだ。殺意があったかどうか、未必の故意があったかどうかで、「殺人」か「傷害致死」かが分かれる。傷害致死なら三年以上の有期懲役。しかし殺人なら法文上は死刑もありうる。

「よく覚えてないんです……俺はただ、弟を守りたかっただけで……あの男は、とにかく弟が彼女を殺したと信じていて、それを弟に認めさせたかっただけなんです。そんなことは許されない」

「それでも、あくまで冷静に話し合うべきだった」

「分かってます」直樹の首ががくんと落ちた。「分かってますけど、俺は家族を守らなくてはいけなかったんだ」

「そうか——」山は越えた。事実関係、動機、全てがはっきりした。岩倉はそっと息を吐き、少しだけ体の力を抜いた。今日はあまり遅くまで引っ張れないが、もう少しだけ、現場の状況を確認しよう。「光山さんが落ちた後、どうした？」

「下へ降りて確認しました」直樹の声が震え始める。「息がありませんでした」

「救急車を呼ぼうとは考えなかった？」

「それは……」直樹が目を見開く。「それで生き返って、あの時のことを話したらどうなります？　また勇太が悪者にされるんですよ。犯罪者の家族はやっぱり犯罪者だって言い出すに決まってるんです。それに便乗する連中も出てくる。それに俺が逮捕されたら、家族を守れない」

岩倉は黙って直樹の顔を凝視した。気持ちは分からないでもない。しかし結果的に君は、もう家族を守れないではないか……とても、今の彼にそんなことは言えない。他人に指摘されるまでもなく、十分理解しているはずだし。

「その後君は、光山さんの荷物を持ち去った」

「はい」

「荷物は何だった？」

「バッグ一つです。あの、小さいバッグで、肩から斜めがけするみたいな……何て言うんですかね？」

「分からない。ファッション関係は疎《うと》いんだ」岩倉は苦笑した。「とにかく、バッグ一つだったんだね。大きさや色は？」

「大きさはこれぐらい……」直樹が両手を二十センチほど離した。「色はモスグリーンでした」

「そのバッグは？」

「捨てました。燃えるゴミで出して」

「スマートフォンは？　どうしてあれだけ取っておいたんだ？」

「あのスマートフォンの中、見ましたか？」直樹が探りを入れるように訊ねる。

「今確認してる」ふいに、胸の中にざわめきが生じる。「君は見たのか？」

「ええ。何だか気になって、念のために」

「何を見た？」

「それは……岩倉さんが見て下さい。自分の目で確認して下さい」直樹の顔からは血の気が引いていた。まるで見てはいけないものを見てしまったように。

3

スマートフォンには実に多くの情報が入っており、全てを整理するにはそれなりの時間がかかる。

鑑識が「徹夜しても間に合わない」と音を上げたので、岩倉はその夜の取り調べを終わらせることにした。取り敢えず、事件そのものに関しては自供を得たから、最大の山はもう越えている。数時間後——朝からまき直しだ。

岩倉は刑事課の自分の席で、椅子に浅く腰かけてだらしなく足を投げ出した。両手を後頭部にあてがい、ぼんやりと壁を眺める。既に日付が変わる時刻。やり遂げたという思いと、まだ中途半端だという思いが頭の中で渦巻き、どうにも落ち着かない。

「お疲れ様でした」

安原が部屋に入って来た。彼も迷惑を被っている。捜査会議を終えて帰ろうとしていたところでややこしい連絡が入り、結局そのまま署に居残っているのだから。この男も長生きできないかもしれない、と岩倉は同情した。それに、家庭は大丈夫だろうか。

「課長こそ」

「私は何も……しかし、急でしたね」

「こういう時があるんだよ。こっちで予想しているよりもずっと速いペースで捜査が動き出す……」

「今がまさにそうでしたね」

岩倉はうなずき、爪をいじった。いつの間にかずいぶん伸びている。蒲田へ引っ越してくる時に爪切りをなくしてしまい、以来、ずっと実里に借りている。爪切りぐらいコンビニでも買えるのだが、何となく面倒だった。今夜こそ、途中で買って帰ろうか。

「光山さんのスマートフォンの内容が確認できれば、今埋まっていない穴が埋められるはずだ」

「どうして田岡がずっとスマートフォンを持っていたか……それが分からないんですが」

「何か裏があるんだよ」

「無理にでも喋らせればよかったじゃないですか」

「いや、それだと彼との信頼関係がなくなる。スマートフォンを調べて分かるものなら、徹底して調べればいい」

「ですね……」安原があくびを噛み殺した。「ガンさん、もう引き上げて下さいよ。明日は捜査会議に出なくていいですから、朝から取り調べを始めて下さい」

「そうだな……お前はどうする？　うちに泊めてやろうか？　布団はないけど、ソファで寝られるぞ」

「それなら署に泊まった方がましですよ」安原が苦笑した。「とにかく、明日の朝から厳しくお願いします」

安原が出て行ったので、岩倉も立ち上がった。そう言えば、自分のスマートフォンは放置しっ放しだった。

留守電が入っている。確認すると人事第二課の横山だった。メールを入れておきます、という内容……確かにメールも届いていた。立ったまま内容に目を通し、岩倉は困惑した。ニヤリとするべき場面かもしれないが、そうするには重過ぎる内容だった。しかしこの情報は、自分にまとわりつくような面倒な網を叩き切ってくれるだろう。

ただし、すぐに使うわけにはいかない。この件が一段落してからだ——もしかしたら、しばらく時間がかかるかもしれない。スマートフォンからデータをサルベージすると、事態が一段複雑になってしまう可能性もある。

礼を言わないと……横山の電話番号を呼び出したものの、いくら何でも電話をかけるには遅過ぎる。取り敢えず、メールに返信しておいた。電話は明日の朝でいいだろう。

ほっと息を吐いて、刑事課を出る。家までの間に、コンビニは五軒もある。

しかし岩倉は、やはり爪切りを買って帰らなかった。


翌日九時から、岩倉は直樹に対する取り調べを再開した。

一晩経ち、直樹は落ち着いたようだった。魂が抜けたというか……目は虚ろだが、こちらの質問に対しては丁寧に答える。

質問が一段落した時、直樹の方で逆に質問してきた。

「スマホの分析は終わりましたか?」

「まだだな」岩倉は腕時計を見た。取り調べを始めてから一時間が経っているが、連絡はない。何か出てくれれば、取り調べ中でもメモを差し入れてくれるはずだ。

「そうですか……」

「なあ」岩倉はテーブルの上に身を乗り出した。「君が話してくれた方が、話が早いんだけどな。もったいぶる理由は何なんだ？」

「適当なことは言いたくないんです。警察の方で確認してもらった方が確実ですから。思い違いだったら嫌だし」

「何か、事件に関係したことがあったんだな？　どの事件だ？」

「それは、見てもらえば分かるはずです。俺には、はっきりしたことは分からない」

「君も強情だね」岩倉は頭を掻いた。「別に、君の分析や解釈に頼らないとどうしようもないわけじゃない。ただ、何かヒントぐらいくれてもいいんじゃないか？　どのデータが問題なのか……連絡先か？　メールか？　写真か？　それが分かれば、絞りこんで調べられる」

「……写真です」とうとう直樹が打ち明けた。

「スマートフォンで撮影された写真？」

「ええ」

「それを見ればいいんだな？」

「写真は大量ですけど、見ればすぐ分かります」

岩倉はうなずき、「一時休憩します」と告げて、記録係の花田に目配せした。少し外すから、監視を頼む――花田が素早くうなずいた。

特捜本部のある会議室に飛びこみ、安原に今の情報を説明する。安原はすぐに、別室でスマートフォンのデータ解析をしている鑑識の連中に電話で連絡した。

「え？　分かった？」安原の顔色が変わる。送話口を掌で押さえて、岩倉に「怪しいものを見つけたようです」と告げた。

岩倉は最後まで聞かずに、会議室を飛び出した。隣にある作業用の小部屋――防犯カメラの映像分析などもここで行われる――に飛びこむと、中に詰めていた刑事たちが一斉に振り向く。

「何が見つかった？」

「この画像が」

捜査一課の若手刑事が、嫌そうに告げる。どうやら、岩倉に対するアレルギー反応は深刻なようだ。しかし、気にしていてもしょうがない。人間関係をあれこれ気にするような年齢は過ぎた。

岩倉は、テーブルに置かれたパソコンに突進した。傍らには、昨夜押収した光山のスマートフォン。画面は……室内だった。画像が目に飛びこんできた瞬間、岩倉は凍りついた。

現場だ。

女性が横向きに倒れている。部屋着――丈の長いワンピースのような服だった――の裾が腿のところまでめくれ上がり、両手は力なく体の前方に投げ出されている。長い髪は乱れて、顔は半分ほど隠れていた。見えている顔の部分には血の気がない。髪の隙間から左目が覗いていたが、虚ろだった。口の端から、血が糸のように細く流れている。死んでいる。

「写真のデータは？」岩倉は画面を凝視したまま訊ねた。

「去年の石川春香が殺された日時と一緒です」若手の刑事が答える。緊張のせいか嫌悪感のせいか、声は掠れていた。

「これ一枚か？」

「いえ」

刑事がパソコンを操作し、何枚かの写真を岩倉に見せた。角度は違うが、明らかに殺人事件の被害者を写したもの――顔もはっきり分かった。

この写真が光山のスマートフォンに残っていたということは……岩倉は部屋を飛び出した。取調室に飛びこむと、直樹がすっと顔を上げる。

「写真を見た」

「そうですか」直樹が震える声で言った。

「君は……どうしてすぐに言ってくれなかったんだ？」

「言ってもどうにもならないじゃないですか！」直樹の口調が激しくなる。「弟が犯人じゃないっていう証拠にはなるけど、裁判は終わっているんです。今さら証拠が出てきても何にもならない。警察は最初から間違っていたんですよ」

「……そうだな」岩倉は認めざるを得なかった。

「それに、全て終わったんです。俺は人殺しを殺した。もしかしたら裁かれないままずっと生きていくかもしれない人を殺した。それは、やっぱり間違っているんですか？」

「一種の私刑《リンチ》か……悪い人間が減るのはいいことだけど、日本ではそういうことは許されていない」

「そう……ですよね」直樹が溜息をついた。

「君はあの事件について、光山さんと話したのか？」

「話しました。あまりにも弟のことを責めるから、何か特別な事情でもあるのかって。普通、裁判で無罪になった人間を、あんなに必死になって追いこみませんよね？　真犯人は別にいる、警察がミスしたと考えるでしょう。責めるなら警察を責めるはずです」

「ああ」

「だから、何か事情がありそうだと思ったんです。そうしたら……」

　直樹が明かした話がどこまで本当かは分からない。彼は未だに計算していて、岩倉を欺《あざむ》こうとしている可能性もあるのだ——しかし話を進めるうちに、岩倉は彼は嘘をついていないと確信した。そこまでは余裕がない。それに、仮に光山が殺人犯であっても、直樹の罪が軽くなるわけではないのだ。

　昼近くまで、整理しながら事情聴取を続け、岩倉は直樹の事件についてはほぼ固められた、と自信を持った。

「昼休憩にしようか。食事は留置場で取ってもらうけど」

「ええ……」直樹の声が暗くなる。やはり、留置場には恐怖を感じているのだろう。

「一つ、分からないことがあります」

「何だ？」

「どうしてあんな写真を撮っていたんでしょうか。おかしいですよね？　自分が人を殺した証拠をわざわざ残しておくなんて。はっきり言って異常です。見た瞬間に、怖くて震えました」

「本人が死んでいる以上、はっきりした理由は分からない。ただ過去にも、こういうことはあった。自分が殺した人間を写真に撮る――遺体の写真を記録に残した人間はいた。例えば二〇〇二年五月に発生した事件だ」

「ずいぶん昔の事件ですね」

「ああ」岩倉はうなずいた。「この時の犯人は、一人暮らしの女性会社員の家に忍びこんで暴行し、殺してしまった。強盗目的がエスカレートしたらしい。そして遺体を携帯で撮影して、ずっと手元に残していた。それが、逮捕の決め手にもなったんだ」

「どうして残しておいたんですかね。危険じゃないですか」

「後で犯罪心理学者の講義を受けたよ。変形的な所有欲ではないか、という解釈だった」

「所有……」直樹の表情が暗くなる。

「殺すということは、究極の支配じゃないか。相手の命を奪うわけだから、殺した方は絶対的な優位に立てる。相手を百パーセント支配した——身も心も手に入れたという意味での『所有』だ。そんなものが見つかったら逮捕されるかもしれないと分かっていても、写真は消せなかったんだな」

「……理解できません」

「俺もだよ」岩倉は肩をすくめた。「アメリカではこういう事件もあった。これはちょっと古いんだけど——一九八四年にロサンゼルス郊外で起きた連続殺人事件だ。この時ターゲットになったのは、非白人——マイノリティの売春婦だけだ。アメリカ人は心理学が大好きだから、犯人像についてあれこれ推測合戦が起きて大騒ぎになったそうだけど、結局犯人は、囮《おとり》捜査に引っかかって逮捕された」

「囮捜査って、警官が売春婦に化けたとかですか？」

「ああ」

岩倉は顔が引き攣るのを感じた。この犯人が逮捕された時にはまだ警察官になっていなかったし、当然現場の様子さえ知らないのだが、この業界では超有名な事件——囮捜査に従事した女性警官が首を絞められて脳死状態になり、その後十年も寝たきりのままで亡くなったのだ。警察官の職務時の死亡率はタクシー運転手より低いというのが日本の統計だが、アメリカではまた事情も違うだろう。銃を持った相手に対峙することも少なくないのだ。しかし、十年の歳月を失った末に亡くなるのは辛過ぎる。

「その囮捜査で逮捕された犯人の自宅を家宅捜索した時、とんでもないものが見つかったんだ」

「何ですか」

「神殿」

「神殿？」直樹の眉がぐっと寄る。

「神殿というのは本人の言い分なんだけど、実際はトイレなんだ。トイレの三方の壁とドアに、自分が殺した犠牲者の写真が一杯に張ってあったんだ」

「何ですか、それ」今度は直樹の表情が引き攣る。

「向こうの犯罪心理学者は、あれこれ自説を発表して、それこそ全米が大騒ぎになったらしい。結局は所有欲──自分が殺した人間を、永遠に自分のものにしておきたいという欲求の象徴みたいなものだったんじゃないかな」

「でも、その写真……現像に出す時にバレなかったんですかね」

「犯人はご丁寧に、自宅に暗室を作って、自分で処理をしていた」

「そんなこと、できるんですか？　現像って、機械で自動的にやるんじゃ……」

「個人でもできる。機材もそれほど高くないし、一畳分のスペースがあれば暗室は作れる」

「光山は……」

「何とも言えない。少なくとも彼の家では、遺体の写真は見つかっていない」

　君が殺さなければ、真相が分かったかもしれない……しかし今、そんなことを言っても無意味だ。

犯人不在の状況で、捜査をやり直す——それを担当するのが自分でなくてよかった、と岩倉はほっとした。同時に、もしも自分が北大田署の特捜本部に入っていたらどうなっただろうと思う。かなり強引な捜査だったのは間違いなく、疑問を感じて途中でストップをかけていただろうか。そしてまた、敵を増やしたのか?

4

これほど不安なこともない。何の防御手段もないまま、地雷があると分かっている中へ突っこんでいくようなものだ。問題は、いつ爆発で吹き飛ばされるかだけ——だいたいこういう話し合いは、幹部同士でやればいいのではないか? 警部補の自分が加わる必要はないだろう。

しかし、捜査一課長の強い命令とあらば仕方がない。課長が何を考えているかは分からないが、その命令は絶対だ。

呼び出されたのは十一月一日。田岡勇太が無罪判決を受けて自宅に戻ってきてから、ちょうど一ヶ月だった。

その一ヶ月の間に、実にいろいろなことがあった。岩倉は、午後早くに北大田署に「出頭」するよう命じられていたので、早めに昼飯を摂ることにした。岩倉が勝手に

「蒲田名物」と認定しているトンカツの名店の一つ。京急蒲田駅とＪＲ蒲田駅のほぼ中間地点にあるこの店は、十一時に店を開ける。岩倉と花田の二人は昼食時間前、十一時半に訪れたのだが、既に行列ができていた。蒲田の勤め人は、ここのトンカツを食べるためなら、少し仕事をサボるぐらいは何とも思っていないようだ。

カウンターだけの店で、隣の人と肩が触れ合うぐらい狭いのは仕方がない。花田はそれが不満そうだったが、運ばれてきたロースカツ定食を見て、一気に笑顔が広がった。それこそ「ガツガツ」という擬音が似合いそうな勢いで食べ始め、一気に皿を空にしてしまう。まだ外で行列に並んでいる人がいるからと、食べ終えてすぐに店を出ると、天を仰いで「ああ」と溜息を漏らした。

「あれで千二百円ですか？　たまげたな」

「夜はもう少し高いよ」

「それでも、とんでもなく安いんじゃないですか？　あんなに分厚いトンカツ、初めてですよ。美味かったなあ」

「豚肉がいいんだろうな」

「今回の事件が終わって蒲田を引き上げても、プライベートで食べに来ます」

「並ぶ時は俺も呼んでくれ。つき合うから」それはやや不安……蒲田に住むようになって一年半が経ち、体重は一キロ増えた。トンカツを食べる頻度が上がったのも原因だろう。

「そうしましょう」花田は嬉しそうだった。この事件の捜査をしている最中は、ずっと淡々としていたのだが、本来は明るい男なのかもしれない。

満足した花田と一緒に署に戻り、気合いを入れ直した。これから安原と二人、北大田署へ向かわねばならない。刑事課に顔を出すと、安原は忙しげにパソコンのキーボードを叩いていた。報告用のメモをギリギリまで作成中か……草案は岩倉が作ったのだが、課長なりにつけ加える部分もあるのだろう。

岩倉は自分の分の資料を整えた。といっても、ほんのわずか——必要な情報は全て頭に入っている。

移動には京急を使った。車を使うよりは明らかに早いはず——だが、むしろ早過ぎたと岩倉は悔いた。もう少しゆっくり、考える時間が欲しかった。安原も落ち着かない様子で、しきりに貧乏揺すりをしている。本当は資料に目を通したいところだろうが、公共交通機関の中ではまずい。結局、ろくに話もできないまま、北大田署に着いてしまった。

今回の「検討会」の出席者は、去年の特捜本部の主要メンバーだった。本部から、捜査一課管理官の宮本《みやもと》と係長の島《しま》。北大田署からは刑事課長の藤本が出席していた。

口火を切ったのは、管理官の宮本だった。

「今回は、南大田署にはいろいろ迷惑をかけた」いきなり頭を下げる。

こいつでよかった、と岩倉はほっとしていた。年次は岩倉の一年下。「ロボット」と揶揄《やゆ》されるぐらい感情の起伏のない男で、普段はつき合いにくいのだが、頭に血が昇った人間を相手にするよりはましだ。一方藤本は、露骨に不機嫌そうで、ずっと唇を捻じ曲げている。それも当然……去年の事件で、藤本が強硬に「田岡犯人説」を主張したことを、岩倉は摑んでいた。

「安原課長、田岡直樹の自供について、もう一度説明してもらえるか」宮本が指示する。

安原は立ち上がろうとしたが、すぐに思い直したのか、椅子に腰を下ろした。狭い会議室での非公式な打ち合わせに過ぎないのだから、何も捜査会議のように振る舞う必要はない。

「既に資料はお渡ししていますが、改めて説明します。田岡勇太が無罪判決を受けて自宅へ戻った後、光山翔也は何度も田岡の自宅を訪ねています。田岡を犯人だと糾弾して、話をさせろと強く要求していました。兄の田岡直樹は、弟の身を案じるあまり、自分が壁になろうと決めた結果、今回の犯行に至ったものであります」

その後は、岩倉が聞き出し、他の刑事たちが裏を取った事実の説明が続く。岩倉は腕組みをしたまま相槌も打たず、安原の話を聞き続けた。

「ガンさん、光山がどうして田岡に執拗に面会を求めたのかが、結局まだ分かっていない」宮本が指摘した。「その辺、田岡の取り調べを担当した人間としては、どう解釈している？」

「光山は、自分に捜査の目が向くのを避けたかったんじゃないでしょうか。無罪判決が出た後、北大田署がどういう捜査をするつもりだったかは知りませんが、光山としては、自分が疑われるのを恐れたんでしょう。警察の視線を逸らすために、田岡のところへ乗りこんでひと暴れしようと考えた可能性があります。実際、無罪判決を受けても、田岡を犯人と見る人間は少なくなかった――それが故のトラブルも起きています。光山はそういう状況を利用して、自分が疑われないように田岡を巻きこもうとしたんじゃないですかね。それが、検察が控訴を断念したことでエスカレートしたのかもしれません」

「なるほど……死人に口なしだがな」

「それはそうですけど、それほど外れてはいないと思いますよ」岩倉は指摘した。

「分かった」宮本がうなずく。「光山のスマートフォンに残っていた写真を解析した結果、間違いなく被害者の石川春香さんを写したものだと分かった。場所も、彼女の部屋で間違いない。殺した直後に何枚か撮影して、そのまま保存していたようだな。意味不明な行動だが……」

「犯罪心理学者にでも聞くしかないですね」岩倉は言った。岩倉自身は、犯罪心理学者たちの言い分を全面的に信じているわけではないが。「ただ、やはり征服欲、所有欲の問題かと……普通なら、証拠になる写真を残しておくはずがない。それをわざわざ、一年半も持っていたというのは、被害者が死んだ後も所有したいという願望の現れだったんじゃないですか」

そこで岩倉は、唐突に光山の部屋の様子を思い出した。写真だらけのあの部屋――今時、わざわざ写真をプリントする人間がいるのが理解できなかった。友だち、家族……しかしその中に、春香の写真だけがなかったではないか。彼女の姿は、いつでも手元に置いておけるスマートフォンの中にだけ、保存しておきたかったのかもしれない。

「クソ野郎が」藤本が吐き捨てる。

「藤本課長、去年の事件の時は、光山からも事情聴取してますよね？」岩倉は訊ねた。

「もちろんだ」

「その時、どういう印象でした？」

「それは……」

「完全な『被害者の恋人』でしたか？　同情すべき要素しかなかった？」

「俺は直接話を聴いていない」

おいおい……岩倉は眉をひそめた。刑事課長が、そんな無責任なことを言っていいのか？　事情聴取の様子は全て共有されているはずだし、調書も読んでいないわけがない。

「誰が見ても、恋人を殺されて嘆き悲しんでいる若者だった」宮本がフォローする。

「あれは、誰にも見抜けないだろう」

「でしょうね」俺にも無理だ、と岩倉はうなずいた。もしも、大友鉄が調べていたらどうなっていただろう。あの男には独特の嗅覚があるから、早い段階で光山の嘘を見抜いたかもしれない。

それにしても光山は……あらゆる意味で尋常な精神状態ではなかったのだろう。それを友人たちにも隠していたのだから、一種の「怪物」なのかもしれない。

「問題はここからだ」宮本が急に声をひそめた。「田岡直樹が逮捕されたことは、一通り記事になった。週刊誌も、えらく派手に書き立てた——殺人犯と疑われた男の兄が、被害者の恋人を殺したんだから、週刊誌的には旨味がある事件だろう。しかし光山が撮影した写真については、しばらくは上手く隠しておきたい。理由は……分かるな？」

写真について明らかにすれば、光山が春香を殺した真犯人だということも認めざるを得ない。ただ、去年の事件の再捜査が進んでいない状況だと、中途半端になってしまうだろう。捜査一課としては、事実をがっちり固めてから発表したいはずだ。

「南大田署には、今後も入念にマスコミ対策を行ってもらいたい。記者連中に対しては、とにかく秘密厳守。余計なことは漏らさないように気をつけてくれ」

本部もな、と岩倉は腹の中で思った。事件に関する情報が漏れるのは、所轄よりも本部からの方が圧倒的に多い。所轄を担当する記者たちは、一線の刑事の顔も知らないだろう。警視庁詰めの記者たちが本部で情報を探る方が、圧倒的に効率がいいのだ。

「管理官、再捜査はするんですか」岩倉は訊ねた。これが一番重要な問題……今日の会議の眼目ではないか。

「する」宮本が即座に断言した。「しかし被疑者が死亡していること、それに一度容疑者を間違えて裁判で負けたこと、この二つの事情を鑑みると、どうしても慎重にやらざるを得ない。それなりに時間もかかるだろう」

「その間、田岡兄弟の名誉は回復しないんですか？」

「それは、我々が関与することではない」宮本が、急に官僚的な台詞を口にした。

「管理官、それはいくら何でも……」岩倉は食い下がったが、我ながら歯切れが悪かった。

「田岡直樹もいろいろ考えているんだろうが、人を殺した事実に違いはない。その罰は、しっかり受けてもらわなければならない」

「光山の行動は大きな問題ですよ」岩倉はなおも言い募った。「関連捜査で、我々が調べてもいいと思います」

「ガンさん……」安原が低い声で忠告した。

「失礼」岩倉は拳を固めて、その中に咳をした。「お手伝いはできますよ」

「それは必要ない」藤本がぴしりと言った。「これはうちの事件だ。うちがきちんと捜査する」

「間違いを完全に認めることになりますけどね」

「間違いはもう、裁判で指摘されている」

「二度目のショックになりますよ……でも、真犯人が分からないままよりはましでしょうけどね」

「ガンさん、ちょっと――」

安原が少し声を大きくして再度忠告した。岩倉はそれを無視して続けた。

「ベテラン捜査員の皆さんにこんなことを言うのは釈迦に説法かもしれませんけど、どこかで一度立ち止まってみるのも大事なんじゃないですか？　事件が起きれば、早い解決をとプレッシャーを受ける。でもそれに負けて焦ったら、ミスが起きます」

「あなたに言われたくない」藤本が強く反発した。

「確かに、今の俺には批判する権利はないですね。でも、仮に俺が去年の事件の特捜に入っていて、同じように捜査を引き止めたらどうなりました？　一言で否定ですか？　それとも多少は耳を傾けてくれましたか？」

藤本が黙りこんだ。流れを変えるのは難しい。それを幹部が認めるのはもっと困難だ。嫌な質問を投げてしまったと、岩倉は反省した。

少しだけ熱くなった状況に、宮本が冷水をぶっかけた。

「あまり感情的にならないように……今後の捜査方針、マスコミ対策に関して、具体的に話を進めよう」

岩倉は大きく息を吸った。そう、感情的になってはいけない――去年の事件に関しては、これからやり直しなのだ。決着まで長い時間がかかるのは間違いない。


十一月に入って十日ほど経った月曜日、岩倉は田岡の家を訪ねた。田岡自身は襲撃の後遺症もなく退院してきていたが、母親は予想外に重篤な症状で、未だに入院していた。

「元気そうじゃないか」

岩倉は、この前病院で直樹が奢ってくれたシュークリームを買ってきていた。それを見た田岡が、表情を綻ばせる。

「結局、一番重傷だったのは脇腹——肋骨の骨折でした。でも、何とか大丈夫です」

二人は、直樹のことについて話し合った。直樹は間もなく、傷害致死で起訴されるみこみである。人が一人死んでいるのだから、今後も身柄を拘束され続けるのは間違いない。しかも、実刑判決は免れないだろう。母親も退院の目処が立たず、今度は田岡勇太のほうが二人の面倒を見ることになる——兄弟の立場が逆転した感じだった。

「でも、大丈夫です」

根拠のない自信が空回りしているのではないかと、岩倉は心配になった。それを指摘すると、田岡の表情がさらに明るくなる。

「実は、働けそうなんです」

「どこで？」

「平和島メタルで」

「そうか……それはよかった」岩倉が面会した社長は、田岡の扱いに困っていたのだが、状況が変わったのだろうか。

「前の社長——元々俺を雇ってくれた先代の社長に頭を下げに行ったら、雇ってもらえることになりました」

「じゃあ、取り敢えず仕事の方は一安心だな。でも、体にだけは気をつけてくれよ」

「ありがとうございます――これ、いいですか？」

田岡がシュークリームに手を伸ばし、岩倉が何も言わないうちにさっさと食べ始めた。なるほど、昔から好きだというのも分かる……子どもの頃に好きだった甘いものは、永遠なのだ。

「最近、何か厄介なことは起きてないか？」

「……あります」田岡が暗い表情でうなずく。シュークリームの効果も長続きしなかった。「やっぱりいたずら電話なんかはかかってくるんです。電話線は抜きっ放しにしています」

「それでいいと思う。あとは、携帯の番号を絶対に知られないように気をつけて。今は、固定電話よりも携帯電話の方が大事だから」

「そうします」

「それで、今日の本題だ」

田岡がシュークリームを食べ終えたタイミングで岩倉が切り出すと、田岡が「はい」と言って背筋を伸ばした。

「今から言うことは、本当は捜査の秘密にしておかなくてはいけないことなんだ。いかに関係者であっても、捜査の状況を全部知ることはできない。それは分かるね？」

「ええ」

「だけど、君にはある程度は真相を知る権利があると思う。裁判になれば明らかになるけど、傍聴している余裕もないだろう？」

「そう、ですね」田岡の顔に複雑な笑みが浮かんだ。その「裁判」に、自分も一月ほど前までかかわっていたのだから……無罪判決を受けた嬉しさよりも、手続きの煩わしさの方が記憶に鮮明だろう。

「殺された石川春香さんは、つき合っていた光山翔也から暴力を受けていたらしい。それもかなり深刻な暴力だったけど、彼女は田舎出身の引っこみ思案な女の子で、抵抗できなかった。光山は、相手を強く束縛したい男で、暴力をふるった後は急に優しくなって、だらだらと関係を続けていたようだ。ただ、春香さんは、いい加減関係を清算したいと思っていたようで、大学の親しい友人に真剣に相談していた——それが、殺される二日ほど前だった」

岩倉は、光山の友人たちには事情聴取を行ってきた。しかし、「春香の周辺」にいる人物からは話を聴かなかった。あくまで「光山が殺された事件」の捜査をしていたのだから、恋人同士としての関係を調査する必要はないと判断していたのだが——甘かった。もしもそうしていたら、早い段階で真相に近づけたかもしれない。

「その相談はかなり深刻なもので、二日後には本格的に別れ話をする、と決めていたようだ。つまり、別れ話のもつれから、光山は春香さんを殺してしまった可能性が高い。もちろん、物理的な証拠はない。事件発生直後、春香さんの部屋は徹底して調べられて、光山の指紋も発見されている。ただ、恋人の指紋が部屋にあるのは不自然ではないから、当時捜査していた刑事たちはスルーしていた。そこへ現れたのが君だ」

「面目ないです」田岡がうなだれる。「あんなところでうろうろしていなければ、疑われることもなかったんですよね」

「結局、ただ呑んでいただけなんだよな？」

「あの日は品川で歓送迎会があって、調子に乗って呑み過ぎてしまって……よく覚えてないんですけど、とにかく目が覚めたらあの辺にいたんです」

「呑みすぎて、降りる駅を間違えてうろついているうちに路上で寝こんでしまった――そういうことだね？」

「酔っ払ってたのは自己責任ですから……酒はそんなに強くないんですよ」

「酒には呑まれないようにしないとな」岩倉は苦笑した。岩倉自身は、酒で失敗するような年齢はとうに過ぎてしまっている。「とにかく、君の前歴がそこで問題になった。窓の鍵がこじ開けられた跡、それにベランダの手すりに残っていた指紋――指紋は余計だった」

「全然覚えてないんですよ」田岡が頭を掻いた。

光山はやはり、「普通の」犯罪者とは違うようだ。人を殺した人間は冷静さを失ってしまうもので、とにかく早く現場を立ち去りたいとしか考えず、アリバイ工作にまで頭が回らない。ところが光山は、ベランダの窓の鍵をいじっていた。不自然に擦ったような跡を作り、誰かが鍵をこじ開けたように見せかけた――その時、鍵穴の横についた傷の特徴が、田岡が逮捕された窃盗未遂事件で記録されていた鍵穴の傷にそっくりだったのである。まったくの偶然だったが……十年前、田岡は悪い友人にそそのかされて、ピッキングのやり方を教わっていた。窃盗犯の手口は、一種の「指紋」になる。

二つの弱い手がかりで田岡は逮捕された。それで一年以上も自由を奪われたのだから、洒落にならない。岩倉は彼の弁護士だった堤から、田岡が警視庁に対して刑事補償法に基づく補償を請求する準備をしていると聞いていた。決して莫大な額にはならないし、岩倉の立場では「頑張って下さい」とも言えないのだが……この件が早く落ち着くことを祈った。額は多くなくとも、補償金が手に入れば、田岡が人生をやり直すきっかけの一つになるだろう。それこそ、この街から引っ越して、生活をゼロから立て直してもいい。

気になって、そのことを聞いてみた。

「ああ……」田岡がうなずく。「堤先生は、そこそこまとまった金額が取れるはずだと言ってます。警視庁の訟務課は気前がいいからって」

岩倉としては苦笑するしかなかった。訟務課は、警視庁が訴えられた時に対応する極めて特殊な部署である。気前がいいと言われても、反応しようがない。

「どうだろう。その金でこの街から引っ越して、新しくやり直すのは。変な話、駅が一つ違うだけで、東京では別の街になる。君たち家族のことを、あれこれ言う人間もいなくなるんじゃないかな」

「ここにいます」田岡があっさり言い切った。「母が近くに入院していますし、古いし狭いけど、やっぱりここが我が家なんです。引っ越しは、母が嫌がると思うんです。それに兄貴の面倒を見るためにも、ここにいた方が便利ですから」

「君自身、辛い思いをするんじゃないか？　周りの視線も気になるだろう」

「だけど、ここが俺の街ですから」

言い切れる勇気を、岩倉は無条件に尊敬した。父親が自殺した事実を糊塗し――周りに嘘をついて生きてきて、他と比較しようもない息苦しさがあるはずなのに。

「分かった。君がそう言うなら、俺には口を挟む権利はない。何か困ったことがあったら、いつでも言ってくれ」

「岩倉さんに迷惑はかけられませんよ」

「いや、俺も一応、お巡りさんなんでね」岩倉は笑みを――我ながら堅苦しいと思った――浮かべた。「市民の役に立つのが、お巡りさんの仕事なんだよ。そうあるべきなんだ」

5

岩倉は珍しく、個人的な用事で馴染みのない街にいた。本当は勝手に管内を離れるとまずいのだが、岩倉ぐらいのベテランになると、誤魔化し方――アリバイの作り方もよく分かっている。

　田岡と会った日の夕方に実里と待ち合わせたのは、東急田園都市線の駒沢大学駅近くだった。実里はここにあるスタジオで、例のＣＭの第二弾の撮影中。午後六時には終わる予定なので、岩倉は外回りから直帰ということにして、南大田署からは結構遠いこの街にやってきた。この後、三軒茶屋に移動して食事をする予定である。三軒茶屋にも有名な劇場があり、実里には馴染みの街なのだ。

　スタジオに向かって自由通りを歩き始めると、すぐに尾行の気配に気づいた。またかよ……歩調を速める。振り切るのは無理だろうから、追い返すしかない。岩倉は住宅街の中で右左折を繰り返して、やっと川嶋のバックを取った。最後は駆け足で追いつき、肩に手をかける。

「いい加減にしろよ」

「おや、これはどうも……奇遇で」川嶋はニヤニヤしていた。こんなふざけた顔で誤魔化せると思っていたら大間違いだ。

「俺の弱点を探してるんだろうが、無駄だ」

「そうでもないでしょう。岩倉さんには決定的な弱点があるじゃないですか……不倫はまずいですよねえ」

　二人の間を、冷たい風が吹き抜ける。今年は冬が早そうで、岩倉はもうコートにライナーをつけていた。

「それ以上言ったら、署に──いや、警察にいられないようにしてやる」

「そんなことができるんですか？　岩倉さんは、そういう権力の持ち主じゃないと思うけど」

「権力はない。だけど、知恵はある」

「知恵、ねえ」川嶋が首を傾げる。

「お前はエージェントだ」岩倉は決めつけた。「誰に頼まれたか、ここで白状したらどうだ？　話は聞かないでもないぞ」

「エージェントなんてものが存在するかどうかは知りませんよ。単なる都市伝説じゃないんですか」

この会話は二度目だな、と思い出す。不毛だ……こいつの存在自体が不毛だ。

「お前、人を殺したことがあるな？」

即座に否定──笑って否定されるものだと思っていた。しかし川嶋は黙りこみ、顔が引き攣った。エージェントは様々な報酬と引き換えに非情に仕事をこなすものだが、エージェント自体にも弱点がないわけではない。

「人聞きが悪いですね」ようやく発した川嶋の声は、頼りなく掠れていた。

「正確には、自殺に追いこんだ、だな。ちょうど五年前の今頃、組織犯罪対策部の四十二歳の警部が自殺した。この男は、ある暴力団と不適切な関係にあることが噂されていて、部の上層部が極秘に調査に乗り出した。そういう場合、同じ部の人間は調査には使わない——面が割れているからな。そこでエージェントに選ばれたのが、組織犯罪対策部とはまったく関係ない所轄に勤務していたお前だった。お前はその相手をしつこく追いかけ回した。問題は、露骨にやり過ぎて、相手に気づかれてしまったことだ。何をするか分からないエージェントは怖い。狙われた方は、対策のたてようがない。五年前の相手は、依頼人の意図に気づいて絶望した。つまり、『もはやこれまで』だよ。山梨県の山中で遺体が発見されたのは、行方不明になってから一週間後だった。で？　どうだ？」

「何がですか」川嶋が低い声で訊ねる。

「自分のヘマで人を殺した気分さ」

「俺は何もしていない」

「そう言うのは勝手だ。ただ、お前は間違いなくクソ野郎だ。エージェントだか何だか知らないけど、人を自殺に追いこんでも平然としているような人間だからな。そんな奴に、俺の人生を引っ掻き回して欲しくない。これ以上俺の周りを嗅ぎ回るつもりなら、お前がエージェントとして何をしたか、バラしてやる。相手の家族は真相を知らないようだけど……知ったらどう考えると思う？」

「岩倉さん……たちが悪いですね」川嶋が暗い笑みを浮かべる。

「お前よりはましだ」岩倉はニヤリと笑った。「南大田署では静かに仕事をしてろ。俺のことは放っておけ。それだけ守ったら、俺も何も言わない。ついでに、誰に頼まれたか白状する気はないか？　サイバー犯罪対策課なんだろう？」

川嶋が何も答えず、さっと頭を下げる。その顔には、再びにやけた笑みが浮かんでいた。

「今日は冷えますねえ」

「風邪を引かないようにさっさと帰れ……それと、礼を言うのを忘れてた」

「はあ？」急に話が変わったせいか、川嶋が戸惑いの表情を浮かべる。

「田岡を逮捕した時さ。逮捕術でもなかったようだけど、あれは何だ？」

「俺にもいろいろあったんですよ。街で学んだことも多かったんでね」

川嶋がゆっくりと踵を返し、駅の方へ向かって歩き始めた。

まだ何かあるな……気味の悪い奴だ。それなりに能力があるのだから、普通の捜査に使えばいいのに。裏の仕事をする方が金が儲かる、あるいは自分の能力を活かすにはそちらの方が適しているとでも考えているのだろうか。

厳しく指導してやるか。

いや、それも後で考えればいい。サイバー犯罪対策課の福沢に電話をしてやろうか、と思った。お前たちの目論見はバレた。ここで手を引かないと、この先痛い目に遭うことになるぞ――やめた。こういう楽しみは、先に取っておこう。

今一番大事なのは、実里だ。

自由通りに出ると、ちょうどスタジオの方から歩いて来た実里に出くわした。少し怒っている……スタジオの前まで迎えに行く約束だったのだから、当たり前だ。しかし、約束の時間からは十分ほどしか過ぎていない。逆算すると、彼女はスタジオの前で五分しか待っていなかったことになる。

「電話したのよ？」怒ったように実里が言った。

「ああ……マナーモードになってた」

「どうしてスタジオまで来なかったの？」

「ビビった」

「ええ？」

「スタッフもいるだろう？　そんなところに俺みたいな人間がのこのこ顔を出したら、まずいじゃないか。君の評判が下がる」

「何言ってるの」実里が邪気のない笑顔を浮かべた。「変なこと気にするのね」

「もうちょっと、自分の立場を考えた方がいいよ」CMが好評で続編の撮影も始まった……最近は、CM出演から人気に火が点く人もいるのだ。どこで誰に見られているか分からない。彼女が天然なのか超大物なのか、岩倉にはどうしても判断できなかった。

「撮影はどうだった？　無事に終わった？」

「今日は何とか。明日、別バージョンを撮影しておしまい」

二人は駅の方に歩き出した。実里が自然に腕を絡めてくる。岩倉は、周囲の目が気になって仕方がなかったが、実里はまったく気にする様子がない。

「お腹減ったわね」屈託なく、耳元で囁く。

「三茶のお店だったら、君に任せるよ」

「何でもあるけど、今日の気分は何？」

「イタリアンとか？」

「珍しいわね」

「たまには、さ」実際は、実里の好みに合わせていた。彼女は和食も好きだがイタリアンも好きだ。特に、美味いパスタには目がない。

「だったら、ピザが物凄く美味しいお店が、世田谷線の三軒茶屋駅近くにあるわ」

「いいよ」ピザはあまり好きではないのだが……大事なのは、彼女の機嫌が悪くならないことだ。まあ、大丈夫だろう。二人の味の好みはピタリと合うわけではないが、彼女が「美味い」というものはだいたい美味く食べられる。

「じゃあ、急ごう？」実里が、岩倉の腕を引くようにしてスピードを上げた。そんなに腹が減っているのか……とはいえ、あまり急ぐとまずい。先を歩いている川嶋に追いついてしまう恐れもある。

「ちょっとゆっくり行こうよ」岩倉は彼女を引き戻した。

「どうして？」

「せっかく久しぶりに時間ができたんだから、ゆっくり歩けばいいんじゃないかな」

「変なの」笑いながら実里が言った。

「五十一歳になるオッサンが、君みたいな娘《こ》とつき合ってることが、そもそも変なんだろうけどな」

実里が笑った。全ての苦しみも痛みも、溶かしてしまいそうな笑い声だった。

本作品は文春文庫のための書き下ろしです。
本書はフィクションであり、実在の人物、
団体とは一切関係がありません。

文春文庫

割《わ》れた誇《ほこ》り

定価はカバーに表示してあります

ラストライン2

2019年3月10日　第1刷

著　者　堂《どう》場《ば》瞬一《しゆんいち》

発行者　花田朋子

発行所　株式会社　文藝春秋

東京都千代田区紀尾井町3-23　〒102-8008
TEL　03・3265・1211㈹
文藝春秋ホームページ　http://www.bunshun.co.jp

落丁、乱丁本は、お手数ですが小社製作部宛お送り下さい。送料小社負担でお取替致します。

印刷・凸版印刷　製本・加藤製本

Printed in Japan
ISBN978-4-16-791235-2

（　）内は解説者。品切の節はご容赦下さい。

13階段
高野和明
前科持ち青年・三上は、刑務官・南郷と記憶の無い死刑囚の冤罪をはらす調査をするが、処刑まで時間はわずか。無実の命を救えるか？　江戸川乱歩賞受賞の傑作ミステリー。（友清　哲）
た-65-2

K・Nの悲劇
高野和明
若い夫婦に訪れた予想外の妊娠。経済的理由から中絶を決意した時、妻に異変が起きる。治療を開始した夫と精神科医を襲う壮絶な事態。恐ろしくも切ないサイコホラー傑作。（春日武彦）
た-65-3

太陽の坐る場所
辻村深月
高校卒業から十年。有名女優になった元同級生キョウコを同窓会に呼ぼうと画策する男女六人。だが彼女に近づく程に思春期の痛みと挫折が甦り……。注目の著者の傑作長編。（宮下奈都）
つ-18-1

潜る女
堂場瞬一
アナザーフェイス8
結婚詐欺グループの一員とおぼしき元シンクロ選手のインストラクター・荒川美智留。大友は得意の演技力で彼女の懐に飛び込んでいくのだが——。シリーズもいよいよ佳境に！
と-24-11

親子の肖像
堂場瞬一
アナザーフェイス0
初めて明かされる「アナザーフェイス」シリーズの原点。人質立てこもり事件に巻き込まれる表題作ほか、若き日の大友鉄の活躍を描く、珠玉の6篇！（対談・池田克彦）
と-24-7

孤独な放火魔
夏樹静子
悩む裁判員と新人裁判官。そのリアルな姿に手に汗握るサスペンス。あなたも明日、裁判員に選ばれるかもしれない——現代人必読の書。ミステリの泰斗が描く司法のドラマ。（日下三蔵）
な-1-33

ゴールデン12《ダズン》
夏樹静子
作家デビュー25周年を記念して、全短篇の中から選んだベスト12篇。「死ぬより辛い」「特急夕月」「一億円は安すぎる」「逃亡者」「足の裏」「凍え」「二つの真実」「懸賞」「カビ」などを収録。
な-1-34

（　）内は解説者。品切の節はご容赦下さい。

中山七里
静おばあちゃんにおまかせ
警視庁の新米刑事・葛城は女子大生・円に難事件解決のヒントをもらう。円のブレーンは元裁判官の静おばあちゃん。イッキ読み必至の暮らし系社会派ミステリー。（佳多山大地）
な-71-1

中山七里
テミスの剣《つるぎ》
自分がこの手で逮捕し、のちに死刑判決を受けて自殺した男は無実だった？　渡瀬刑事は若手時代の事件の再捜査を始める。冤罪に切り込む重厚なるドンデン返しミステリ。（谷原章介）
な-71-2

西村京太郎
十津川警部　ロマンの死、銀山温泉
サラ金強盗、幼児誘拐、痴漢恐喝 etc. 二百万円と強奪金額を決めた謎の連続事件の影に、山形の銀山温泉にロマンを求める若い男女のグループが。十津川警部は背後の巨悪を暴けるか。
に-3-39

西村京太郎
男鹿・角館　殺しのスパン
小さな店の六畳間でなまはげの扮装のまま発見された死体は、本来の住人ではなかった。ではいったい誰なのか？　事件の手がかりをつかむため、十津川警部は秋田・男鹿半島へ向かう！
に-3-41

西村京太郎
十津川警部　謎と裏切りの東海道
徳川家康を殺した男
徳川家康を敬愛する警備保障会社社長が犯してしまった殺人は、果たして正当防衛だったのか？　捜査のなかで見えてきた、社長の「過去の貌」とは？
に-3-42

西村京太郎
新・寝台特急《ブルートレイン》殺人事件
暴走族あがりの男を揉み合う中で殺した青年はブルートレインで西へ。追いかける男の仲間と十津川警部。青年を捕えるのはどちらか？　手に汗握るトレイン・ミステリーの傑作！
に-3-43

西村京太郎
十津川警部　京都から愛をこめて
テレビ番組で紹介された「小野篁の予言書」。前所有者は不審死し、現所有者も失踪した。京都では次々と怪事件が起きはじめた。十津川警部が挑む魔都・京都1200年の怨念とは！
に-3-44

（　）内は解説者。品切の節はご容赦下さい。

西村京太郎
「ななつ星」極秘作戦
十津川警部シリーズ
太平洋戦争末期、幻の日中和平工作。歴史の真相を探ろうと豪華クルーズ列車「ななつ星」に集った当事者の子孫や歴史学者らに、魔の手が迫る。絶体絶命の危機に十津川警部が奔る！
に-3-52

似鳥《にたどり》　鶏《けい》
午後からはワニ日和
「怪盗ソロモン」の貼り紙と共にイリエワニ、続いてミニブタが盗まれた。飼育員の僕は獣医の鴇《とき》先生と事件解決に乗り出す。個性豊かなメンバーが活躍するキュートな動物園ミステリー。
に-19-1

似鳥　鶏
ダチョウは軽車両に該当します
ダチョウと焼死体がつながる？　――楓ヶ丘動物園の飼育員「桃くん」と変態（？）「服部くん」、アイドル飼育員「七森さん」、そしてツンデレ女王の「鴇先生」たちが解決に乗り出す。
に-19-2

似鳥　鶏
迷いアルパカ拾いました
書き下ろし動物園ミステリー第三弾！　鍵はフワフワもこもこ愛されキャラのあの動物！　飼育員の桃くんと七森さん、ツンデレ獣医の鴇先生、変態・服部君らおなじみの面々が大活躍。
に-19-3

似鳥　鶏
モモンガの件はおまかせを
体重50キロ以上の謎の大型生物が山の集落に出現。その「怪物」を閉じ込めたはずの廃屋はもぬけのから!?　おなじみの楓ヶ丘動物園の飼育員達が謎を解き明かす大人気動物園ミステリー。
に-19-4

貫井徳郎
追憶のかけら
失意の只中にある松嶋は、物故作家の未発表手記を入手するが、彼の行く手には得体の知れない悪意が横たわっていた。二転三転する物語の結末は？　著者渾身の傑作巨篇。（池上冬樹）
ぬ-1-2

貫井徳郎
夜想
事故で妻子を亡くした雪籐が出会った女性・遙。彼女は、人の心に安らぎを与える能力を持っていた。名作『慟哭』の著者が、「新興宗教」というテーマに再び挑む傑作長篇。（北上次郎）
ぬ-1-3

（　）内は解説者。品切の節はご容赦下さい。

西村京太郎
東北新幹線「はやて」殺人事件
十和田への帰省を心待ちにしていた男が殺された。ゆかりの女が遺骨を携えて新幹線「はやて」に乗ると、思いもよらぬ事態が待ち受けていた！　十津川警部の社会派トラベルミステリー。
に-3-45

西村京太郎
十津川警部 陰謀は時を超えて
リニア新幹線と世界遺産
雑誌編集者が世界遺産・白川郷で入手した秘薬。それをめぐっておきた殺人事件の真相とリニア新幹線計画とをつなぐ点と線とは何か。うずまく陰謀を、十津川警部たちは阻止できるか？
に-3-46

西村京太郎
十津川警部「オキナワ」
沖縄と米軍基地、その狭間から死が誘う！　東京の安宿で発見された死体と遺された文字、「ヒガサ」。たどり着いたのは沖縄。そこで十津川警部は何を見たのか。円熟の社会派ミステリー。
に-3-47

西村京太郎
消えたなでしこ　十津川警部シリーズ
サッカー日本女子代表二十二人が誘拐された。身代金の要求は百億円！　十津川警部は、ひとり難を逃れた澤穂希選手に協力を依頼。十津川×澤という夢の2トップが解決に向け動き出す。
に-3-48

西村京太郎
上野駅13番線ホーム
十津川警部シリーズ
郷里に帰るため、失意を抱え上野駅に来た男。彼は駅構内で口論の末、人を殺してしまう。やがて起きる第二の殺人。北へのターミナルを舞台に、十津川警部の推理が冴え渡る長編推理！
に-3-49

西村京太郎
そして誰もいなくなる
十津川警部シリーズ
高額賞金のクイズ大会に参加したが、優勝候補者の不自然な脱落に疑問を抱く私立探偵の橋本。背後を探り始めた十津川警部にも危機が迫る。作品内に難問クイズが登場、貴方は解けるか？
に-3-50

西村京太郎
寝台急行「銀河」殺人事件
十津川警部クラシックス
東京―大阪間を結ぶ「銀河」で女性の他殺体が見つかった。容疑をかけられた旧友を、十津川警部は救えるか？　今はなき寝台急行を舞台にした傑作が、新装版で甦る！
（寺本光照）
に-3-51